Clair-obscur

Nora Roberts

Clair-obscur

Collection : NORA ROBERTS

Titre original : RISKY BUSINESS

Traduction française de FABRICE CANEPA

HARLEQUIN®
est une marque déposée par le Groupe Harlequin

Photos de couverture
Enfant : © JETREL/FOTOLIA/ROYALTY FREE
Paysage : © PETER BARRETT/MASTERFILE
Nuages : © ROYALTY FREE/JUPITER IMAGES
Réalisation graphique couverture : V. ROCH

© 1986, Nora Roberts. © 2013, Harlequin S.A.
83-85, boulevard Vincent-Auriol, 75646 PARIS CEDEX 13.
Service Lectrices — Tél. : 01 45 82 47 47
www.harlequin.fr
ISBN 978-2-2802-8482-0

Chapitre 1

— Faites attention en montant à bord, conseilla Liz tandis que les passagers traversaient la passerelle menant au *Fantasy*.

Un homme d'une cinquantaine d'années vêtu d'une chemise hawaïenne lui tendit son billet. Il était suivi par une jeune femme portant deux énormes paniers de paille. Elle déposa son chargement et fouilla son sac à main pour y récupérer le ticket bleu que Liz empocha.

Lorsque tous les passagers se trouvèrent à bord, Liz se tourna vers eux en souriant.

— Bienvenue à bord du *Fantasy* ! s'exclama-t-elle.

Elle fit signe à l'un des dockers qui se trouvait sur le quai, et il détacha les amarres qu'il lança sur le pont. Liz les enroula rapidement avant de gagner le petit poste de pilotage. Jetant un coup d'œil à sa montre, elle constata qu'elle avait déjà un quart d'heure de retard. Elle ne pouvait pas retarder l'excursion plus longtemps.

Liz fit démarrer son bateau qui s'écarta lentement du quai. Elle mit le cap à l'est et négocia habilement la sortie du port, malgré l'étroitesse de la passe. En réalité, elle la connaissait si bien qu'elle aurait probablement pu la traverser les yeux fermés.

Une douce brise s'était levée et caressait son visage bruni par le soleil. Malgré l'heure matinale, la température était déjà très agréable et la journée s'annonçait radieuse.

Seuls quelques nuages cotonneux dérivaient dans l'azur du ciel et l'eau que fendait le navire était aussi bleue que le promettaient les guides touristiques vantant les charmes de la côte.

Même après dix ans passés dans la région, Liz continuait d'en apprécier la beauté et la sérénité. C'était cela que venaient chercher les touristes dont elle avait la charge. Ici, ils pouvaient fuir les soucis de leur quotidien, échapper à la routine et jouir pendant quelques jours ou quelques semaines d'un peu de paix et de tranquillité.

Jetant un coup d'œil à ses dix-huit passagers, Liz sourit. Ils se montraient du doigt les bancs de poissons que l'on voyait nager à travers la vitre renforcée qui s'ouvrait dans la coque. Leur admiration et leur enthousiasme étaient évidents.

— Nous allons bientôt aborder le récif corallien de Paraiso, annonça la jeune femme. Il se trouve à une profondeur de trente à cinquante pieds et la visibilité est excellente. Vous devriez voir des étoiles de mer, des mérous, des poissons-perroquets ainsi que de nombreuses espèces de coraux et d'éponges. Les mérous ne sont peut-être pas les plus beaux poissons, mais ce sont des animaux fascinants. A la naissance ils sont tous femelles, puis ils produisent des œufs, avant de changer de sexe et de devenir des mâles capables de les fertiliser.

Tout en parlant, Liz avait légèrement ralenti pour permettre à ses passagers d'admirer les fonds sous-marins. Elle continua sa description, évoquant successivement les anges royaux aux couleurs éclatantes, les timides gorettes petites-gueules aux écailles argentées, les séduisantes et redoutables anémones de mer et les belles et dangereuses méduses qui se laissaient dériver au gré des courants marins.

Loin de se contenter d'une simple description des animaux et des végétaux qu'ils rencontraient, Liz s'efforçait toujours d'apporter des précisions intéressantes quant à leurs mœurs, leur habitat et leur alimentation. Elle en profitait également pour dispenser certaines mises en garde qui s'avèreraient très utiles lorsqu'ils s'arrêteraient pour explorer le récif Palancar.

Ce petit laïus aurait pu lui sembler routinier et fastidieux après toutes ces années, mais elle était habitée par un amour aussi immodéré que communicatif de la mer et de ses mystérieux habitants. Elle ne se sentait jamais plus libre et plus heureuse que lorsqu'elle se trouvait à la barre de son navire.

L'immensité de l'océan et du ciel avait quelque chose d'exaltant et elle se laissait griser par la majesté des éléments qui lui donnaient l'impression d'appartenir à quelque chose de plus grand et de plus beau que le monde des hommes.

Là, elle était vraiment maîtresse d'elle-même. Elle avait travaillé très dur pour acheter ce bateau ainsi que trois autres embarcations et la petite boutique de plongée située près de la plage. Il lui avait fallu dix ans pour payer les dettes qu'elle avait contractées.

Pour cela, elle avait dû renoncer à son pays et à tout ce qu'elle connaissait et apprendre à se contenter d'une vie simple et frugale. Mais c'était un sacrifice bien négligeable en regard de la tranquillité d'esprit qu'elle y avait gagnée.

Cette paix, elle la devait en grande partie à Cozumel, cette petite île mexicaine des Caraïbes où elle avait élu domicile. C'était un endroit paradisiaque où elle s'était rapidement sentie chez elle. Les habitants l'avaient acceptée telle qu'elle était. Ils ignoraient tout de la souffrance et de l'humiliation qui l'avaient conduite à fuir les Etats-Unis.

Au fil du temps, elle avait presque fini par oublier cette époque sombre de son existence. D'ailleurs, elle lui devait ce qu'elle avait de plus précieux. Le simple fait de penser à sa fille Faith fit naître sur les lèvres de Liz un sourire attendri.

Dans moins de six semaines, elle quitterait Houston où elle allait à l'école pour venir passer les vacances d'été à Cozumel. Ce n'est qu'à contrecœur que Liz avait décidé de l'envoyer passer la majeure partie de l'année chez ses grands-parents. Le fait d'être séparée de Faith aussi longtemps lui était pénible, mais l'éducation de sa fille passait avant tout.

Elle ne reculerait devant aucun sacrifice pour pouvoir lui offrir ce qu'il y avait de mieux. C'était pour cela qu'elle s'était battue depuis le départ de son père. Liz serra les dents, se refusant à penser à lui. Elle regrettait toujours d'avoir succombé à la passion qu'il lui inspirait et d'avoir fait preuve de tant de naïveté.

Mais, sans lui, elle n'aurait jamais eu Faith. Et, en fin de compte, c'était la seule chose qu'elle devait retenir de lui.

— Nous passons actuellement au-dessus d'un avion de la Convair, déclara-t-elle tandis qu'ils parvenaient en vue de l'épave. Contrairement à ce que vous pourriez penser, l'appareil ne s'est pas abîmé en mer suite à un accident. En fait, il a été volontairement immergé par une équipe de cinéma qui voulait y tourner une scène de film. Après le tournage, les autorités ont décidé de le laisser là pour que les plongeurs puissent s'entraîner. Comme vous le voyez, plusieurs d'entre eux sont actuellement en train de l'explorer…

Tout en poursuivant son petit discours, Liz pesta intérieurement contre Jerry. En temps normal, c'était lui qui pilotait le bateau tandis qu'elle effectuait la visite guidée. Ce jour-là, elle allait être obligée de tout faire elle-même.

Ce n'était pas vraiment ce qui l'ennuyait le plus, d'ailleurs. Mais elle regrettait de ne pouvoir consacrer plus de temps à ses clients. Elle aurait aimé pouvoir répondre aux questions qu'ils se posaient peut-être et se montrer plus disponible.

Elle commençait à regretter d'avoir fait confiance à Jerry. Bien sûr, elle n'avait pas vraiment eu le choix. Elle n'avait que quatre autres employés : deux d'entre eux travaillaient à la boutique et les deux autres devaient superviser l'expédition de plongée qui commençait à midi.

Liz soupira. Après tout, c'était la première fois que Jerry lui faisait faux bond. Jusqu'alors, il avait respecté ses engagements et s'était toujours montré charmant avec les clients.

Ceux-ci l'appréciaient beaucoup. Surtout les femmes qui ne pouvaient résister à l'indéniable pouvoir de séduction qui émanait de lui. Grand, bien bâti, il avait un sourire irrésistible et de magnifiques yeux gris.

Mais ce n'était pas pour son physique que Liz l'avait embauché. Elle avait besoin de revenus et de bras supplémentaires. Aussi n'avait-elle pas hésité à lui louer une chambre et à lui offrir un emploi à temps partiel. Elle espérait cependant qu'il avait une excellente excuse pour ne pas s'être présenté, ce matin-là.

Ecartant ces préoccupations, Liz reprit son exposé qu'elle nourrissait aussi bien de ce qu'elle avait appris à l'université où elle s'était spécialisée en biologie marine que de ce que lui racontaient les vieux pêcheurs mexicains avec lesquels elle s'entretenait très souvent.

Parfois, l'un des touristes l'interrompait pour lui poser une question et elle s'efforçait d'y répondre de façon aussi complète que possible, tout en émaillant ses explications d'anecdotes distrayantes et de détails amusants.

Trois de ses passagers étaient mexicains et elle traduisait chacune de ses remarques en espagnol.

Du temps où elle était encore étudiante, elle rêvait de devenir professeur. Depuis, il lui avait fallu renoncer à cette ambition mais ces promenades en mer étaient pour elle l'occasion de transmettre un peu de son savoir. Et tandis que son navire fendait les flots outremer sur lesquels les rayons du soleil allumaient des éclats argentés, elle songea qu'elle était probablement plus heureuse ici qu'elle ne l'aurait été dans une salle de classe.

La vie lui avait imposé certains choix, mais elle ne les regrettait pas…

Comme elle se faisait cette réflexion, l'une des passagères poussa un hurlement qui lui glaça le sang. Immédiatement, Liz coupa le moteur. Se tournant vers le groupe, elle constata qu'ils fixaient la vitre qui se trouvait au fond du bateau avec horreur.

Ils avaient probablement aperçu l'un des requins qui fréquentaient quelquefois le récif, songea Liz. Ceux-ci atteignaient parfois une taille impressionnante et pouvaient effrayer les touristes.

Alors qu'elle se faisait cette réflexion, une petite fille fondit en larmes et nicha son visage contre la poitrine de sa mère.

— Que chacun garde son calme, conseilla Liz avec un sourire rassurant. Quel que soit l'animal que vous avez vu, il ne peut nous faire aucun mal.

Un homme leva les yeux vers elle et secoua la tête. Malgré son bronzage, il paraissait étonnamment pâle.

— Je crois que vous feriez mieux d'appeler la police, mademoiselle, déclara-t-il d'une voix mal assurée.

Etonnée, Liz s'approcha de la vitre. Elle sentit alors les battements de son cœur s'emballer et réprima difficilement un accès de nausée. Pas étonnant que Jerry ne se soit pas présenté, ce matin-là, se dit-elle.

Son cadavre gisait sur le sable en contrebas, maintenu au fond de l'eau par une ancre de navire.

Lorsque l'avion s'immobilisa enfin en bout de piste, Jonas détacha sa ceinture et récupéra sa petite valise qui se trouvait dans le coffre à bagages, juste au-dessus de lui. Il attendit avec impatience que l'hôtesse ouvre la porte de l'appareil et sentit brusquement un souffle d'air brûlant balayer la cabine.

Sans attendre, Jonas gagna l'avant de l'appareil et descendit les marches de l'échelle métallique. Lorsqu'il

NORA ROBERTS

fut sur le tarmac, il accorda à peine un regard aux palmiers dont la silhouette gracieuse se détachait contre le ciel d'un bleu immaculé.

Plissant les yeux pour lutter contre l'éblouissement, il se dirigea à grands pas vers l'aéroport. Le costume noir qu'il portait tranchait avec les couleurs chamarrées qu'arboraient la plupart des autres passagers.

Son visage était dépourvu d'expression, peut-être à cause des efforts qu'il faisait pour contenir la colère et le chagrin qui l'habitaient en cet instant. Jonas n'avait aucun bagage à récupérer en soute et passa donc rapidement la douane.

Lorsqu'il se retrouva enfin dans le terminal, une joyeuse confusion y régnait. De petits groupes discutaient çà et là, plaisantant et riant sans lui prêter la moindre attention. Il se fraya un chemin jusqu'au comptoir des loueurs de voitures.

Quinze minutes à peine après avoir atterri, Jonas quittait l'aéroport au volant d'une Ford flambant neuve. Suivant les indications de la jeune femme qui la lui avait louée, il se dirigea vers le centre-ville.

La chaleur était étouffante et Jonas se prit à regretter son bureau climatisé. Il y avait passé la majeure partie de son temps, au cours de ces dernières semaines. L'affaire dont il s'occupait alors exigeait des recherches approfondies.

Mais il était parvenu à trouver une faille dans le dossier de l'accusation et son client avait ainsi échappé à dix ans de prison ferme. Satisfait, Jonas avait décidé de s'accorder deux semaines de vacances à Paris. Après dix-huit mois de travail acharné, il se réjouissait à l'idée de déambuler dans les rues de cette vieille capitale, de visiter le Louvre et de profiter des délices de la gastronomie à la française.

C'est alors qu'il avait reçu cet appel du Mexique. Pendant quelques minutes, il avait été incapable de comprendre ce dont il s'agissait exactement. Connaissant Jeremiah, il avait tout d'abord pensé que celui-ci s'était fait arrêter pour l'une de ces arnaques dont il était coutumier.

Lorsqu'il avait enfin compris que son frère venait de se faire tuer, il était resté hébété, incapable de prendre la mesure de ce qui s'était réellement passé. Sonné, il avait demandé à sa secrétaire de lui réserver un billet d'avion pour Cozumel. Puis il avait appelé ses parents pour leur annoncer la triste nouvelle.

Et voilà qu'il se trouvait au Mexique pour identifier le corps et le ramener chez eux. Jonas lutta contre le chagrin qui l'assaillait. Il avait toujours su que ce jour viendrait. Jerry passait son temps à jouer avec le feu et il avait fini par se brûler.

Depuis leur enfance, son frère avait toujours été un rebelle. Il défiait toute forme d'autorité, multipliait les combines tordues et s'acoquinait avec des personnes peu recommandables. Une fois, il avait déclaré en riant que si Jonas était devenu avocat, c'était uniquement pour le tirer d'affaire. En un sens, c'était peut-être vrai…

Alors que Jonas avait les pieds sur terre, Jerry avait toujours été un rêveur. Quand Jonas s'abrutissait de travail, Jerry se complaisait dans une incorrigible paresse. Ils semblaient représenter les deux faces d'une même pièce. Et, aujourd'hui, Jonas avait l'impression terrifiante d'avoir perdu une partie de lui-même.

Il finit par arriver dans le centre de San Miguel

et trouva le commissariat qui était situé sur le port. C'était un endroit ravissant. Plusieurs barques de pêche colorées étaient tirées sur le rivage. La mer était d'un bleu profond, presque vert, et scintillait sous le ciel d'azur. Même l'affluence des touristes ne parvenait pas à gâcher la beauté des lieux.

Malheureusement, Jonas n'était pas venu pour profiter des charmes de l'endroit. Il se gara donc non loin du *zocalo* et descendit de voiture pour se diriger vers le commissariat. Il savait qu'étant donné la façon dont Jerry était mort, il passerait sans doute plusieurs heures à remplir divers papiers.

Lorsqu'il se présenta au jeune planton qui assurait la permanence, celui-ci comprit aussitôt la raison de sa visite. Sans attendre, il le conduisit dans le bureau du commissaire, le capitaine Morales.

Morales était un homme d'une quarantaine d'années, d'aspect direct et engageant. Il était né à Cozumel et avait toujours veillé à ce que son île conserve la réputation de calme et de tranquillité qui attirait les touristes du monde entier.

Il était très fier de son éducation, de son métier et de ses quatre enfants. Le cinquième était sur le point de naître et il attendait cette occasion avec impatience. C'était un homme paisible qui aimait la musique classique et les vieux films en noir et blanc.

Evidemment, sa profession l'avait amené à côtoyer toutes sortes de gens aux mœurs peu recommandables. San Miguel était un port et les marins qui y séjournaient brièvement déclenchaient parfois de mémorables bagarres dans les bars des docks.

Mais les meurtres étaient rares. Et le fait que la

victime soit un citoyen américain rendait la situation plus préoccupante encore. D'autant que Morales n'avait aucun doute quant à la nature de ce méfait : il ne s'agissait pas d'un homicide involontaire ou d'un crime passionnel, mais bien d'un acte mûrement réfléchi et accompli par un spécialiste.

Le problème était de savoir ce qu'un tueur professionnel pouvait bien faire à Cozumel. Lorsque Morales aurait répondu à cette question, il serait débarrassé une fois pour toutes de cette menace.

En attendant, il conduisit Jonas à la morgue où se trouvait le corps de son frère. Lorsqu'il souleva le drap qui recouvrait son visage, il vit l'américain pâlir brusquement et serrer les dents.

— Est-ce que c'est bien lui, monsieur Sharpe ? demanda-t-il d'une voix très douce.

— Oui, articula Jonas.

Morales hocha la tête et recula d'un pas pour lui laisser un peu de temps pour se reprendre. Mais Jonas en était incapable. Il aurait pu rester des heures à contempler le visage de son frère sans parvenir à appréhender la réalité de sa mort.

Jerry avait toujours cherché les raccourcis. Il avait choisi la facilité. Il avait souvent bafoué les principes sur lesquels Jonas avait fondé sa propre existence. Mais il avait toujours été plein d'énergie et de vie. Sa mort était inacceptable, absurde.

Jonas serra les dents, terriblement conscient de sa propre impuissance. Cette fois, il ne pouvait rien faire pour lui. Et cette certitude faisait naître en lui un mélange de frustration, de colère et de culpabilité.

— Je suis désolé, soupira Morales.

Jonas hocha la tête, s'efforçant de contenir la douleur qui le rongeait impitoyablement.

— Qui a tué mon frère, capitaine ? demanda-t-il d'une voix sourde.

— Je l'ignore. Mais je suis bien décidé à le découvrir le plus rapidement possible.

— Est-ce que vous avez une piste ?

Morales lui fit signe de le suivre et les deux hommes quittèrent la morgue, située au sous-sol, pour regagner le bureau du commissaire.

— Votre frère ne se trouvait à Cozumel que depuis trois semaines, expliqua-t-il. Pour le moment, nous interrogeons tous ceux qui ont été en contact avec lui pendant son séjour. Je suis convaincu que l'un d'eux nous mettra sur la voie.

— Comment pouvez-vous en être aussi sûr ? demanda Jonas d'une voix qui trahissait une colère sourde.

Il s'en voulut de s'en prendre à Morales de cette façon, mais il était incapable de contenir le sentiment de révolte qui l'habitait.

— C'est mon île, répondit calmement le commissaire. Si quelqu'un y a commis un meurtre, je le découvrirai.

— Même s'il s'agit d'un professionnel ? demanda Jonas. Car nous savons tous deux que tel est le cas.

Morales ne répondit pas immédiatement.

— Tout ce que je peux vous dire avec certitude, à l'heure actuelle, répondit-il enfin, c'est que votre frère a été abattu par balle. Je finirai par découvrir, où, pourquoi et par qui. Mais j'aurai besoin pour cela de toutes les informations que vous pourrez me fournir au sujet de Jerry.

Jonas contempla fixement l'escalier en haut duquel

ils venaient de s'arrêter. Finalement, il détourna son regard et soupira.

— J'ai besoin de prendre l'air, déclara-t-il.

Morales hocha la tête et l'accompagna jusqu'à la porte. Ils quittèrent le bâtiment et Jonas tira de la poche de sa veste un paquet de cigarettes. Il en alluma une et tira une longue bouffée.

— Pourquoi votre frère est-il venu à Cozumel ? lui demanda enfin Morales.

— Je n'en sais rien, répondit Jonas. Je suppose qu'il avait envie de voir des palmiers…

— Cela pourrait-il être lié à son travail ?

Jonas émit un petit ricanement ironique.

— Jerry aimait dire qu'il était en *free lance*. La vérité, c'est qu'il ne travaillait que lorsqu'il y était vraiment obligé.

Jonas se garda de préciser que, le plus souvent, il se contentait de l'appeler ou de contacter ses parents pour leur demander de l'argent. En réalité, Jerry avait toujours été pour eux une source d'agacement autant que de joie. Il savait tour à tour se montrer le plus énervant et le plus charmant des hommes.

— Jerry était toujours à la recherche d'un endroit où l'herbe serait plus verte, reprit Jonas. Il passait d'un petit boulot à l'autre, multipliait les combines en espérant toujours décrocher la timbale… La dernière fois que je l'ai eu au téléphone, il y a deux semaines de cela, il donnait des cours de plongée.

— C'est exact, acquiesça Morales. Il travaillait à mi-temps pour Elizabeth Palmer au Corail Noir. C'est une boutique spécialisée dans les articles de plongée.

— Palmer ? C'est la fille avec laquelle il vivait, n'est-ce pas ?

— Pas tout à fait, corrigea Morales. Mlle Palmer lui louait une chambre. C'est elle qui a découvert le corps de votre frère au cours d'une promenade en mer.

Jonas hocha la tête. Jerry lui avait décrit Liz Palmer comme une fille canon qui préparait les meilleures tortillas du monde. Sur le coup, Jonas avait cru qu'il s'agissait de sa dernière petite amie en date.

— Pourriez-vous me donner son adresse ? demanda-t-il à Morales. Je suppose que les affaires de mon frère se trouvent toujours là-bas…

— Effectivement. Je dois également vous remettre les effets personnels que l'on a trouvés sur lui. Nous avons déjà passé en revue ce qui se trouvait chez Mlle Palmer.

— Et mon frère ? Quand pourrai-je le ramener à la maison ?

— Je ferai en sorte de compléter tous les papiers nécessaires aujourd'hui. J'aurai besoin de votre déclaration. Il vous faudra aussi remplir quelques formulaires, j'en ai peur.

Morales observa les traits tirés de Jonas et sa mâchoire crispée.

— Je suis vraiment désolé de devoir vous imposer tout cela.

L'Américain se contenta de hausser les épaules.

— Ce n'est pas votre faute. Nous devrions nous y mettre tout de suite. Plus vite nous en aurons terminé, mieux cela vaudra.

Liz pénétra dans la maison et alluma les lumières. Les deux ventilateurs qui se trouvaient au plafond se mirent à tourner paresseusement et leur ronronnement régulier la rassura. Cela faisait vingt-quatre heures qu'une migraine impitoyable la taraudait, ne lui laissant aucun répit.

Elle gagna la salle de bains et avala deux nouvelles aspirines sans se faire la moindre illusion sur leur efficacité. Puis elle se déshabilla et se fit couler une douche. Le contact de l'eau brûlante la réconforta un peu.

Elle ne parvenait toujours pas à chasser le souvenir du corps de Jerry flottant entre deux eaux. Son regard vide et fixe la poursuivait jusque dans ses rêves et elle s'éveillait régulièrement en sursaut, le corps couvert de sueur. Ce n'était pas tous les jours qu'elle repêchait un cadavre au cours de l'une de ses excursions. Et le fait qu'il s'agisse de quelqu'un qu'elle connaissait ne faisait qu'ajouter à l'horreur de cette macabre découverte.

Bien sûr, elle n'avait pas très bien connu Jerry. Mais, durant les quelques jours qu'il avait passés chez elle, il avait fait preuve d'humour et de gentillesse. Il avait dormi dans le lit de sa fille et ils avaient partagé leurs repas. Combien de temps encore verrait-elle son visage blafard, chaque fois qu'elle fermerait les yeux ?

Le pire avait été de devoir répondre à toutes les questions des policiers et de les regarder fouiller les affaires de Jerry. Elle s'était efforcée de leur dire tout ce qu'elle savait de lui, c'est-à-dire fort peu de chose. Jerry était un Américain à la langue bien pendue. C'était un séducteur impénitent. Il était beau garçon, grande gueule et paresseux.

Une fois, il avait fait allusion à un coup qui lui

permettrait bientôt de faire fortune. Evidemment, elle n'avait accordé que peu de crédit à cette déclaration. Jerry n'était pas le genre d'homme à réussir dans la vie : il manquait d'ambition et ne travaillait que lorsqu'il y était réellement obligé.

Et il n'avait pas l'étoffe d'un criminel. Elle ne l'imaginait pas en train de dévaliser une banque ou de réussir un détournement de fonds.

Lorsque Morales lui avait alors demandé s'il s'était agi d'une simple vantardise, elle avait pourtant dû reconnaître que, sur le coup, Jerry avait semblé très sûr de lui. Si elle avait été plus jeune et plus naïve, elle aurait même pu se laisser convaincre. Mais l'expérience lui avait enseigné que l'argent ne tombait jamais du ciel…

Brusquement, Liz réalisa que le capitaine Morales ne lui avait pas dit ce qu'elle était censée faire des affaires que Jerry avait laissées dans sa chambre. Sur le coup, elle n'avait pas pensé à lui poser la question. Le mieux, décida-t-elle, serait de les ranger dans un carton et de les emmener au commissariat.

La famille de Jerry aimerait certainement les récupérer. Une fois ou deux, il avait fait allusion à un frère. Apparemment, ce dernier était très différent de lui. Jerry l'avait décrit comme un perfectionniste qui passait son temps à travailler sans penser à prendre du bon temps. Dans la bouche de Jerry, il s'agissait d'une critique sans appel.

Liz soupira et sortit de la douche. Elle se sécha vigoureusement et enfila un peignoir de bain. En pénétrant dans sa chambre, elle sourit tristement. Quelques jours après avoir emménagé chez elle, Jerry avait essayé de la séduire. Il avait même été jusqu'à l'embrasser.

Mais elle n'avait eu aucun mal à le repousser. Il avait accepté la chose avec humour et, par la suite, n'avait jamais renouvelé sa tentative. Ils étaient restés en bons termes. Au fond, cela n'avait rien d'étonnant. Jerry était doué d'un excellent naturel. C'était un doux rêveur.

Pour la première fois depuis qu'elle avait retrouvé son corps, elle se demanda si ce n'étaient pas ses rêves qui l'avaient tué.

Mais elle ne pouvait plus continuer à penser à lui. C'était bien trop douloureux. Le mieux à faire était d'emballer ses affaires et de les apporter au commissariat. Une perspective qui n'avait vraiment rien de réjouissant.

Le cœur lourd, elle gagna la chambre de Faith. En avisant la collection de poupées de sa fille, elle se rappela le sourire amusé de Jerry, lorsqu'elle lui avait montré où il pourrait dormir. Il lui avait demandé malicieusement s'il avait le droit de dormir avec l'une des nombreuses peluches.

Liz s'efforça de bannir ce souvenir et entreprit de ranger dans le sac à dos de Jerry les T-shirts qui étaient posés dans le placard. Elle sentit alors de grosses larmes rouler sur ses joues. C'était injuste. Comment un homme si jeune, si plein de vie, pouvait-il mourir de cette façon atroce ?

Bien sûr, il n'avait pas eu le temps de devenir un ami. Mais il vivait chez elle et dormait dans la chambre de sa fille. Ils avaient partagé leurs repas, avaient pris l'apéritif ensemble presque tous les jours.

Et pourtant, elle savait si peu de chose à son sujet… Brusquement, elle regretta de ne pas s'être intéressée un peu plus à lui, de ne pas lui avoir demandé qui il était vraiment ni d'où il venait. A présent, elle n'en aurait plus jamais l'occasion…

A cet instant, quelqu'un frappa à la porte. Liz s'essuya les yeux et prit une profonde inspiration. Il fallait qu'elle se ressaisisse. Pleurer ne ramènerait pas Jerry. Il était mort et elle ne pouvait plus rien pour lui.

D'un pas plus décidé, Liz se dirigea vers le hall d'entrée. Son mal de tête commençait lentement à refluer et elle se sentait déjà un peu mieux. Cette impression ne dura que le temps qu'elle ouvre la porte.

Pendant ce qui lui parut une éternité, elle resta figée, les yeux agrandis par la stupeur.

— Jerry ? articula-t-elle enfin d'une voix étranglée.

— Vous êtes bien Elizabeth Palmer ?

Liz hocha la tête, incapable de répondre. Elle ne croyait pas aux fantômes. Jusqu'à ce jour, elle avait toujours pensé que le monde était régi par des lois immuables. La terre tournait autour du soleil, les saisons se succédaient et les morts ne revenaient pas à la vie.

Mais voilà que Jerry se trouvait sur le seuil de sa porte. Une expression légèrement agacée se peignit sur son visage et il fit un pas vers elle.

— Etes-vous Liz Palmer ? demanda-t-il de nouveau.

— Ce n'est pas possible, murmura la jeune femme.

Elle ne parvenait pas à détacher son regard de ce visage si familier. Elle reconnaissait ce regard sombre, cette légère fossette au menton, ces cheveux noirs légèrement ondulés…

— Qui êtes-vous ? demanda-t-elle.

— Jonas Sharpe. Jerry était mon frère jumeau.

Le soulagement qui envahit Liz était si intense que tout son corps fut parcouru d'irrépressibles tressaillements. Les battements de son cœur retrouvèrent progressivement leur rythme normal.

Elle commençait à distinguer de légères différences entre les deux hommes. Les cheveux de Jonas étaient plus courts que ceux de son frère. Jamais ce dernier n'aurait accepté de porter un costume aussi sombre et élégant, totalement déplacé sous ces latitudes.

Et puis, il y avait cette expression qui se lisait dans les yeux de Jonas : une distance glacée qui contrastait avec l'ironie amicale qui caractérisait Jerry.

— Vous l'avez fait exprès ! s'exclama-t-elle d'une voix accusatrice. Vous saviez comment je réagirais en ouvrant la porte !

— Peut-être, admit-il en haussant légèrement les épaules.

— Vous êtes un monstre, monsieur Sharpe !

Un léger sourire joua sur ses lèvres.

— Puis-je entrer ? demanda-t-il.

Elle hésita un instant puis jugea qu'elle ne pouvait décemment pas lui interdire de voir la maison où son frère avait passé ses derniers jours. Elle s'effaça donc pour le laisser entrer et l'accompagna jusqu'au salon. Là, ils s'assirent l'un en face de l'autre.

Jonas jeta un coup d'œil à la pièce. Ce n'était pas le regard d'un étranger, curieux de découvrir la maison d'une inconnue. Il y avait quelque chose de froid et de méthodique dans la façon dont il paraissait analyser chaque meuble, chaque bibelot.

Le salon n'était pas très grand. A peine plus que le bureau de Jonas. Liz Palmer semblait aimer les couleurs vives et chatoyantes. La pièce était encombrée, surchargée de meubles et d'éléments de décoration complètement disparates.

On y trouvait des masques mayas accrochés aux murs, des tapis aux motifs mexicains de teintes différentes, de gros vases peints en bleu qui contenaient d'éclatantes fleurs jaunes qui commençaient à perdre leurs pétales.

La grande table que l'on distinguait dans la salle à manger attenante était couverte d'une fine couche de poussière qui prouvait que la jeune femme ne passait guère de temps à faire le ménage.

Liz profita de cette inspection pour observer plus attentivement Jonas. La ressemblance était troublante, mais l'impression qui émanait des deux frères était radicalement différente. Opposée, même. Curieusement, il paraissait difficile d'imaginer deux personnalités plus dissemblables.

Jerry était avenant, sympathique et amical. Jonas, au contraire, paraissait froid, distant et hostile. En d'autres circonstances, elle n'aurait certainement pas hésité à le mettre à la porte. Mais il venait de perdre son frère et cela expliquait certainement en partie son comportement.

— Je suis désolée de ce qui s'est passé, monsieur Sharpe. Cela doit être un moment difficile pour vous…

Il se tourna vers elle et elle fut parcourue par un nouveau frisson. Il était en train de l'observer du même regard froid et méticuleux dont il avait inspecté la pièce quelques instants plus tôt.

Liz ne ressemblait pas du tout à l'image qu'il s'était faite d'elle. Son visage était plutôt anguleux et énergique : des pommettes bien découpées, un nez fin et droit, un menton légèrement pointu. Paradoxalement, cela ne faisait que renforcer le charme qui émanait d'elle. On aurait dit une fée ou un elfe, songea-t-il.

C'était peut-être à cause de ses immenses yeux bruns taillés en amande ou bien de sa bouche aux lèvres pleines qui lui conférait un mélange de sensualité et de vulnérabilité.

Le peignoir qu'elle portait dévoilait de longues jambes bronzées. Ses mains qui reposaient sur les accoudoirs du fauteuil n'étaient ornées d'aucun bijou, et elle n'était pas maquillée.

— Difficile pour vous aussi, remarqua-t-il enfin.

Liz se tortilla sur son fauteuil, terriblement mal à l'aise. L'espace de quelques instants, elle avait eu la désagréable impression d'être un insecte exposé aux observations d'un entomologiste méticuleux. Une fois de plus, elle se répéta que Jonas devait être très éprouvé par les récents événements et que cela expliquait peut-être en partie son attitude.

— C'est vrai, acquiesça-t-elle. Jerry était quelqu'un de bien…

— Comment l'avez-vous rencontré ? coupa Jonas.

Liz se redressa, la mâchoire légèrement crispée. Visiblement, cet homme n'avait que faire de sa sympathie. Il voulait des faits, juste des faits, et c'était donc ce qu'elle lui offrirait.

— Il est venu à ma boutique, il y a quelques semaines de cela. Il s'intéressait à la plongée.

Jonas hocha la tête, enregistrant chaque détail.

— Je tiens un magasin près de la plage, expliqua Liz. Nous vendons et nous louons du matériel de plongée, nous proposons des baptêmes et des cours. Jerry était un plongeur expérimenté et je lui ai proposé de travailler pour moi. Il donnait quelques leçons et accompagnait les touristes lors des excursions.

— Il ne vous a pas proposé de s'associer avec vous ? demanda Jonas.

L'expression qui passa alors dans les yeux de la jeune femme le surprit : un mélange d'amusement, de fierté et de dédain.

— Je ne veux pas d'associé, monsieur Sharpe. Jerry travaillait pour moi, c'est tout.

— C'est tout ? répéta Jonas. Je croyais qu'il vivait ici.

Liz comprit ce qu'il sous-entendait. Les policiers l'avaient déjà interrogée au sujet de la nature exacte de ses relations avec Jerry. Elle y avait répondu et ne tenait pas à recommencer. De toute façon, quelque chose lui disait que Jonas ne la croirait pas.

— Je vais vous montrer où se trouvent ses affaires, déclara-t-elle.

Elle se leva et se dirigea vers la chambre de sa fille. Après un instant d'hésitation, Jonas lui emboîta le pas.

— Je venais juste de commencer à les emballer lorsque vous êtes arrivé, expliqua-t-elle. Mais je suppose que vous préférerez vous en charger vous-même. Prenez tout le temps qu'il vous faudra.

Elle fit mine de se détourner mais Jonas lui prit le bras. Il ne la regardait pas mais contemplait la chambre de Faith. Il remarqua les poupées alignées sur l'une des étagères ainsi que les habits de son frère, posés sur le lit. Cette vision était plus douloureuse encore qu'il ne l'avait imaginé.

— Il n'avait que cela ?

— Je n'ai pas encore vidé les tiroirs, répondit-elle. Mais la police a tout inspecté.

Liz détacha alors la serviette qui retenait ses cheveux et une cascade de mèches blondes humides retomba sur ses épaules. Cela lui donnait un aspect encore plus vulnérable et Jonas regretta de s'être montré si dur avec elle.

— Je ne sais quasiment rien de la vie de Jerry, lui dit-elle. Je lui ai loué cette chambre. C'est celle de ma fille. Elle va à l'école aux Etats-Unis…

Liz jeta un dernier regard à la pièce et soupira. Finalement, elle se détourna et le laissa seul.

Il fallut moins de vingt minutes à Jonas pour rassembler les maigres possessions de son frère. Celui-ci avait toujours aimé voyager léger. Jonas déposa le sac de Jerry dans le salon et parcourut la maison à la recherche de Liz.

Ce fut vite fait. En plus du salon, de la salle à manger et de la chambre de sa fille, il n'y avait que deux autres pièces : la chambre de la jeune femme qui était décorée de couleurs vives et dans laquelle flottait une légère odeur d'encens, et la cuisine où elle était en train de se préparer du café.

En sentant cette odeur, Jonas se souvint qu'il n'avait rien avalé depuis le petit déjeuner qu'il avait pris dans l'avion. Liz avait dû l'entendre approcher car, sans même se retourner, elle remplit une autre tasse.

— Vous voulez du lait ou de la crème ? demanda-t-elle.

— Rien merci, répondit Jonas en passant la main dans ses cheveux pour chasser le sentiment d'irréalité qu'il sentait monter en lui.

Il avait l'impression d'être plongé dans un cauchemar dont il ne parvenait pas à s'arracher.

Lorsque Liz se retourna pour lui tendre sa tasse, elle ne put réprimer un léger sursaut.

— Je suis désolée, s'excusa-t-elle. Vous lui ressemblez tellement…

— Est-ce que cela vous met mal à l'aise ?

— Un peu, avoua-t-elle.

Jonas avala une gorgée de café qui l'aida à recouvrer ses esprits.

— Vous n'étiez pas amoureuse de lui, n'est-ce pas ? demanda-t-il brusquement.

Liz lui jeta un regard étonné. Elle ne s'était pas attendue à une question aussi directe de sa part.

— Je ne l'ai connu que quelques semaines, répondit-elle. Il travaillait pour moi, c'est tout. Je l'aimais bien, pourtant. Il était plein d'humour et n'hésitait jamais à jouer de son charme. Je n'ai jamais eu autant de clientes de sexe féminin que lorsqu'il donnait des leçons…

Jonas détourna les yeux et elle comprit combien il devait souffrir en cet instant.

— Je suis désolée, murmura-t-elle.

— Il n'y a pas de quoi, soupira-t-il.

Depuis qu'elle l'avait laissé dans la chambre qu'occupait Jerry, elle s'était habillée. Le T-shirt et le jean qu'elle portait prouvaient qu'elle ne se souciait pas de son apparence et préférait les vêtements confortables aux tenues plus élégantes. Jerry avait pourtant toujours choisi des femmes sophistiquées et coquettes.

— Votre description est très fidèle, reprit-il. Mon frère pouvait être quelqu'un de très superficiel.

— Mais c'était quelqu'un de bien. Il ne méritait pas ce qui lui est arrivé. Et j'espère que la police parviendra à retrouver celui ou ceux qui ont fait ça…

Les yeux de Jonas se durcirent et elle comprit combien il pouvait être dangereux lorsqu'on le poussait à bout. Il lui faisait penser à un prédateur s'apprêtant à bondir sur sa proie.

— Ils finiront par être pris, déclara-t-il. Savez-vous quoi que ce soit qui pourrait nous aider à les identifier ?

— La police me l'a déjà demandé. Malheureusement, je ne sais rien. Je vous l'ai dit : je ne connaissais pas très bien Jerry.

— Tout de même, il travaillait pour vous. Et vous viviez ensemble.

— Il ne parlait pas beaucoup de lui-même, répondit-elle. Et j'avoue que je ne lui ai pas posé beaucoup de questions.

Elle se détourna et contempla le ciel d'azur que l'on apercevait par la fenêtre. Elle n'avait plus envie de penser à Jerry. C'était trop douloureux. Et elle en avait assez que les gens l'interrogent à son sujet. Tout ce qu'elle voulait, c'était retrouver la vie paisible et sans histoire qu'elle s'était bâtie depuis qu'elle était arrivée à Cozumel.

Mais son intuition lui soufflait que Jonas n'était pas le genre d'homme à se laisser décourager facilement. Et il paraissait bien décidé à faire tout ce qui était en son pouvoir pour retrouver l'assassin de son frère.

— Je l'ai répété à la police, reprit-elle. Jerry travaillait pour moi, c'est vrai. Mais je ne le voyais que quelques heures par jour. J'ignore ce qu'il faisait de ses nuits, qui il fréquentait sur l'île et à quoi il occupait ses heures de liberté. Tant qu'il payait la location de sa chambre et se présentait à la boutique le matin, je n'avais aucune raison de lui poser la moindre question.

Elle fit de nouveau face à Jonas et le regarda droit dans les yeux.

— Je suis désolée pour votre frère, lui dit-elle. Et je suis désolée pour vous. Mais cette histoire ne me concerne pas.

— Je ne suis pas d'accord, mademoiselle Palmer.

— C'est votre droit le plus strict. Mais cela n'y change rien.

— Je tiens néanmoins à en discuter avec vous.

— C'est inutile. J'ai dit tout ce que je savais à la police. Vous n'avez qu'à les interroger. Le capitaine Morales se fera un plaisir de répondre à vos questions.

Un silence pesant plana entre eux, semblant s'éterniser. Finalement, Jonas tira son portefeuille de la poche intérieure de sa veste.

— Est-ce que mon frère vous devait quelque chose, pour la chambre ?

Liz se raidit brusquement, comme s'il venait de la gifler. Comment pouvait-il s'imaginer qu'elle accepterait son argent alors que Jerry était mort ? Peut-être était-ce une façon déguisée de l'insulter…

— Jerry ne me devait rien. Et vous non plus. Je vous demanderai donc de partir dès que vous aurez fini votre café.

— J'ai fini, répondit Jonas en reposant sa tasse sur la table de la cuisine. Pour le moment, du moins.

Une fois de plus, il l'observa. Peut-être ne mentait-elle pas. Peut-être n'y avait-il rien eu entre son frère et elle. Mais elle était la dernière personne à l'avoir vu vivant et, qu'elle en ait conscience ou pas, elle possédait sûrement certaines informations qui pourraient l'aider à retrouver le meurtrier de son frère.

Il ne comptait donc pas la laisser se débarrasser de lui aussi facilement.

— Bonsoir, mademoiselle Palmer, lui dit-il avant de se détourner pour quitter la pièce.

Liz le suivit des yeux tandis qu'il gagnait la porte d'entrée. Quelques instants plus tard, elle se referma derrière lui et elle sentit la tension qui l'habitait se dénouer progressivement.

Mais lorsqu'elle ferma les yeux, elle revit l'image du corps de Jerry flottant entre deux eaux. Ses yeux grands ouverts paraissaient lui jeter un regard accusateur. Avec une pointe de désespoir, elle se demanda si cette vision finirait un jour par disparaître et si elle pourrait enfin retrouver la paix.

Chapitre 2

Pour Liz, une journée passée à s'occuper de la boutique de plongée était ce qui se rapprochait le plus d'un jour de congé. En fait, cela faisait des mois qu'elle ne s'était pas accordé de vacances. Les dernières remontaient au dernier séjour de Faith à Cozumel. Depuis, elle avait eu beaucoup trop à faire pour s'offrir un tel luxe.

Mais elle avait besoin d'un peu de temps pour se remettre de ses récentes émotions. Elle chargea donc ses employés d'animer l'excursion du matin et les cours de plongée de l'après-midi et resta seule dans le magasin.

Plusieurs clients se présentèrent dans la matinée mais, comme souvent, l'après-midi fut beaucoup plus calme. Liz en profita pour faire l'inventaire des articles en stock et pour vérifier l'état d'entretien du matériel utilisé lors des cours et des expéditions.

La décoration de la boutique était réduite à sa plus simple expression. A plusieurs reprises, Liz avait failli peindre le petit bâtiment en ciment brut mais chaque fois, elle avait conclu qu'une telle dépense n'était pas nécessaire.

En plus du magasin et de la réserve, il y avait une pièce minuscule qui servait de bureau. Elle contenait un bureau et une armoire métalliques dans le plus pur style administratif des années cinquante. Ces meubles étaient dans un piteux état, bosselés et couverts de graffitis en espagnol et en anglais. Ils contrastaient avec le matériel de plongée méticuleusement entretenu qui se trouvait dans la pièce attenante.

Mais cet équipement était ce que Liz avait de plus précieux. Il constituait le cœur même de son métier. La qualité des masques, des palmes, des combinaisons et des bouteilles garantissait la sécurité de ses clients et la pérennité de son activité.

Elle contempla en souriant les listes qui étaient accrochées au-dessus de son bureau. Elles recensaient l'intégralité du matériel qu'elle possédait et symbolisaient mieux que toute autre chose la réussite de son entreprise.

Lorsqu'elle s'était installée à son propre compte, huit ans auparavant, elle possédait de quoi équiper douze plongeurs. Elle avait sacrifié tout l'argent que Marcus lui avait donné pour élever leur fille afin d'acquérir ces équipements et cet investissement avait représenté le pari le plus risqué de son existence.

Mais, à force de volonté et de travail, elle avait fini par se tailler une place parmi les opérateurs qui louaient leurs services aux touristes de passage.

Aujourd'hui, elle pouvait équiper plus de cinquante plongeurs autonomes. Elle disposait également de plusieurs appareils pour la photographie sous-marine, d'une boutique située à deux pas de la plage et de quatre bateaux.

Le premier qu'elle avait acheté, s'appelait *Faith*, en souvenir du vœu qu'elle avait fait en arrivant à Cozumel. Elle s'était juré alors que sa fille aurait toujours tout ce qu'il y avait de mieux. Et, après dix ans de travail acharné, elle avait réalisé ce souhait.

Mieux encore, l'île sur laquelle elle avait élu domicile était devenue pour elle une nouvelle patrie. Elle y avait trouvé sa place, elle y était acceptée et respectée. Cela faisait longtemps qu'elle ne regrettait plus Houston ni la belle maison qu'elle avait habitée là-bas.

Elle avait cessé de se demander ce qu'elle aurait pu devenir sous d'autres cieux. Elle ne pensait quasiment plus à l'homme qui l'avait abandonnée lorsqu'elle lui avait annoncé qu'elle attendait son enfant. Elle ne reviendrait jamais aux Etats-Unis, c'était une certitude.

Mais Faith pourrait le faire, si tel était son désir. Elle ne lui refuserait rien et lui ouvrirait toutes les portes qui s'étaient refermées autrefois devant elle. Elle pourrait apprendre le français, jouer du piano, porter de jolies robes ou faire les études qu'elle choisirait.

Un jour, elle reviendrait peut-être à Houston et reverrait ses cousins, sans avoir à rougir de ce qu'elle était devenue. Tel était le rêve de Liz : voir sa fille acceptée par ceux qui l'avaient repoussée, pas par esprit de revanche mais par simple souci de justice.

— Salut la compagnie ! s'exclama dans la pièce voisine une voix joviale qu'elle connaissait bien.

Liz quitta son bureau pour gagner le comptoir du magasin. Elle se trouva nez à nez avec un homme corpulent vêtu d'une éclatante veste rouge. Malgré son âge, Ambuckle avait conservé un visage presque poupin qui contrastait avec l'énorme cigare sur lequel il tirait goulûment.

— Bonjour ! s'exclama-t-elle, enchantée de le revoir. Je ne savais pas que vous étiez toujours à Cozumel !

— J'ai fait un tour à Cancun pendant quelques jours, expliqua Ambuckle. Mais rien ne vaut les fonds que l'on trouve par ici.

Liz hocha la tête. Cela faisait plusieurs années qu'Ambuckle fréquentait sa boutique. Il venait tous les trois mois environ s'adonner à la plongée sous-marine, son hobby favori. Chaque fois, il lui louait tout l'équipement nécessaire sans regarder à la dépense.

— Je suppose que vous en avez profité pour aller voir les ruines, remarqua Liz.

— Oui, ma femme m'a traîné à Tulum, répondit-il avec un manque d'enthousiasme évident. Mais je préfère être trente pieds sous l'eau que crapahuter sur les rochers en plein soleil. Enfin, j'ai quand même pu me promener avec un masque, un tuba et des palmes. Mais je ne suis pas venu de Dallas pour faire trempette. En fait, j'ai même décidé de m'offrir une plongée de nuit, cette fois.

— Je vais réunir tout ce dont vous aurez besoin. Combien de temps comptez-vous rester ?

— Deux semaines. Il faut bien savoir s'arracher à son bureau, une fois de temps en temps.

— Fort heureusement, je n'ai pas ce genre de problème, répondit Liz en riant.

— Vous ne savez pas à quel point je vous envie ! Mais j'ai entendu dire qu'il vous était arrivé une fâcheuse aventure, pendant que nous étions sur le continent.

Ce n'était pas la première fois que l'un de ses clients faisait allusion à la mort de Jerry mais Liz ne put réprimer un petit frisson. Son sourire disparut brusquement et elle se rembrunit.

— Je suppose que vous voulez parler de cet américain qui a été tué, soupira-t-elle.

— Oui. Lorsque ma femme en a entendu parler, elle
a essayé de me convaincre de ne pas revenir. Vous le
connaissiez ?

« Non, songea tristement Liz. Pas comme je l'aurais
dû. »

— En fait, répondit-elle à voix haute, il travaillait
ici de temps en temps.

— Ça alors ! s'exclama Ambuckle en ouvrant de
grands yeux.

Elle y lut un brusque regain d'intérêt, comme chaque
fois qu'elle mentionnait ce fait. A cela non plus, elle
ne parvenait pas à s'habituer. Pourquoi les gens se
passionnaient-ils donc tant pour ce genre de tragédie ?

— Vous vous souvenez peut-être de lui, reprit-elle.
Il pilotait le bateau, la dernière fois que votre femme
et vous êtes venus en excursion.

— Bien sûr que je me le rappelle, répondit Ambuckle.
Un beau garçon, Johnny, non, Jerry ! Ma femme l'avait
trouvé charmant.

— C'est bien lui.

— C'est triste, soupira Ambuckle. Il était si plein
de vie...

— C'est vrai, acquiesça Liz. Laissez-moi une minute,
le temps que j'aille vous chercher ce dont vous avez
besoin.

Ambuckle hocha la tête et elle alla récupérer dans
la réserve tout le matériel nécessaire qu'elle déposa
ensuite sur le comptoir.

— Ajoutez-y un appareil photo, lui demanda
Ambuckle. Je voudrais ramener un cliché de l'une de

ces affreuses pieuvres pour l'encadrer et l'afficher dans mon bureau. Cela devrait impressionner mes visiteurs.

Liz sourit et s'exécuta. Elle dressa ensuite la liste des articles et remplit les formulaires nécessaires avant de les faire signer à son client. Comme toujours, Ambuckle insista pour payer d'avance et en dollars, ce qui arrangeait beaucoup la jeune femme.

— Je suis ravie que vous soyez de retour parmi nous, conclut-elle tandis qu'il soulevait le sac volumineux qui contenait son équipement.

— Pas autant que moi ! répliqua Ambuckle avec un clin d'œil malicieux.

Il se détourna alors et quitta la boutique tandis que Liz rangeait la liasse de billets qu'il venait de lui remettre dans le tiroir de la caisse enregistreuse.

— On dirait que les affaires marchent bien, dit soudain une voix douloureusement familière.

Relevant la tête, elle aperçut Jonas Sharpe qui se tenait près de la porte. Il avait apparemment décidé de troquer son costume contre une tenue plus appropriée et portait un pantalon de toile et une chemisette qui révélait des avant-bras aussi musclés que ceux de son frère. Comme Jerry, il portait autour du cou une chaîne en or au bout de laquelle était accrochée une petite pièce.

Mais malgré les vêtements plus décontractés qu'il portait, Liz percevait en lui la même tension qu'elle avait déjà remarquée lorsqu'il était venu chez elle. Il émanait de lui une force et une présence qui devaient probablement impressionner la majorité de ses interlocuteurs.

Liz n'entendait pas cependant se laisser intimider aussi facilement.

— Je ne m'attendais pas à vous revoir, remarqua-t-elle.

— Je vous avais pourtant dit que je tenais à vous parler, répliqua-t-il sans se laisser démonter par cet accueil peu cordial.

Il l'observa attentivement et remarqua qu'elle paraissait moins vulnérable que lorsqu'il avait fait sa connaissance. Son regard était plus distant, presque froid, et son ton détaché.

— Vous avez réussi à vous tailler une solide réputation dans l'île, remarqua-t-il.

— Vraiment ?

— Oui, j'ai vérifié. Cela fait dix ans que vous vivez ici. Vous avez créé votre entreprise de toutes pièces et vous avez réussi à en faire l'une des plus prospères de Cozumel.

— Etes-vous venu louer une tenue de plongée, monsieur Sharpe ? J'ai ici tout un choix de masques, de tubas et de palmes, si cela vous intéresse.

— A vrai dire, je préférerais plonger avec des bouteilles, répondit-il.

— Bien. Sachez que vous n'avez pas besoin de licence pour le faire au Mexique. Mais si vous débutez, je vous conseille de prendre une leçon d'initiation avant de vous lancer. Nous proposons aussi bien des baptêmes individuels que des baptêmes en groupe.

Pour la première fois depuis qu'elle l'avait rencontré, elle le vit sourire. Cela adoucit singulièrement son visage et souligna la perfection de ses traits. Quand il s'en donnait la peine, ce devait être quelqu'un de vraiment charmant, songea Liz. Mais il était peu probable que cela suffise à atténuer la tension qui s'était installée entre eux.

— Cela pourrait effectivement m'intéresser, déclara-t-il. Mais, en attendant, je voulais savoir à quelle heure vous fermiez boutique.

— Lorsque je serai prête à le faire, répondit-elle en haussant les épaules. Vous êtes à Cozumel, monsieur Sharpe. Ici, nous n'avons pas d'horaires réguliers. Maintenant, à moins que vous ne soyez intéressé par nos services, je vais devoir vous laisser. J'ai du travail.

— J'aimerais vous inviter à dîner, ce soir, insista-t-il. Je voudrais que nous discutions, vous et moi.

— Non merci, dit-elle en le regardant droit dans les yeux.

— Que diriez-vous de prendre un verre, alors ?

— Non plus.

En temps normal, Jonas savait faire preuve d'une patience inépuisable. Dans sa profession, c'était une arme redoutable dont il usait avec une habileté consommée. Mais il ne se trouvait pas dans un tribunal et l'affaire qui l'intéressait était de nature beaucoup trop personnelle pour qu'il puisse faire preuve de détachement.

— Mademoiselle Palmer, je ne possède que peu d'indices sur ce qui est arrivé à mon frère. L'enquête de la police piétine. J'ai vraiment besoin de votre aide.

Liz serra les dents. Elle ne tenait pas à se laisser entraîner dans cette affaire. Elle avait ses propres préoccupations et ne pouvait s'offrir le luxe de négliger ses affaires pour aider Jonas à retrouver un criminel. D'autant que sa fille devait la rejoindre dans quelques semaines…

— Cela ne me regarde pas, déclara-t-elle. D'ailleurs,

même si tel n'était pas le cas, je ne pourrais rien faire pour vous. Je suis désolée.

— Vous pouvez tout de même m'accorder quelques minutes de votre temps, insista Jonas.

— Je n'en ai déjà pas assez pour moi, monsieur Sharpe, répliqua-t-elle. Mon entreprise accapare la majeure partie de mes journées et je ne compte pas passer mes heures de liberté à me faire interroger par quelqu'un d'aussi agressif que vous...

Sa tirade fut interrompue par l'entrée d'un jeune garçon vêtu d'un maillot de bain et couvert de crème solaire. Il déposa un billet de vingt dollars sur le comptoir et demanda en espagnol des masques, des palmes et des tubas pour son frère et pour lui. Tandis que Liz réunissait cet équipement, il lui demanda s'ils risquaient de croiser un requin.

— C'est peu probable, lui répondit-elle en espagnol. Ils ne vivent pas près des bancs de corail, même s'il leur arrive de s'y aventurer. Par contre, vous verrez des tas de poissons-perroquets. Et si vous pensez à prendre des morceaux de pain ou de biscuit, vous pourrez sympathiser avec les sergents-majors. Ils viendront en si grand nombre que vous pourrez les toucher.

— Est-ce qu'ils mordent ?

— Seulement les miettes de pain, répondit-elle en riant.

Le jeune garçon hocha la tête et décampa promptement.

— Vous parlez espagnol presque sans accent, remarqua Jonas.

Cela pourrait s'avérer utile lors de ses investigations, songea-t-il.

— Cela n'a rien d'étonnant, répliqua-t-elle. Comme

CLAIR-OBSCUR

vous l'avez appris, cela fait des années que je vis ici. Maintenant, si vous voulez bien m'excuser…

— Combien de bateaux avez-vous ? demanda brusquement Jonas.

— Pardon ?

— Combien de bateaux ?

— Quatre, répondit-elle après un instant d'hésitation. Un bateau à fond de verre, deux bateaux équipés pour la plongée et un autre pour la pêche en haute mer.

Jonas réfléchit rapidement à ce qu'elle venait de lui dire.

— La pêche en haute mer, répéta-t-il enfin. Cela fait au moins cinq ou six ans que je ne m'y suis pas essayé. Combien cela me coûterait-il ?

— Je prends cinquante dollars par passager, répondit Liz. Mais je ne sors pas le bateau pour une seule personne.

— Combien en faut-il, au minimum ?

— Trois, répondit-elle. Et, pour le moment, je n'ai aucun volontaire.

Jonas sortit son portefeuille et en tira quatre billets de cinquante dollars qu'il déposa sur le comptoir.

— Les cinquante dollars supplémentaires devraient me garantir le fait que vous piloterez le bateau, déclara-t-il en la défiant du regard.

Liz hésita. Deux cents dollars, ce n'était pas une somme négligeable. D'autant qu'elle avait récemment décidé d'acquérir quelques jet-skis. Plusieurs de ses concurrents en proposaient déjà et elle ne tenait pas à se laisser dépasser. En fait, elle comptait même acheter quelques planches à voile.

Mais en acceptant l'argent de Jonas, elle s'engageait

à passer une journée entière seule avec lui et cette perspective lui faisait froid dans le dos.

— C'est impossible, répondit-elle. Je suis déjà prise toute la journée, demain.

— J'avais cru comprendre que vous aviez le sens des affaires, remarqua Jonas sans reprendre ses billets. Refuser un profit inespéré n'est pas ce que j'appelle une bonne politique commerciale.

Elle se contenta de hausser les épaules et il lui adressa un nouveau sourire, nettement moins plaisant que le premier.

— Je serais désolé de devoir dire du mal de votre établissement au responsable de l'hôtel dans lequel je séjourne, déclara-t-il. Je sais tout le préjudice que peut causer un mauvais bouche à oreille à une entreprise comme la vôtre.

Liz hésita un instant de plus puis ramassa les billets un par un.

— Puis-je savoir dans quel domaine vous travaillez, monsieur Sharpe ? demanda-t-elle d'une voix glaciale.

— Je suis avocat.

Elle se fendit d'un ricanement moqueur.

— J'aurais dû le deviner, répondit-elle. J'ai connu un étudiant en droit, lorsque j'étais plus jeune. Lui aussi arrivait toujours à ses fins, sans se soucier des moyens à mettre en œuvre pour y parvenir.

Elle remplit un bordereau de reçu et le tendit à Jonas.

— Signez ici. Nous partons demain à 8 heures précises. Le tarif inclut un déjeuner à bord. Mais si vous voulez de l'alcool, il faudra l'apporter vous-même. N'oubliez pas non plus de prendre de la crème solaire. Au revoir, monsieur Sharpe.

— Mademoiselle Palmer…, commença Jonas.

Il s'interrompit, légèrement embarrassé d'avoir eu recours à un chantage aussi mesquin.

— Si vous changez d'avis au sujet de ce dîner…

— Cela n'arrivera pas.

— Je suis à l'hôtel El Presidente.

— C'est un excellent établissement, déclara-t-elle.

Sur ce, elle tourna les talons et disparut dans son arrière-boutique.

Lorsque Liz sortit de chez elle à 7 h 15, le lendemain matin, le soleil était déjà levé et brillait dans un ciel sans nuages.

— Et zut ! s'exclama-t-elle en enfourchant sa moto.

Elle donna un coup de talon rageur sur le démarreur et partit en trombe. Elle avait espéré qu'il pleuvrait à verse mais, visiblement, elle n'aurait pas cette chance.

Jonas paraissait bien décidé à tout faire pour l'entraîner dans cette histoire. Elle imaginait déjà la façon dont il argumenterait patiemment, sans la quitter des yeux, usant progressivement sa patience pour obtenir ce qu'il voulait d'elle.

Jonas Sharpe était un homme qui n'acceptait pas la défaite mais savait attendre son heure pour remporter une victoire décisive. En d'autres circonstances, elle aurait probablement admiré cette marque de ténacité. Elle-même avait dû apprendre à se montrer têtue pour réussir dans un domaine où tant d'autres avaient fini par baisser les bras.

Mais elle ne pouvait se permettre de prendre part à la croisade de Jonas. Ainsi qu'elle le lui avait dit, elle n'avait pas de temps à consacrer à la recherche du meurtrier de son frère et ne tenait pas à raviver le souvenir désagréable de sa mort.

D'ailleurs, elle ignorait tout de Jerry. Le peu qu'elle savait, elle l'avait dit et répété à Morales et à ses hommes. S'ils étaient incapables de trouver une piste, il était peu probable que Jonas y parvienne, avec ou sans elle. Il n'avait ni l'autorité ni les contacts suffisants pour cela.

C'était d'ailleurs pour cette raison qu'il tenait tant à s'assurer sa collaboration. Elle connaissait au moins de vue la plupart des habitants de l'île. Elle parlait parfaitement espagnol, ce qui n'était peut-être pas son cas. Mais cela ne faisait pas d'elle une enquêtrice. Elle ne tenait pas à risquer sa vie, et moins encore à exposer celle de sa fille.

Liz remonta à bonne vitesse la rue dont la chaussée était passablement défoncée. Elle zigzaguait pour éviter les nids-de-poule, admirant au passage les jolies maisons à l'architecture coloniale. Du linge pendait aux fenêtres entrouvertes par lesquelles filtraient des bribes de chansons diffusées à la radio.

Les enfants ne tarderaient pas à sortir de chez eux pour se rendre à l'école. Les magasins, en revanche, étaient toujours fermés. La plupart n'ouvraient qu'à 10 heures. Elle aperçut pourtant le *señor* Pessado qui se tenait devant son magasin. Ils échangèrent un signe de la main.

Liz dépassa un taxi à l'arrière duquel se trouvait un couple de touristes, probablement en route pour l'aéroport. Puis elle arriva en vue de la côte. L'air marin chargé d'iode la rasséréna un peu et elle longea la plage pour gagner sa boutique.

Elle ralentit légèrement en vue de l'hôtel et aperçut une voiture bleue qu'elle avait déjà vue la veille. Celle-ci la doubla sans qu'elle ait le temps d'apercevoir l'homme qui se trouvait au volant. Elle s'engagea sur le parking de l'hôtel et se gara à sa place habituelle.

Liz descendit de sa moto et gagna à grands pas le hall de l'établissement pour récupérer le pique-nique qu'elle partagerait avec Jonas. Comme chaque fois qu'elle y entrait, elle se rappela les deux années qu'elle y avait passées à travailler comme femme de chambre avant de monter sa propre entreprise.

— *Buenos días,* Margarita, dit-elle à l'une de ses anciennes collègues qui passait la serpillière sur le sol de marbre.

— *Buenos ? días,* Liz. *¿Cómo esta ?*

— Bien. Comment va Ricardo ?

— Il grandit à vue d'œil, répondit Margarita en souriant. Il attend avec impatience le retour de Faith.

— Je suis sûre qu'elle sera ravie de le revoir, lui assura Liz en souriant.

Margarita et elle avaient travaillé ensemble, autrefois, et la jeune mexicaine était rapidement devenue une amie précieuse, toujours prête à prendre sa défense. Car son statut de mère célibataire ne facilitait pas les choses dans un pays qui restait majoritairement attaché aux valeurs traditionnelles de la famille.

Bien sûr, Liz aurait pu mentir. Elle n'aurait eu qu'à acheter une alliance plaquée or et prétendre qu'elle était divorcée ou veuve. Mais elle avait préféré assumer sa situation. Elle refusait l'idée même de partager l'enfant qui grandissait en elle avec un père indigne et méprisé. Faith lui appartenait, à elle et à elle seule.

Et peu lui importait que cela puisse froisser certaines susceptibilités.

Après avoir récupéré le panier dans lequel se trouvait leur pique-nique et la glacière contenant les appâts, Liz se dirigea vers sa boutique. Dans l'eau, elle aperçut plusieurs tubas, signe que les plongeurs les plus assidus se trouvaient déjà à pied d'œuvre. La mer était calme et le ciel toujours aussi dégagé. Si elle avait eu un peu plus de temps devant elle, Liz aurait bien profité de ce moment de répit pour aller plonger, elle aussi.

— Liz ! s'exclama Luis en se dirigeant vers elle.

Elle le regarda approcher. Malgré sa petite taille, il était plutôt joli garçon. Sa silhouette mince et nerveuse, ses grands yeux noirs et son beau visage qui s'ornait d'une fine moustache avaient fait tourner plus d'une tête parmi les filles de l'île et les touristes de passage.

— Tu es beaucoup trop frêle pour porter un si gros panier, déclara-t-il malicieusement.

— Tu ne t'es pas regardé, répliqua-t-elle en riant.

Il lui prit la glacière des mains et l'accompagna jusqu'à son magasin.

— Alors, comme ça, tu vas à la pêche ? Tu sais que treize personnes se sont inscrites pour la sortie en mer de ce matin ? Et les deux bateaux de plongée sont réservés. J'ai demandé à mon cousin Miguel de venir nous donner un coup de main. Tu es d'accord ?

— Bien sûr, répondit-elle.

Luis était peut-être un coureur de jupons et un grand buveur de tequila, mais elle savait qu'elle pouvait compter sur lui en toutes circonstances.

— Je suppose que je vais de nouveau devoir engager quelqu'un, ne serait-ce qu'à temps partiel.

Luis détourna les yeux. Il avait souvent travaillé avec Jerry et tous deux s'étaient entendus à la perfection.

— Miguel n'est pas fiable, déclara-t-il enfin. Il peut être là un jour et disparaître le lendemain sans la moindre explication. J'ai bien un neveu qui ferait l'affaire. Mais il ne peut venir qu'après l'école.

— Je m'en souviendrai, acquiesça Liz. Bien, allons déposer tout ça à bord. Puis je vérifierai le matériel.

Luis hocha la tête et l'aida à monter à bord. Elle fit rapidement le tour du bateau et inspecta les immenses cannes à pêche. Jonas lui avait dit qu'il avait déjà pratiqué ce genre d'activité, mais elle n'était pas certaine qu'il soit capable de reconnaître un thon d'un espadon.

Le navire était d'une propreté irréprochable. Tout était méticuleusement rangé. Tous les membres du personnel de Liz savaient combien elle était à cheval sur ce genre de choses. Il en allait du confort et de la sécurité de leurs clients et rien n'était plus précieux à ses yeux.

Même du temps où ses moyens étaient beaucoup plus modestes, elle avait toujours veillé à leur offrir une qualité de service optimale. La plupart d'entre eux étaient très satisfaits de ses services.

Cette exigence, Liz se l'imposait également à elle-même. Elle connaissait sur le bout des doigts les eaux de cette partie du Yucatan, les habitudes des poissons et des prédateurs marins, le tableau des marées et la carte des hauts-fonds.

Son navire n'était peut-être pas équipé du sonar dernier cri qu'employaient la plupart des bateaux équipés pour la pêche en haute mer, mais elle était bien décidée à offrir à Jonas Sharpe l'expédition la plus mémorable de son existence.

En fait, elle comptait l'occuper suffisamment durant les heures à venir pour qu'il n'ait pas le temps de lui poser toutes les questions qui lui tenaient à cœur. Elle ferait en sorte qu'il reste vissé à son siège et attrape plus de poissons qu'il n'en avait vu durant sa vie entière.

Lorsqu'ils reviendraient au port, il serait épuisé et ne penserait plus qu'à prendre un bon bain et à aller se coucher. Au moins, aurait-il gagné ainsi un trophée qu'il pourrait exposer fièrement sur le mur de sa maison ou de son bureau lorsqu'il se déciderait enfin à quitter Cozumel.

Où habitait-il? s'interrogea Liz brusquement. Elle n'avait pas pensé à poser la question à Jerry. Cela ne lui avait pas paru présenter beaucoup d'importance, à l'époque. Mais elle se demandait à présent dans quel genre de ville pouvait bien vivre Jonas, quel genre de gens il pouvait bien fréquenter et à quoi il passait ses heures de liberté.

Etait-il le genre d'homme à arriver dans un restaurant très chic, une femme élégante à chaque bras? Aimait-il les films européens? Les clubs de jazz enfumés où se pressaient les amateurs les plus exigeants? Elle n'en avait pas la moindre idée.

C'était étrange, d'ailleurs. D'ordinaire, elle parvenait facilement à cerner ses interlocuteurs et se faisait une idée assez précise et souvent exacte de leurs habitudes. Mais Jonas était différent. Il paraissait résister à ce genre d'étiquetage rapide et schématique.

Au fond, cela importait peu, songea-t-elle. L'essentiel était qu'elle se débarrasse de lui au plus vite.

— C'est bon, dit-elle à Luis qui se trouvait sur le quai. Tu peux aller ouvrir le magasin, si tu veux. Les clients ne devraient pas tarder à arriver pour la première sortie en mer.

Mais Luis ne l'écoutait pas. Figé, il contemplait l'homme qui remontait le ponton dans sa direction. Elle le vit lever la main et se signer rapidement.

— *Madre de Dios,* murmura-t-il d'un air apeuré.

Liz observa Jonas qui s'avançait vers eux. Il portait un panama et une paire de lunettes de soleil. Il n'avait apparemment pas pris la peine de se raser et une barbe naissante ombrait son visage. Le T-shirt et le bermuda qu'il portait accentuaient encore sa ressemblance avec Jerry.

— C'est son frère, Luis, dit-elle. Je t'ai dit qu'ils étaient jumeaux.

— On dirait Jerry de retour de chez les morts, murmura son employé en secouant la tête.

— Ne sois pas ridicule, protesta-t-elle sans pourtant parvenir à réprimer un frisson. C'est Jonas. Et crois-moi, en réalité, il ne ressemble pas du tout à Jerry ! Tu t'en rendras compte en discutant avec lui. Vous êtes un homme ponctuel, monsieur Sharpe, ajouta-t-elle à l'intention de ce dernier.

— Le *Sans-Pays,* lut-il sur la coque du bateau. Est-ce ainsi que vous vous considérez ?

— On peut dire ça comme ça, répondit Liz en haussant les épaules.

Ce n'était pas quelque chose dont elle avait honte, ni dont elle était fière. Il s'agissait d'un fait, rien de plus.

— Je vous présente Luis, déclara-t-elle en désignant

son employé qui contemplait Jonas d'un air méfiant. Vous lui avez fait une peur bleue.

— Je suis désolé. J'en déduis que vous connaissiez mon frère ?

— Nous travaillions ensemble, répondit Luis dans un anglais chantant. Jerry adorait plonger... Bien, je vais vous laisser.

Luis adressa un signe de tête à Jonas avant de se diriger vers la boutique. Ce dernier le suivit des yeux avant de se tourner vers Liz.

— On dirait que je fais le même effet à tout le monde, remarqua-t-il. Et vous ? Etes-vous toujours décidée à me faire la tête ?

Il la fixait droit dans les yeux et Liz eut un peu de mal à soutenir son regard.

— Nous nous efforçons toujours de nous montrer agréables envers nos clients, répliqua-t-elle. Et vous avez loué le *Sans-Pays* pour la journée. Voulez-vous que je vous aide à monter à bord ?

— Je crois que je m'en sortirai tout seul, répondit-il avant de sauter sur le pont avec l'habileté d'un marin consommé.

Il déposa la petite glacière qu'il avait apportée.

Liz se détourna et détacha les amarres qui retenaient le bateau à quai. Elle fit ensuite démarrer le moteur et ils s'éloignèrent lentement en direction de la haute mer. La brise qui soufflait était si légère qu'elle troublait à peine la surface de l'eau. Liz n'avait donc aucun mal à repérer la masse noire des récifs qu'elle contournait prudemment.

— Je vois que vous manœuvrez cette embarcation avec une habileté redoutable, commenta Jonas.

— Cela fait partie de mon métier, dit-elle. Vous devriez vous asseoir et profiter de la balade, monsieur Sharpe.

— Appelez-moi Jonas, je vous en prie. Et je préfère rester debout, si vous n'y voyez pas d'inconvénient.

Il se plaça à quelques pas de Liz et l'observa attentivement. Elle portait une casquette sur laquelle était inscrit le nom de son magasin. Son T-shirt arborait également le logo du Corail Noir, mais les lettres avaient déteint à force de passer en machine.

— Depuis combien de temps possédez-vous ce bateau ? demanda-t-il, curieux.

— Sept ans. C'est un bon navire. Les eaux sont assez chaudes, ces jours-ci. Nous devrions donc croiser des thons, des marlins et des espadons. Dès que nous serons au large, vous pourrez commencer à appâter.

— Cela paraît injuste pour ces pauvres poissons. Je pensais que la pêche était juste une histoire de chance et d'habileté.

— A l'origine, c'était une question de survie, lui rappela-t-elle. Si les pêcheurs ne ramenaient aucune prise, leur village mourait de faim. Pour d'autres personnes, c'est une question de fierté : ce qui compte, c'est le trophée qu'ils pourront accrocher à leur mur.

— Je ne m'intéresse pas aux trophées, répondit Jonas.

Elle lui jeta un coup d'œil et songea que c'était probablement la vérité. Instinctivement, elle sentait qu'il n'était pas le genre d'homme à faire étalage de ses victoires.

— Qu'est-ce qui vous intéresse, alors ? demanda-t-elle.

— Pour le moment, vous. Mais je ne suis pas pressé.

NORA ROBERTS

— Vous avez payé pour pouvoir pêcher, remarqua-t-elle.

— Non. J'ai payé pour avoir droit à un peu de votre temps, la reprit-il.

Il était si près qu'elle pouvait distinguer ses yeux à travers les verres fumés de ses lunettes. Son regard était direct et ne trahissait qu'une patience infinie, comme s'il n'était pas pressé d'obtenir les informations qu'il pensait lui arracher.

Elle faillit lui dire qu'il perdait son temps, qu'elle ne savait rien sur son frère ni sur ce qui avait bien pu causer sa mort. Mais elle savait déjà qu'il n'en aurait rien cru. Jonas était un homme décidé.

Pour la première fois, elle se demanda s'il ne finirait pas par l'emporter et par l'impliquer malgré elle dans cette sombre histoire. Si quelqu'un en était capable, c'était bien lui.

— Dans ce cas, vous avez gâché deux cents dollars, répondit-elle pourtant.

Jonas sourit. Il ne parvenait toujours pas à s'habituer au mélange déroutant de force et de vulnérabilité qui caractérisait Liz. Elle était bien plus têtue qu'il ne l'avait imaginé initialement. Mais, dans ses yeux, il devinait le fantôme d'une souffrance passée.

Quelqu'un lui avait fait du mal, il en était certain. Et elle était bien décidée à ce que cela ne se reproduise plus jamais. C'était sans doute pour cela que Jerry n'avait pas réussi à sortir avec elle, se dit-il.

Car il était désormais quasiment certain que Liz lui avait dit la vérité au sujet de leurs relations. Ce n'était pas le genre de femme à cacher une liaison.

— Si j'ai perdu de l'argent, ce ne serait pas la

54

première fois, répondit-il. Mais, franchement, je ne pense pas que tel soit le cas.

— Je vous l'ai déjà dit : je ne sais rien qui puisse vous être utile.

— Je suis certain que vous le pensez. Mais cela fait plus de dix ans que je suis avocat et je puis vous assurer que nombre de témoins ne s'imaginent pas à quel point leur déposition peut s'avérer capitale. Le plus souvent, ils possèdent une information cruciale mais n'en ont pas conscience. Parlez-moi, Liz, s'il vous plaît.

Il posa doucement sa main sur celle de la jeune femme et celle-ci ne put retenir un léger frisson. Elle avait cru être suffisamment dure pour résister à l'interrogatoire de Jonas, mais elle commençait tout juste à réaliser combien elle s'était trompée.

Comment pouvait-elle passer des heures à marchander impitoyablement le prix d'une combinaison de plongée avec l'un de ses fournisseurs alors qu'elle cédait chaque fois que quelqu'un lui parlait gentiment ? Pourtant, elle savait bien que Jonas ne lui causerait que des ennuis.

— Nous discuterons pendant que vous serez en train de pêcher, déclara-t-elle. Et puisque vous tenez à laisser leur chance aux poissons, nous n'utiliserons pas d'appât.

Elle arrêta le bateau et retira doucement sa main de celle de Jonas. En quelques instants, elle attacha l'une des immenses cannes à pêche au pied du siège sur lequel Jonas prendrait place.

— Pour le moment, lui dit-elle, contentez-vous de vous asseoir et de tenir la ligne. Si vous sentez qu'un poisson mord, vous vous attachez et la lutte commence, d'accord ?

— Et vous ?

— Moi, je remettrai le moteur en marche et je maintiendrai une vitesse constante pour pouvoir fatiguer le poisson sans que la ligne ne casse. Il y a probablement de meilleurs endroits pour tenter votre chance, mais il est inutile de gâcher du carburant si vous vous moquez d'attraper un poisson.

Il sourit malicieusement.

— Je savais que vous aviez les pieds sur terre.

— Il le faut bien, répondit-elle.

— Pourquoi êtes-vous venue à Cozumel ? demanda Jonas en tirant une cigarette sans se soucier de sa canne à pêche.

— Cela fait maintenant plusieurs jours que vous êtes ici. Vous devriez commencer à le deviner.

— Ne me dites pas que vous n'êtes là que pour jouir de la beauté des paysages, rétorqua Jonas. Il y a des tas d'endroits aux Etats-Unis qui sont au moins aussi jolis. Et si vous êtes réellement ici depuis dix ans, vous ne deviez être qu'une enfant en arrivant.

— Vous vous trompez, lui dit-elle.

Il y avait dans sa voix une pointe de dureté qui le surprit. En la regardant, il comprit qu'il venait d'effleurer un secret qu'elle préférait garder pour elle.

— Je suis venue ici parce que c'était ce que j'avais de mieux à faire, déclara-t-elle. Quant aux raisons pour lesquelles j'ai choisi cet endroit plutôt qu'un autre, c'est simple : mes parents m'y emmenaient presque chaque année, lorsque j'étais petite. Eux aussi adoraient la plongée.

— Vous les avez suivis ici ?

— Non. Je suis venue seule. Mais vous n'avez pas

dépensé deux cents dollars pour m'écouter raconter ma vie, monsieur Sharpe.

— Disons que j'aime savoir à qui j'ai affaire. Vous avez mentionné votre fille. Est-ce qu'elle vit avec vous ?

— Non, elle habite à Houston, avec mes parents.

Jonas la contempla avec étonnement. Liz n'était pourtant pas le genre de femme à prendre du bon temps sur une île exotique pendant que ses parents s'occupaient de son enfant. Cela ne cadrait pas avec ce qu'il avait appris à son sujet.

— Elle vous manque ? demanda-t-il.

— Terriblement, soupira Liz. Elle doit revenir dans quelques semaines et nous passerons tout l'été ensemble. Mais ce n'est jamais assez long…

Elle laissa son regard dériver sur les eaux paisibles qui clapotaient doucement autour d'eux.

— Malheureusement, je sais que c'est ce qu'il y a de mieux pour elle. Mes parents prennent soin d'elle et elle reçoit une meilleure éducation que celle dont elle jouirait ici. Elle peut apprendre le piano et la danse. Elle m'a envoyé des photos de son dernier récital.

Les yeux de la jeune femme se remplirent de larmes et elle se détourna pour les lui cacher. Mais cette réaction n'avait pas échappé à Jonas. Il continua à tirer sur sa cigarette, lui laissant le temps de se ressaisir.

— Est-ce qu'il vous arrive de retourner aux Etats-Unis ? demanda-t-il.

— Non, répondit Liz.

Elle se maudit intérieurement pour avoir fait preuve de faiblesse en face de Jonas. Mais elle avait reçu les photographies de Faith la veille et n'avait pu s'empêcher de pleurer en les découvrant.

— Est-ce que vous vous cachez ? l'interrogea Jonas.

Lorsqu'elle se tourna vers lui, la tristesse avait laissé place à de la colère. La tension qui l'habitait était presque palpable et il leva la main en signe d'apaisement.

— Je suis désolé, s'excusa-t-il. J'ai la fâcheuse habitude de poser les questions qui dérangent.

Elle se força à se détendre et à ravaler une rage aussi irrépressible que vaine. Comment pouvait-elle réagir de façon aussi épidermique à ce qui s'était passé dix ans auparavant ?

— C'est un jeu dangereux, remarqua-t-elle.

— Je sais, répondit-il d'un air faussement contrit. Mais j'ai toujours considéré que le risque en valait la chandelle, mademoiselle Palmer.

— Liz, le reprit-elle.

— Cela vous va bien, acquiesça Jonas. Sauf quand vous vous mettez en colère. Dans ces moments-là, Elizabeth paraît mieux convenir.

— Personne ne m'appelle comme cela.

Il sourit et hocha la tête.

— Pourquoi ne couchiez-vous pas avec Jerry ? demanda-t-il à brûle-pourpoint.

— Je vous demande pardon ? articula-t-elle.

— Voilà que vous vous transformez de nouveau en Elizabeth, ironisa-t-il. Vous savez que vous êtes une très jolie femme ? Et Jerry avait un faible pour les jolies femmes. Je ne comprends pas pourquoi vous ne sortiez pas ensemble, tous les deux.

Pendant quelques instants, Liz resta silencieuse. Cela faisait longtemps que personne ne lui avait fait ce genre de compliment. A une époque, elle l'aurait accueilli avec reconnaissance. Mais elle avait mûri, depuis, et en était venue à se défier de ce type de déclaration.

— C'est moi qui ai refusé de coucher avec lui, répondit-elle en le regardant droit dans les yeux. Cela peut vous paraître incroyable, puisque vous lui ressemblez comme deux gouttes d'eau, mais je ne le trouvais pas irrésistible.

— Vraiment ? fit Jonas en ouvrant la glacière qui se trouvait à ses pieds.

Il en sortit une bière qu'il tendit à Liz. Elle la refusa d'un geste et il l'ouvrit avant d'en boire une longue gorgée.

— Comment le voyiez-vous ? demanda-t-il enfin.

— Jerry était un électron libre. Sa vie s'est trouvée mêlée à la mienne par hasard. Je lui ai offert un emploi parce qu'il paraissait intelligent et qu'il savait plonger. Je ne pensais pas qu'il resterait plus d'un mois ou deux. En général, les hommes comme lui disparaissent aussi vite qu'ils sont apparus.

— Les hommes comme lui ? Que voulez-vous dire par-là ?

— Que Jerry prenait tout à la légère, qu'il travaillait juste parce qu'il lui fallait bien manger. En réalité, il rêvait au jour où il pourrait réussir un gros coup, comme il disait. Je suppose qu'en disant cela, il pensait pouvoir décrocher la timbale sans se donner le moindre mal.

— On dirait que vous l'aviez bien cerné, acquiesça Jonas avec un sourire mélancolique. Savez-vous ce qu'il était venu faire à Cozumel ?

— Je l'ignore. J'ai toujours pensé qu'il comptait juste s'offrir du bon temps et profiter du soleil.

Elle haussa les épaules et écarta une mèche de cheveux dorés qui lui tombait sur les yeux.

— Je lui ai loué une chambre parce qu'il ne semblait pas être dangereux et que j'avais besoin d'argent. Nous n'étions pas amants, ni amis. La seule chose personnelle qu'il m'ait jamais dite, c'est qu'il comptait gagner beaucoup d'argent en plongeant.

— A-t-il expliqué de quelle façon il comptait s'y prendre ?

— Non. Et, franchement, je n'en ai pas cru un mot.

— Vous n'avez pas la moindre idée de ce qu'il pouvait manigancer ?

— Aucune. Je vous l'ai dit : j'ai pensé qu'il cherchait juste à se donner de l'importance.

— Qu'a-t-il dit exactement ? Essayez de vous rappeler les mots qu'il a employés à ce moment-là.

— Il a dit qu'il allait faire fortune en plongeant, soupira Liz. Je me suis moquée de lui, en lui demandant s'il comptait trouver un trésor…

Elle plissa les yeux, cherchant à se souvenir de la suite de la conversation. Mais elle avait d'autres choses en tête, sur le moment.

— Je travaillais à la maison, reprit-elle. Cela m'arrive souvent, surtout lorsque j'ai pris du retard dans ma comptabilité. Jerry venait juste de rentrer. Je crois qu'il avait fait la fête parce qu'il ne marchait pas très droit. Il m'a pris les mains et m'a obligée à me lever. Je me souviens que cela m'a mise de mauvaise humeur mais il paraissait si heureux que je n'ai rien dit. Lorsqu'il m'a parlé, je l'ai écouté d'une oreille distraite parce que j'étais en train de rassembler les factures qu'il avait fait tomber. Il a dit qu'il regrettait de ne pas avoir acheté une bouteille de champagne, que nous aurions dû célébrer cela dignement. Je lui ai dit qu'avec ce qu'il gagnait, il valait mieux qu'il reste à la bière. C'est là qu'il m'a dit qu'il allait faire fortune en plongeant. Je lui ai demandé s'il comptait repêcher un trésor…

— Et qu'a-t-il dit ensuite ?

— Qu'il y avait parfois plus d'argent à se faire en immergeant des choses qu'en les sortant de l'eau. Je lui ai dit qu'il ferait mieux d'aller se coucher et il a ri. Il m'a demandé si cela me disait de l'accompagner et je lui ai dit qu'il était toujours en train de rêver. Ensuite, je me suis remise au travail et il est allé passer un coup de téléphone.

— Quand est-ce arrivé ?

— Une semaine après que je l'ai embauché.

— Ce doit être lorsqu'il m'a appelé, murmura Jonas.

Sur le moment, il n'y avait guère prêté attention mais son frère lui avait effectivement dit qu'il comptait bien rentrer chez eux la tête haute et les poches pleines. Mais ce n'était pas la première fois que Jonas l'entendait faire de telles déclarations et, jusqu'alors, elles s'étaient révélées dénuées de tout fondement.

— L'avez-vous vu se disputer avec quelqu'un ?

— Jamais. Il flirtait avec toutes les jolies femmes qu'il rencontrait et se montrait charmant avec les clients. Tout le monde l'appréciait. Je pense qu'il passait la majeure partie de son temps libre à San Miguel. Il devait certainement courir les bars avec Luis et les autres.

— Savez-vous quels bars ils fréquentent ?

— Vous pourrez le leur demander mais je suis sûre que la police l'a déjà fait. Pourquoi ne les laissez-vous pas s'occuper de cette affaire, monsieur Sharpe ? Je ne pense pas que vous ayez plus de chances qu'eux de découvrir le fin mot de cette histoire.

— Parce que Jerry était mon frère, répondit Jonas.

Comment aurait-il pu expliquer à un étranger le lien qui unissait deux jumeaux ? En perdant Jerry, il avait perdu une partie de lui-même. Et s'il voulait se sentir complet un jour, il devait au moins comprendre ce qui s'était passé.

— Ne vous êtes-vous jamais demandé pourquoi on l'avait tué ? demanda-t-il.

— Bien sûr que si, répondit Liz.

Elle soupira, se sentant terriblement impuissante.

— Je pense qu'il a dû se battre ou insulter la mauvaise personne. Il avait la fâcheuse habitude de faire étalage de son argent, lorsqu'il en avait.

— Il ne s'agissait pas d'un vol ou d'une simple agression, Elizabeth. Mon frère a été tué par un professionnel.

Elle fronça les sourcils.

— Je ne comprends pas, murmura-t-elle.

— Jerry a été assassiné par un tueur de métier, répéta Jonas. Et je compte bien découvrir pourquoi.

Liz avala difficilement sa salive.

— Si ce que vous dites est vrai, c'est une raison supplémentaire pour laisser la police régler cette histoire.

Jonas tira une profonde bouffée de cigarette avant de répondre.

— La police ne cherchera pas à venger Jerry, répondit-il enfin. Moi, si.

Dans sa voix, Liz perçut cette patience qu'elle avait déjà remarquée et elle ne put s'empêcher de frémir. Il y avait quelque chose d'implacable dans la détermination de Jonas : quel que soit le temps que cela lui prendrait, il continuerait inlassablement à chercher l'homme qui avait tué son frère.

— Et que ferez-vous, si vous le trouvez ? demanda-t-elle d'un ton mal assuré.

Il avala une longue gorgée de bière.

— En tant qu'avocat, je devrais le traîner en justice pour qu'il ait un procès équitable. Mais en tant que frère…

Liz le contempla avec effarement, se demandant brusquement jusqu'où il serait prêt à aller pour exercer sa vengeance.

— J'ai toujours pensé que j'étais quelqu'un de bien, remarqua Jonas avec une pointe d'amertume. Mais, ces derniers jours, j'ai découvert que je m'étais trompé.

Il releva la tête et regarda Liz droit dans les yeux. Ce qu'elle y lut lui arracha un nouveau frisson.

— Je ne suis pas comme mon frère, dit-il gravement. Lorsque je me suis fixé un but, il est très difficile de m'arrêter. Si j'avais été à sa place, par exemple, je ne me serais certainement pas laissé éconduire aussi facilement.

Liz ouvrit de grands yeux, stupéfaite par cette déclaration. Se pouvait-il que Jonas ne s'intéresse pas à elle uniquement parce qu'elle avait été le témoin des derniers jours de Jerry ? Avant qu'elle puisse lui poser la question, elle vit la ligne de pêche se tendre brusquement.

— Vous venez de faire une touche, monsieur Sharpe, s'écria-t-elle. Vous devriez vous attacher si vous ne voulez pas être entraîné par-dessus bord.

Sur ce, elle se détourna et courut redémarrer le moteur du bateau.

Chapitre 3

Il faisait nuit lorsque Liz gara enfin sa moto devant chez elle. Au moins, songea-t-elle, Jonas Sharpe en avait eu pour son argent et elle avait mérité ses deux cents dollars. Qu'il le veuille ou non, il était reparti à son hôtel avec un marlin de plus de quinze kilos.

Ce poisson lui avait donné du fil à retordre. Passé le premier moment d'étonnement, Jonas s'était pris au jeu, malgré lui. Son entêtement avait fait le reste. Pendant plus d'une heure, il avait lutté contre l'animal qui refusait de capituler et se débattait avec acharnement.

Liz avait rapidement compris qu'elle s'était trompée au sujet de Jonas. C'était probablement la première fois qu'il pêchait au gros mais il avait vite appris et s'était révélé plutôt doué.

Cela lui avait même valu de nombreuses félicitations lorsqu'il avait débarqué sur le ponton avec sa proie. De nombreux badauds s'étaient rassemblés autour de lui pour l'admirer et Liz en avait lâchement profité pour s'éclipser.

A présent, elle entendait bien profiter de cette soirée de liberté. S'il fallait en croire les nuages qui dérivaient dans le ciel nocturne, il ne tarderait pas à pleuvoir. La brise qui soufflait de l'est charriait déjà une odeur d'humidité terreuse qui annonçait l'averse à venir.

Une fois à l'intérieur, Liz alluma la lumière, les ventilateurs et la radio. Elle tenait à s'assurer qu'aucun orage n'était prévu pour le lendemain. Elle en avait affronté suffisamment pour savoir qu'ils n'étaient pas à prendre à la légère.

Comme elle s'apprêtait à se déshabiller dans sa chambre pour aller prendre une bonne douche, elle s'immobilisa brusquement. Les volets étaient fermés. Pourtant, elle était certaine de les avoir ouverts, ce matin-là. En fait, elle le faisait chaque matin en se levant.

Elle hésita un instant puis haussa les épaules. Peut-être avait-elle été plus affectée qu'elle ne l'avait cru par la perspective de passer une journée en compagnie de Jonas Sharpe.

Cet homme occupait une part beaucoup trop importante de ses pensées et de son temps, c'était certain. Mais ce n'était peut-être pas si étonnant que cela. Un homme comme lui ne laissait probablement personne indifférent. Surtout pas les femmes qui étaient amenées à croiser sa route…

Elle était assez grande cependant pour ne pas se laisser impressionner par un homme, quel qu'il soit. D'ailleurs, maintenant qu'elle lui avait révélé tout ce qu'elle savait, il n'avait plus aucune raison de revenir l'importuner.

Comme elle se faisait cette réflexion, elle se rappela ce qu'il lui avait dit, juste avant que le marlin ne morde à l'hameçon. Le pensait-il vraiment ? Envisageait-il réellement la possibilité de sortir avec elle ?

Etant donné les auspices fâcheux qui avaient présidé à leur rencontre, cela paraissait peu probable. Mais Jonas Sharpe n'était pas un homme comme les autres, c'était évident. Et rien ne disait qu'il se laisserait facilement décourager par ce mauvais départ.

D'une oreille distraite, Liz écouta le bulletin météorologique qui annonçait l'averse de ce soir mais ne faisait état d'aucune tempête à venir. Un morceau de rock succéda à la voix du présentateur et elle se mit à chantonner.

Son ventre émit alors un gargouillement et elle décida de manger un morceau avant d'aller se doucher. Mais, alors qu'elle s'apprêtait à quitter la chambre, elle sentit quelqu'un l'agripper brusquement et la tirer en arrière. Elle aperçut furtivement un éclair argenté et sentit la lame d'un couteau se poser sur sa gorge.

— Où est-il ? fit une voix à son oreille.

Le cœur battant à tout rompre, Liz s'efforça vainement de comprendre ce qui lui arrivait. Par réflexe, elle essaya d'arracher le bras qui l'étranglait à moitié. Sous ses doigts, elle sentit un bracelet qui cliqueta doucement.

Le couteau mordit légèrement dans sa chair et elle renonça à lutter.

— Qu'est-ce que vous voulez ? articula-t-elle, terrifiée.

Elle réfléchit à ce qu'elle pourrait bien offrir à son agresseur. Mais elle ne devait pas avoir plus de cinquante dollars en liquide chez elle et le seul bijou de valeur qu'elle possédait était le collier de perles qui avait appartenu à sa grand-mère et auquel elle était très attachée.

— Mon sac est sur la table, dit-elle. Vous pouvez le prendre.

L'homme lui tira brutalement les cheveux, lui arrachant un cri de douleur.

— Où est-ce qu'il l'a caché ? demanda-t-il.

— De qui parlez-vous ? Je ne comprends rien.

— Sharpe. Dites-moi où il a mis l'argent si vous voulez que je vous laisse en vie.

— Je n'en sais rien, supplia-t-elle.

La lame du couteau s'enfonça dans sa chair et elle sentit un liquide chaud et visqueux couler sur sa peau.

— Je n'ai jamais vu cet argent ! s'écria-t-elle, au bord de l'hystérie. Vous pouvez chercher si vous voulez.

— C'est déjà fait, répondit son agresseur.

Il raffermit son étreinte et des taches rouges dansèrent devant les yeux de Liz.

— Sharpe est mort rapidement, reprit-il. Mais vous n'aurez pas cette chance. Dites-moi où est le fric et tout se passera bien, je vous le promets.

Liz comprit brusquement que l'homme n'hésiterait pas à la tuer pour quelque chose dont elle ignorait tout. Il voulait de l'argent et tout ce qu'elle avait à lui offrir, c'était cinquante malheureux dollars.

Alors qu'elle allait sombrer dans l'inconscience, l'image de sa fille s'imposa à elle. Qui s'occuperait de Faith si elle n'était plus là ? Cette question la terrifia et elle se mordit la lèvre jusqu'au sang. La douleur l'aida à recouvrer un semblant de contrôle de soi.

— Je vous en prie, murmura-t-elle en faisant mine de défaillir. Je n'arrive plus à respirer.

L'homme relâcha légèrement son étreinte et Liz saisit sa chance. S'écartant de lui autant qu'elle le pouvait, elle lui décocha un violent coup de coude en plein visage. Il jura en espagnol et la libéra involontairement.

Sans même se retourner, Liz fonça droit devant elle en appelant à l'aide. Elle atteignit la porte d'entrée et sortit en courant. Sans attendre, elle se rua vers la maison voisine et sauta la barrière qui séparait les deux jardins. Comme elle atteignait enfin la porte, elle entendit une voiture démarrer en trombe dans la rue.

Elle frappa, paniquée, craignant à tout instant que son agresseur ne la rattrape. Lorsque le battant s'ouvrit enfin, elle s'effondra dans les bras de sa voisine.

— Il a essayé de me tuer, parvint-elle à articuler avant de s'évanouir.

— J'ai bien peur de ne pas avoir de nouvelles informations à vous transmettre, monsieur Sharpe, soupira Morales.

Les deux hommes se trouvaient dans son bureau. Par la fenêtre, on apercevait la mer qui reflétait la lueur de la lune. Le dossier qui était posé devant Morales n'était pas aussi épais qu'il l'aurait voulu. En fait, il ignorait toujours l'identité et le mobile de l'assassin de Jerry Sharpe.

Une photographie de ce dernier était accrochée à un tableau de liège et le regard de Jonas ne cessait d'y revenir.

— Je me demande si la mort de votre frère ne s'explique pas plutôt par quelque chose qu'il aurait fait avant de venir sur cette île.

— Jerry n'était pas en fuite, lorsqu'il est arrivé ici, objecta Jonas.

— Peut-être n'avait-il pas conscience d'être menacé. De toute façon, j'ai contacté les autorités de La Nouvelle-Orléans. Apparemment, c'est là que résidait votre frère avant de venir ici.

— Jerry a toujours été un vagabond, soupira Jonas. Je suppose que cela ne vous facilite pas la tâche. Il n'avait ni adresse connue ni petite amie régulière et il allait là où le conduisaient ses impulsions du moment. Mais je vous l'ai dit : Jerry était apparemment convaincu d'avoir trouvé un filon qui le rendrait riche. Et, d'après Mlle Palmer, cela s'est passé à Cozumel.

Morales hocha la tête et sortit un fin cigare de la boîte de bois ouvragée qui était posée sur son bureau. Il l'alluma et en tira une bouffée avant de répondre.

— Je reconnais que cette information peut nous mettre sur une piste, acquiesça-t-il. Et je vous remercie de m'en avoir fait part…

— Mais vous n'avez aucune idée de ce que Jerry pouvait bien avoir en tête.

Morales adressa à Jonas un sourire aussi compréhensif que patient.

— C'est vrai, reconnut-il. Et puisque vous êtes si direct, je le serai aussi. La piste du meurtrier de votre frère se termine en cul de sac. Nous n'avons rien trouvé. Ni empreintes digitales, ni arme du crime, ni témoins. Cela ne signifie pas que je compte enterrer cette affaire. S'il y a un assassin sur mon île, je compte bien le débusquer et l'arrêter. Mais vous savez comme moi qu'il s'agissait d'un professionnel. A l'heure actuelle, il peut donc se trouver n'importe où, que ce soit au Mexique ou aux Etats-Unis. La procédure en vigueur dans ce genre de situation est très claire : nous devons découvrir ce qu'a fait votre frère à Cozumel et à La Nouvelle-Orléans. Et puisque nous parlons franchement, monsieur Sharpe, je vous dirai que votre présence ici ne facilite guère les choses.

— Il n'est pas question que je parte avant d'en savoir plus !

— C'est votre droit le plus strict, tant que vous n'interférez pas avec l'enquête de la police, bien sûr.

Le téléphone qui se trouvait sur le bureau se mit alors à sonner et Morales décrocha. Pendant quelques instants, il écouta ce que lui disait son correspondant, les sourcils froncés et une expression inquiète dans les yeux.

— Oui, passez-la-moi, dit-il enfin. Mademoiselle Palmer ? Ici le capitaine Morales.

Jonas était sur le point d'allumer une cigarette et il interrompit brusquement son geste. Liz Palmer était la clé de toute cette histoire, il le savait. La seule chose qu'il ignorait, c'était quelle porte elle était censée lui ouvrir.

— Quand est-ce arrivé ? Etes-vous blessée ? demanda Morales, inquiet. Non, restez où vous êtes, c'est moi qui vais venir. A tout à l'heure.

Morales raccrocha et se tourna vers Jonas.

— Mademoiselle Palmer vient de se faire agresser chez elle, expliqua-t-il.

— Je vous accompagne, déclara Jonas en se levant.

Morales parut hésiter puis hocha la tête. Jonas était un homme têtu et il ne tenait pas à perdre son temps en essayant de le convaincre de ne pas venir. Les deux hommes gagnèrent le parking et montèrent à bord de l'une des voitures de police qui y étaient garées.

Tandis que Morales roulait à vive allure le long de la côte, Jonas s'efforça de maîtriser la tension nerveuse qui l'habitait. Il s'abstint de poser la moindre question.

Tout ce qui lui importait, en cet instant, c'était que Liz soit vivante et qu'elle n'ait pas été blessée.

C'était en partie parce qu'elle était son seul lien avec Jerry sur cette île. Mais il y avait plus que cela. L'idée que quelqu'un ait pu chercher à lui faire du mal le révoltait. Il la revoyait, debout devant le gouvernail de son bateau, pleine de vie, rayonnante.

Il se rappela le sourire ironique qu'elle lui avait lancé tandis qu'il s'escrimait à maîtriser la canne à pêche au bout de laquelle se débattait son marlin. Et la manière cavalière dont elle s'était éclipsée prestement, sur le quai, au retour de leur promenade en mer.

S'en était-on pris à elle parce qu'on craignait qu'elle ait pu lui révéler quelque chose au sujet de Jerry ? Si tel était le cas, il était en partie responsable de ce qui lui était arrivé. Et cette idée le mettait terriblement mal à l'aise.

Lorsque Morales se gara enfin devant chez Liz, ils constatèrent que la porte était ouverte et les volets clos. Jonas savait qu'elle vivait seule et se rendit compte brusquement à quel point elle était vulnérable et exposée. Tandis qu'ils approchaient du porche, une femme sortit de la maison voisine et les héla.

Elle était vêtue d'une robe de coton noir et d'un tablier et tenait une batte de base-ball. Morales lui montra son badge et elle abaissa son arme improvisée.

— Je suis la *señora* Alderez, expliqua-t-elle. Liz est à l'intérieur. La Vierge soit louée, nous étions là lorsqu'elle a frappé à la porte !

Jonas suivit Morales dans le hall. Il aperçut aussitôt Liz qui se trouvait dans le salon. Assise sur un canapé chamarré, elle tenait au creux de ses mains tremblantes un verre de vin à moitié plein.

Lorsqu'ils pénétrèrent dans la pièce, elle leva les yeux vers eux. Son regard se riva aussitôt à celui de Jonas et l'expression qu'il y lut le fit frissonner. Apparemment, elle avait été très secouée par cette agression.

— Mademoiselle Palmer, commença Morales d'une voix très douce en prenant place à ses côtés, pouvez-vous me dire ce qui s'est passé exactement ?

Liz avala une gorgée de vin et prit une profonde inspiration avant de lui répondre d'une voix monocorde.

— Je suis rentrée chez moi juste après le coucher du soleil. Je n'ai pas fermé la porte à clé et je suis allée directement dans ma chambre. Les volets étaient clos alors que je me rappelais les avoir ouverts, ce matin. C'est là qu'il s'est jeté sur moi. Il devait se trouver juste derrière. Il m'a attrapée par la gorge et m'a menacée avec un couteau. Il m'a même légèrement coupée.

Elle porta la main à la blessure que sa voisine avait désinfectée et pansée.

— Je ne pouvais pas me débattre et j'étais convaincue qu'il allait me tuer. J'ai perçu la menace dans sa voix…

— Que vous a-t-il dit, mademoiselle Palmer ?

— Il m'a demandé : « Où est-ce qu'il l'a caché ? » Je lui ai dit que je ne comprenais pas ce dont il parlait, qu'il pouvait prendre mon sac à main. Il m'a tiré les cheveux et m'a parlé de Sharpe.

Elle jeta un coup d'œil à Jonas et ce dernier vit nettement les marques violacées qui étaient apparues sur son cou, là où son agresseur l'avait étranglée.

— Il a dit qu'il voulait l'argent, reprit-elle, et que si je ne le lui donnais pas, il me tuerait. Il a ajouté que

Jerry était mort rapidement mais que tel ne serait pas mon cas. Je lui ai répondu que je ne savais rien de cet argent, mais il a refusé de me croire.

De nouveau, elle regarda Jonas et celui-ci sentit croître la culpabilité qui l'habitait depuis qu'ils avaient quitté le commissariat.

— Est-ce qu'il a fini par vous laisser partir ? demanda Morales.

— Non. Je suis sûre qu'il comptait me tuer de toute façon, répondit Liz d'une voix atone. J'ai senti qu'il allait le faire, que je lui dise ou non où se trouvait l'argent. J'ai pensé à ma fille, je me suis dit que je ne pouvais pas la laisser tomber et j'ai fait semblant de m'évanouir. Il a légèrement relâché son étreinte et j'en ai profité pour lui décocher un coup de coude. Il a reculé et je suis partie en courant.

— Pourriez-vous l'identifier ?

— Non. Je ne l'ai pas vu.

— Et sa voix, comment était-elle ?

— Il parlait avec un accent espagnol. Il ne devait pas être très grand car sa bouche arrivait juste au niveau de mon oreille. Malheureusement, je ne peux pas vous dire grand-chose de plus. Je ne sais rien de cet argent ni de ce que Jerry avait bien pu faire.

Elle regarda fixement son verre, luttant pour ne pas fondre en sanglots.

— Je veux rentrer à la maison, déclara-t-elle.

— Vous pourrez y retourner dès que je serai certain que personne ne s'y trouve, répondit doucement Morales. Je mettrai deux policiers devant chez vous pour assurer votre protection. En attendant, reposez-vous ici. Je repasserai vous chercher dès que possible.

Liz acquiesça. Elle ignorait combien de temps s'était écoulé depuis qu'elle s'était effondrée entre les bras de sa voisine. Elle patienta encore une demi-heure en sirotant le verre de vin qu'elle tenait entre ses mains tandis que Morales et Jonas allaient inspecter sa maison.

Ils revinrent ensuite la chercher et la raccompagnèrent chez elle. Un policier se trouvait déjà en faction devant la porte. Elle alla directement dans la cuisine tandis que Morales et Jonas restaient dans le salon.

— Elle a eu de la chance, déclara le commissaire en redressant un guéridon que Liz avait renversé dans sa fuite. L'homme qui l'a agressée a commis une erreur. Sans cela, je pense effectivement qu'elle ne serait plus là…

Jonas ne put retenir un frisson de terreur rétrospective.

— Vos hommes ont-ils interrogé les voisins ?

— Oui. Certains d'entre eux ont remarqué une voiture bleue qui stationnait devant chez Mlle Palmer, en fin d'après-midi. La *señora* Alderez l'a vue démarrer en trombe lorsqu'elle lui a ouvert la porte. Malheureusement, personne n'a pu me donner la marque du véhicule. Nous ferons tout pour la retrouver, cependant.

— On dirait bien que l'assassin de mon frère n'a pas quitté l'île, en fin de compte, remarqua Jonas.

Morales le regarda droit dans les yeux.

— Une chose est certaine : le travail qu'il semble avoir trouvé lui a coûté la vie. Et je ne tiens pas à ce que Mlle Palmer perde la sienne à cause de cette sombre histoire. Je vais vous ramener en ville.

— Je préfère rester ici, objecta Jonas en repensant aux marques qu'il avait aperçues sur la gorge de la jeune femme. C'est à cause de mon frère qu'elle est impliquée dans cette histoire, c'est à moi de l'aider à en sortir.

Morales le contempla attentivement et hocha la tête.

— Si c'est ce que vous pensez, je ne chercherai pas à vous en empêcher.

Il fit mine de se détourner mais Jonas le retint par le bras.

— Capitaine, pensez-vous toujours que l'assassin de Jerry n'est plus dans les parages ?

— Non, répondit Morales en tapotant le pistolet qui était accroché sous son aisselle. Et je suis plus décidé que jamais à l'arrêter. *Buenas noches.*

Jonas le raccompagna jusqu'à la porte et la referma derrière lui. Il se dirigea alors vers la cuisine où Liz était en train de se servir une deuxième tasse de café.

— N'en buvez pas trop ou vous n'arriverez pas à fermer l'œil de la nuit, lui dit-il gentiment.

— Je ne sais pas si j'ai vraiment envie de dormir, répondit-elle en haussant les épaules.

Elle se tut et le contempla attentivement. Elle se sentait étrangement engourdie, comme si elle se trouvait à mi-chemin entre le rêve et la réalité.

— Je pensais que vous étiez déjà parti, remarqua-t-elle enfin.

Jonas ne répondit pas et se servit une tasse de café.

— Pourquoi êtes-vous resté ? insista-t-elle.

Il fit un pas vers elle et effleura la marque qui se dessinait sur sa gorge.

— Parce que je ne tiens pas à ce que ce genre de chose se reproduise.

Liz fronça les sourcils.

— Je préférerais rester seule, déclara-t-elle.

— Malheureusement, on n'obtient pas toujours ce que l'on veut, répondit Jonas avec un sourire. Mais ne vous en faites pas, je serai discret. Je vais m'installer dans la chambre de votre fille.

— Pas question ! s'exclama-t-elle en reposant vivement sa tasse de café.

Elle croisa les bras sur sa poitrine et le défia du regard.

— Je ne veux pas de vous ici ! ajouta-t-elle d'un ton résolu.

Lentement, Jonas posa sa tasse près de celle de la jeune femme et la prit doucement par les épaules. Lorsqu'il parla, sa voix trahissait une assurance absolue.

— Je ne vous laisserai pas ici toute seule, déclara-t-il. Pas tant que l'on n'aura pas retrouvé l'assassin de Jerry. Que vous le vouliez ou non, vous êtes impliquée dans cette affaire. Et moi aussi.

— Je vous rappelle que je ne l'étais pas jusqu'à ce que vous me poursuiviez partout avec vos questions ridicules, répliqua-t-elle.

Jonas savait qu'il y avait un fond de vérité là-dedans. C'était peut-être sa propre curiosité qui avait éveillé les soupçons du tueur. Mais que ce soit ou non le cas, cela ne changeait rien : à présent, Liz était en danger.

— Ecoutez, reprit-il posément, celui qui a tué Jerry croit que vous savez quelque chose au sujet de cet argent. Je doute fort qu'il vous soit facile de le convaincre du contraire. Il est donc temps que nous cessions de nous disputer et que nous commencions à coopérer, vous ne croyez pas ?

— Comment puis-je être sûre que ce n'est pas vous qui avez envoyé ce type afin de m'effrayer ? rétorqua Liz.

Jonas la regarda droit dans les yeux.

— Vous ne pouvez pas l'être, reconnut-il. Bien sûr, je pourrais vous jurer que je ne suis pas le genre d'homme à faire ce genre de chose, mais rien ne vous prouverait que je dis la vérité. Je pourrais aussi vous dire que je suis désolé, que je vais vous laisser tranquille et que nous pourrons tous les deux retrouver une vie normale, mais ce serait un mensonge. Car tant que cet homme sera en liberté, vous serez en danger. Alors, je pense qu'il vaut mieux que nous agissions de concert si nous voulons faire en sorte qu'il soit arrêté au plus vite.

— Je ne veux pas de votre aide, répliqua Liz, furieuse d'être mise au pied du mur de cette façon.

— Je sais, acquiesça Jonas. Asseyez-vous, je vais vous préparer quelque chose à manger.

— Allez-vous-en !

— Pas question. Dès demain, j'irai chercher mes affaires à l'hôtel et je m'installerai ici.

Voyant qu'elle s'apprêtait à protester énergiquement, il leva la main.

— Je vous louerai la chambre, déclara-t-il avant de fouiller les placards à la recherche de quelque chose à cuisiner. Votre gorge doit vous faire mal. Le mieux serait peut-être un bouillon de poulet.

Elle lui arracha des mains la boîte de conserve qu'il venait de sortir.

— Je suis tout à fait capable de préparer mon propre repas. Et je n'ai aucune envie de vous louer cette chambre !

— J'apprécie beaucoup votre générosité, ironisa Jonas en lui reprenant la boîte. Mais j'aurais mauvaise conscience de m'inviter chez vous sans vous offrir une compensation. Cinquante dollars par semaine, cela me semble honnête. Et vous feriez mieux d'accepter, Liz, parce que je compte rester quoi qu'il arrive.

Sur ce, il se détourna et se mit à la recherche d'un bol. Liz était furieuse. Elle aurait voulu lui crier de partir et le mettre dehors s'il refusait d'obtempérer. Mais elle se sentait vidée. Finalement, vaincue, elle s'assit à la table de la cuisine.

Que lui arrivait-il donc ? Cela faisait dix ans qu'elle contrôlait sa propre vie et ne laissait plus personne décider à sa place, dix ans qu'elle refusait de tenir compte des avis plus ou moins bien intentionnés, des conseils et des mises en garde. Elle n'avait pas pour habitude de demander de l'aide ou de se décharger de ses responsabilités.

Et voilà qu'elle avait brusquement l'impression de perdre le contrôle de sa vie. Depuis que Jerry était mort, elle essayait désespérément de se convaincre que cette histoire ne la concernait pas. Mais l'attaque dont elle venait d'être victime lui prouvait clairement qu'elle s'était bercée d'illusions.

Qu'elle le veuille ou non, elle était victime de circonstances qui la dépassaient et sur lesquelles elle n'avait aucune prise. Et, si elle voulait recouvrer un semblant de liberté, il allait lui falloir jouer un jeu dont elle ignorait encore les règles.

Liz essuya une larme qui coulait le long de sa joue. Elle s'efforça de maîtriser ses émotions, se refusant à craquer en présence de Jonas. Mais c'était plus fort qu'elle.

— Croyez-vous être capable d'avaler un toast ? demanda Jonas en déposant devant elle un bol de soupe fumante.

Elle ne répondit pas et il se détourna, incapable de supporter l'expression de désespoir et d'impuissance qui se lisait sur son visage. Le pire, c'est qu'il ne pouvait rien faire pour elle. Il s'assit à côté d'elle et attendit qu'elle se ressaisisse.

— J'ai cru qu'il allait me tuer, murmura-t-elle enfin en pressant ses paumes contre son visage baigné de larmes. Je sentais la lame de son couteau contre ma gorge et je savais que je n'en avais plus que pour quelques minutes… J'avais si peur… Si peur…

Jonas soupira et passa un bras autour de ses épaules. Elle se nicha alors contre lui comme une enfant effrayée et sanglota sans retenue. Il n'avait pas l'habitude de se trouver dans une telle situation. Les femmes qu'il connaissait étaient bien trop sophistiquées pour trahir la moindre émotion. Il se contenta donc de la serrer contre lui et de lui caresser doucement les cheveux.

Liz aurait voulu trouver la force de s'arracher à lui et d'aller s'enfermer dans sa chambre. Mais elle avait besoin de sa présence rassurante. Lorsque ses larmes se tarirent enfin, elle resta blottie dans ses bras, immobile, se sentant protégée.

Au dehors, la pluie s'était mise à tomber doucement. Elle ne tarda pas à croître en intensité, martelant le toit de la maison et les vitres de la cuisine. Lorsque Liz s'arracha enfin à l'étreinte de Jonas, ce dernier se leva sans un mot et alla réchauffer son bol de soupe qui avait déjà refroidi.

Quand il le reposa devant elle, elle commença à manger, trop fatiguée et trop gênée pour le remercier ou l'envoyer au diable. Dès la première cuillérée, elle sentit son appétit s'éveiller. Elle vida le bol entier et avala les deux tranches de pain que Jonas avait posées à côté.

Pendant ce temps, il avait allumé une cigarette et s'était mis à fumer en silence.

— Merci, lui dit-elle enfin d'une voix enrouée.

— Il n'y a pas de quoi, répondit-il.

La fragilité que Jonas lisait dans ses yeux lui serrait le cœur. Elle paraissait brusquement si délicate, si différente de la femme d'affaires sûre d'elle qu'il avait rencontrée. Il se sentit légèrement mal à l'aise. Il avait l'impression de l'avoir percée à jour, d'avoir empiété sur son intimité la plus secrète.

Et cela avait profondément bouleversé l'idée qu'il se faisait d'elle. Jusqu'alors, il l'avait considérée comme une informatrice primordiale, quelqu'un qu'il devait faire parler s'il voulait en apprendre plus sur ce qui était arrivé à Jerry. A présent, il la voyait surtout comme une femme, belle et vulnérable, infiniment touchante. S'il n'y prenait garde, il risquait de s'attacher à elle et de perdre son objectivité. Et c'était une chose qu'il ne pouvait se permettre.

— Je suppose que cette agression m'a affectée beaucoup plus que je ne le pensais, remarqua-t-elle.

— C'est tout à fait légitime.

Elle hocha la tête, reconnaissante de la façon dont il s'efforçait de minimiser son embarras.

— Vous n'êtes pas obligé de rester, vous savez. Je vais beaucoup mieux.

Jonas haussa les épaules, lui signifiant que cela ne changeait rien. Malgré elle, elle se sentit soulagée. Car, même si elle était bien trop fière pour le lui avouer, elle avait peur de passer la nuit seule.

— Dans ce cas, j'accepte votre proposition. Cinquante dollars par semaine, payables d'avance.

Il sourit et sortit son portefeuille.

— Je vois avec plaisir que vous avez retrouvé votre sens des affaires, remarqua-t-il.

Il lui tendit un billet qu'elle glissa dans sa poche.

— Vous devrez préparer vos propres repas, précisa-t-elle.

— Cela ne devrait pas poser de problème.

— Dans ce cas, je vous donnerai votre clé dès demain.

Elle prit son bol et alla le rincer dans l'évier.

— Vous croyez qu'il reviendra ? demanda-t-elle enfin d'une voix moins assurée qu'elle ne l'aurait voulu.

— Je ne sais pas, avoua Jonas.

Il s'approcha d'elle et posa doucement une main sur son épaule.

— Mais si c'est le cas, vous ne serez pas toute seule.

Elle se tourna vers lui et il constata avec soulagement qu'elle paraissait avoir repris le contrôle de ses émotions.

— Est-ce que vous essayez juste de me protéger, Jonas ? l'interrogea-t-elle. Ou attendez-vous une occasion de venger votre frère ?

— L'un n'empêche pas l'autre, répondit-il avec un sourire sans joie.

Il joua avec une mèche de ses cheveux blonds.

— Je vous l'ai dit. Je ne suis pas quelqu'un de bien…

— Quel genre d'homme êtes-vous, alors ? demanda-t-elle.

— Juste un homme comme les autres, éluda-t-il.

Liz n'en crut pas un mot. Jonas Sharpe n'avait vraiment rien d'un homme ordinaire. Il y avait en lui un mélange de patience, de force et de violence qui lui faisait presque peur.

— Et vous, Elizabeth ? Quel genre de femme êtes-vous ? Quels sont les secrets que vous dissimulez avec tant de soin ?

— Cela ne vous regarde pas, articula-t-elle, le cœur battant à tout rompre.

— En êtes-vous si sûre ? murmura-t-il en se penchant lentement vers elle.

Elle savait précisément ce qui allait se passer et aurait pu l'empêcher. Il lui aurait suffi de reculer d'un pas ou de se détourner. Mais elle était incapable de bouger. Tremblante, fascinée, Liz regarda le visage de Jonas se rapprocher du sien jusqu'à ce que ses lèvres se posent sur les siennes.

Si la violence de Jonas lui faisait peur, la douceur de son baiser la terrifia plus encore. Cela faisait très longtemps qu'elle n'avait pas laissé un homme prendre de telles libertés avec elle. Mais elle ne put lui résister.

Toutes les raisons qu'elle avait de se défier de lui s'évanouirent brusquement, remplacées par une folle ivresse. Sans même s'en rendre compte, elle répondit à son baiser.

Jonas ne comprenait pas pourquoi il avait eu brusquement une telle envie de l'embrasser. Peut-être avait-il simplement cherché à la réconforter. Peut-être avait-il réagi instinctivement à l'attirance qu'il éprouvait pour la jeune femme et qu'il avait jusqu'alors refusé de reconnaître.

Une chose, au moins, était certaine : il s'était attendu

à ce qu'elle le repousse sans ménagement. Aussi fut-il très étonné qu'elle n'en fasse rien. Pourtant, elle hésitait de toute évidence à se laisser aller à ce baiser.

On aurait presque dit qu'elle n'avait jamais embrassé auparavant. C'était ridicule, bien sûr. Liz avait une fille. Et elle était bien trop jeune et trop belle pour ne pas avoir eu quelques aventures depuis sa séparation.

Mais l'impression persistait et il décida donc de ne pas brusquer les choses. Il était évident que Liz le désirait autant que lui et que, s'ils n'y prenaient garde, cette étreinte risquait fort de déboucher sur une nuit d'amour passionnée. Il s'arracha donc à elle et la repoussa gentiment.

L'envie que Liz avait de Jonas était aussi impérieuse qu'inexplicable. Elle bouillonnait en elle, se répandant dans ses veines, balayant les défenses qu'elle avait érigées depuis des années pour se protéger d'une nouvelle déconvenue amoureuse.

Lorsque Jonas cessa de l'embrasser et recula d'un pas, elle le contempla avec un mélange d'incompréhension et de frustration. Dans ses yeux, il lut aussi de l'incertitude et de l'espoir et il comprit qu'il avait bien fait de mettre un terme à ce baiser.

Il n'était pas prêt à lui offrir ce qu'elle attendait de lui et n'était pas certain de l'être jamais.

— Vous devriez aller dormir, lui conseilla-t-il d'une voix rauque.

Liz sentit une douloureuse déception la submerger. Elle avait été stupide de croire, ne serait-ce qu'un instant, que Jonas était l'homme qu'il lui fallait. Le désir qu'elle avait éprouvé pour lui n'était probablement qu'un contrecoup de la terreur que lui avait infligée l'agression de ce soir.

Mais si elle avait perdu la maîtrise d'elle-même durant quelques minutes, elle était bien décidée à préserver le peu de fierté qui lui restait.

— Je vous donnerai la clé de la maison et un reçu pour vos cinquante dollars, déclara-t-elle froidement. En général, je me lève à 6 heures et je prends mon petit déjeuner vers 6 h 30. Bonne nuit, monsieur Sharpe.

Sur ce, elle se détourna et quitta la pièce aussi dignement que possible.

Chapitre 4

Le jury le contemplait fixement. Douze visages aux yeux attentifs étaient tournés vers lui, buvant ses paroles. Jonas se trouvait à quelques centimètres d'eux, de l'autre côté de la balustrade qui délimitait le box dans lequel ils siégeaient. Il portait une pile de livres de droit qui étaient si lourds que son bras lui faisait mal. Et il savait qu'il ne devait les poser sous aucun prétexte.

Un filet de sueur coula le long de sa tempe. La robe d'avocat qu'il portait était moite de transpiration. Il devait absolument obtenir l'acquittement de son client. C'était une question de vie ou de mort. Il redoublait donc d'éloquence, plaidant avec intensité et ferveur.

Mais le jury ne paraissait pas convaincu. Dans le regard de ces hommes et de ces femmes anonymes, il ne lisait que doute et défiance. L'un des livres commença à glisser de la pile et, alors qu'il tentait vainement de le rattraper, il lâcha tous les autres qui s'écrasèrent sur le sol avec un bruit retentissant.

Le juge assena trois coups de marteau et prononça la sentence. Elle parut se répercuter à l'infini contre les murs du tribunal.

— Coupable, coupable, coupable…, faisait l'écho, impitoyable.

Défait, Jonas fit face à l'accusé. L'homme qui se tenait debout dans son box, les yeux braqués sur lui, était son double. Avec angoisse, il se demanda s'il c'était Jerry ou lui-même. Terrifié, il se tourna vers le juge et constata avec stupeur qu'il s'agissait de Liz. Elle haussa les épaules d'un air indifférent.

— Je ne peux rien faire pour vous, lui dit-elle.

Et, lentement, sa silhouette commença à s'estomper. Paniqué, il tendit la main vers elle pour essayer de la retenir mais ses doigts passèrent au travers de son corps qui était devenu presque translucide. Il y avait dans ses yeux une tristesse infinie. Puis elle disparut complètement.

L'accusé avait disparu, lui aussi, et il ne restait dans la salle d'audience que les douze membres du jury qui le contemplaient à présent d'un air moqueur…

Jonas se redressa brusquement, le cœur battant à tout rompre, le corps couvert d'une sueur glacée. Il se retrouva nez à nez avec les poupées de Faith qui lui souriaient. Il y avait une danseuse de flamenco avec ses castagnettes, une princesse qui tenait à la main une paire d'escarpins de verre et une Barbie assise sur une chaise longue qui lui adressait un petit signe amical.

Jonas prit une profonde inspiration et passa ses mains sur son visage pour chasser les images persistantes de son rêve. Avec tous ces petits personnages autour de lui, il n'était pas étonnant que son esprit lui joue des tours. Se tournant vers le mur de droite, il avisa la rangée d'animaux en peluche qui allaient de l'ours traditionnel à une sorte de monstre bleu dont l'origine extraterrestre ne faisait aucun doute.

Ce dont Jonas avait besoin, c'était d'une bonne tasse de café. Ignorant les dizaines de regards artificiels qui convergeaient vers lui, il s'habilla donc rapidement et se dirigea vers la porte de la chambre.

Mais, au moment de sortir, il se demanda brusquement ce qu'il pourrait bien faire de sa journée. La vie ici était si différente de celle qu'il menait à Philadelphie. Là-bas, il aurait pu appeler ses contacts, embaucher un détective ou mener lui-même l'enquête. Mais sur cette île du bout du monde, il ne connaissait personne. Il ignorait à quelles règles il devrait se plier, quels étaient les informateurs utiles ou qui fréquentait quel milieu.

Il allait donc devoir se fier à son instinct et progresser à tâtons. Après tout, c'était exactement ce qu'il avait dû faire lorsqu'il n'était encore qu'un jeune avocat fraîchement sorti de l'université. Restait à espérer qu'il en était toujours capable…

Lorsque Jonas entra dans la cuisine, il découvrit Liz installée à table devant une tasse de café et une assiette de tartines beurrées. Elle ne portait qu'un T-shirt par-dessus son maillot de bain et il ne put s'empêcher d'admirer ses longues jambes bronzées.

— Il reste du café, lui dit-elle lorsqu'il s'avança dans la pièce. Et il y a des œufs dans le frigo. Par contre, je n'ai pas de céréales.

— Cela ne fait rien, répondit Jonas avant d'aller se servir une tasse de café.

Liz augmenta légèrement le volume de la radio qui diffusait le dernier bulletin météo.

— Je pars dans une demi-heure et, si vous voulez

que je vous dépose à votre hôtel, vous feriez bien de ne pas traîner.

— Ma voiture est à San Miguel, remarqua Jonas.

— Je peux vous déposer au Presidente et vous prendrez un taxi de là jusqu'au centre-ville.

Jonas hocha la tête et avala une nouvelle gorgée de café sans quitter Liz des yeux. Elle était encore un peu pâle, ce qui faisait ressortir les marques de strangulation sur son cou. Les cernes qui soulignaient ses yeux prouvaient qu'elle n'avait guère mieux dormi que lui.

— Pourquoi ne prendriez-vous pas un jour de congé ? suggéra-t-il.

Elle le regarda en face pour la première fois depuis qu'il l'avait rejointe.

— C'est impossible, déclara-t-elle d'un ton qui n'admettait pas de réplique.

— Vous ne vous accordez pas beaucoup de repos, je me trompe ?

— J'ai beaucoup de travail, répondit-elle. Vous devriez préparer vos œufs si vous voulez avoir le temps de les manger. La poêle est dans le placard situé au-dessus de la gazinière.

Jonas la contempla quelques instants puis il se détourna et entreprit de préparer son petit déjeuner. Liz attendit qu'il ait le dos tourné et l'observa à la dérobée.

Elle s'était rendue ridicule, la veille. Elle pouvait encore accepter le fait d'avoir fondu en larmes en sa présence. Mais l'idée de s'être abandonnée à lui et de l'avoir laissé l'embrasser la rendait folle de rage.

Ce n'était pas tant le désir qu'elle avait éprouvé qui la gênait. Après tout, il lui était arrivé d'avoir quelques aventures au cours de ces dix dernières années. Des passades qui ne duraient généralement que quelques semaines et prenaient fin dès que Liz sentait qu'elle était susceptible de s'attacher.

Avec Jonas, cela avait été complètement différent. Par-delà l'envie purement physique qu'il lui avait inspirée, elle avait senti une attente beaucoup plus profonde, un besoin d'affection contre lequel elle s'était toujours vigoureusement prémunie.

Quelque chose en lui avait réveillé en Liz certaines aspirations qu'elle avait crues à jamais disparues.

Et il n'était pas question que cela se reproduise. Dorénavant, elle se cantonnerait à une attitude distante et polie et éviterait toute implication personnelle. Puisqu'il tenait tant à louer la chambre qu'avait occupée son frère, elle empocherait l'argent et le mettrait de côté pour acheter les scooters des mers qu'elle avait repérés. Mais leurs relations se limiteraient à cela.

— Voici votre clé, lui dit-elle lorsqu'il s'assit en face de son assiette d'œufs brouillés. Et votre reçu pour la première semaine de loyer.

Jonas empocha la clé et le reçu sans même y jeter un coup d'œil.

— Accueillez-vous souvent des gens chez vous ? demanda-t-il, curieux.

— Non. Mais j'ai besoin d'argent pour payer mes nouveaux équipements.

Elle se leva et alla rincer son assiette et sa tasse dans l'évier. Puis elle éteignit le poste de radio. Elle avait dix minutes d'avance mais se félicitait de s'être levée plus tôt que d'habitude. Cela lui avait évité de devoir manger en compagnie de Jonas.

— Et vous ? demanda-t-elle. Avez-vous l'habitude de loger chez des étrangers plutôt qu'à l'hôtel ?

— Nous ne sommes plus des étrangers l'un pour l'autre, objecta-t-il en souriant.

Liz ne put s'empêcher de remarquer à quel point il était séduisant, ce matin-là. Sa barbe naissante lui donnait un air négligé qui ajoutait encore à son charme naturel. Elle faillit lui proposer un rasoir mais s'en abstint, jugeant le geste trop personnel.

— Vous vous trompez, répondit-elle enfin. Nous ne savons quasiment rien l'un de l'autre.

— Dans ce cas, il est temps d'y remédier, répondit-il. J'ai étudié le droit à Notre-Dame et j'ai fait mes premières armes comme avocat à Boston, chez Neiram et Barker. Il y a cinq ans, j'ai ouvert mon propre cabinet à Philadelphie. Je me suis spécialisé dans le droit pénal. Je ne suis pas marié et je vis seul dans un appartement. Le week-end, je passe le plus clair de mon temps à restaurer une vieille demeure victorienne que j'ai achetée à Chadd's Ford.

Ce détail éveilla la curiosité de Liz. Elle aurait voulu lui poser des questions au sujet de cette maison. Pourquoi l'avait-il achetée alors qu'il vivait seul ? Etait-elle grande ? Possédait-elle un jardin ? Pourtant, elle garda obstinément le silence et continua à laver sa tasse.

— Cela ne change rien au fait que nous sommes des étrangers, déclara-t-elle enfin.

— Peut-être, concéda-t-il. Mais n'empêche que nous sommes dans le même bateau, vous et moi.

Liz reposa sa tasse sur le bord de l'évier et se tourna vers lui.

— Il vous reste dix minutes, déclara-t-elle avant de se diriger vers la porte.

Mais Jonas lui attrapa le bras au passage.

— Nous sommes confrontés au même problème, Elizabeth, lui dit-il d'une voix très douce. Tôt ou tard, il vous faudra bien l'accepter.

— Vous vous trompez, répondit-elle durement. Vous voulez venger votre frère alors que moi, je cherche juste à continuer à vivre comme avant.

— Croyez-vous que je pourrais reprendre comme si de rien n'était le cours de ma vie si je rentrais maintenant à Philadelphie ? objecta-t-il.

— Pourquoi pas ? répliqua-t-elle.

— L'une des toutes premières choses que j'ai remarquées chez vous, c'est votre intelligence aiguisée. J'ignore pourquoi vous êtes venue vous cacher sur cette île, Liz, mais une chose est sûre : vous n'êtes pas idiote, loin de là. Vous savez donc tout comme moi que ce qui vous est arrivé hier se serait probablement produit, même si je n'avais pas été là.

— Justement, puisque vous n'êtes pas responsable, vous n'avez aucune raison de rester ici.

— Vous vous trompez. Tant que l'assassin de Jerry pensera que vous savez ce que faisait mon frère, il essaiera de s'en prendre à vous. Et je compte bien être présent pour l'en empêcher et en profiter pour l'attraper.

Liz le foudroya du regard.

— C'est donc tout ce que je suis, pour vous ? Un appât ? Considérez-vous de cette façon tous les gens qui vous entourent, Jonas ? Comme des outils dont vous vous servez pour parvenir à vos fins ?

Elle ne put retenir un petit reniflement de mépris.

— Je connais les hommes dans votre genre. Ils ne pensent qu'à préserver leurs propres intérêts.

— Vous vous trompez, répondit Jonas, furieux.

— Je crois que non. Vous avez grandi dans un milieu favorisé, vous avez fréquenté les meilleures écoles et sympathisé avec les gens les plus influents. Vous vous étiez fixé des objectifs et vous les avez atteints, même s'il vous a fallu parfois laisser derrière vous ceux qui ne pouvaient pas vous suivre. Oh, ce n'était pas personnel, bien entendu ! C'est bien cela le pire, chez les gens comme vous. Ce n'est jamais personnel...

Jonas avait écouté cette tirade en silence. Jamais personne ne l'avait fait se sentir aussi vil, aussi méprisable. Il avait suffi de quelques phrases pour que Liz le juge et le condamne sans appel. Brusquement, il se rappela son rêve et les regards moqueurs des jurés.

Mais il ne pouvait faire marche arrière, à présent. Liz était la clé de toute cette histoire et, même s'il devait subir ses commentaires blessants, il ne pouvait se permettre de quitter cette maison.

— Il faut que je parle à Luis, déclara-t-il. Je voudrais savoir quels bars Jerry et lui fréquentaient et à qui mon frère a parlé lors de son séjour à Cozumel.

— Je lui poserai la question, répondit Liz.

Voyant qu'il faisait mine de protester, elle l'interrompit d'un geste.

— Vous avez remarqué sa réaction, lorsqu'il vous a vu ? Il refusera de vous parler. Vous le rendez beaucoup trop nerveux. Je l'interrogerai et je dresserai la liste des lieux et des personnes qui vous intéressent.

— Très bien, soupira Jonas. Ensuite, il faudra que

je visite ces endroits. Et j'aimerais que vous m'accompagniez.

— Pourquoi ? demanda Liz d'une voix méfiante.

— Parce que je ne peux pas courir le risque de vous laisser seule ici, répondit-il.

— Je vous rappelle que Morales a affecté un policier à ma protection.

— Cela ne suffit pas. De plus, vous parlez espagnol et moi pas. Vous connaissez les us et coutumes des habitants de cette île. Ce n'est pas mon cas. J'ai besoin de vous, Liz. C'est aussi simple que cela.

La jeune femme alla éteindre la cafetière électrique.

— Rien n'est jamais simple, répondit-elle enfin. Mais je viendrai avec vous. A une seule condition…

— Laquelle ?

Liz croisa les bras sur sa poitrine et Jonas comprit qu'elle n'entendait accepter aucune objection de sa part.

— Quoi qu'il arrive, quoi que vous découvriez ou ne découvriez pas, je veux que vous quittiez cette maison dès que ma fille sera de retour à Cozumel. Cela vous laisse quatre semaines, Jonas, pas une de plus.

— Cela suffira amplement, déclara-t-il d'un ton plus assuré qu'il ne l'était réellement.

— Bien, opina-t-elle. Maintenant, lavez votre assiette et venez me retrouver dehors.

Jonas s'exécuta. Quelques minutes plus tard, il quitta la maison et constata qu'une voiture de police était garée devant. Un groupe d'enfants se trouvait sur le trottoir opposé et observait le véhicule en échangeant des messes basses. Liz appela l'un d'eux par son prénom.

Il se rapprocha et ils s'entretinrent brièvement en

espagnol. Puis Liz lui tendit plusieurs pièces de monnaie. Jonas se rapprocha aussi, curieux.

— Que lui avez-vous demandé ? l'interrogea-t-il.

— De jouer les détectives. S'ils voient qui que ce soit rôder autour de la maison, ils doivent rentrer chez eux en vitesse et prévenir le capitaine Morales.

— Combien leur avez-vous donné ?

— Vingt pesos par personne.

Jonas effectua la conversion de tête.

— Jamais un enfant de Philadelphie n'aurait accepté pour si peu.

— Vous êtes à Cozumel, lui rappela Liz.

Elle alla chercher sa moto. En avisant le véhicule, Jonas ne put s'empêcher de sourire. C'était une grosse cylindrée qui aurait fait rêver la plupart des adolescents qu'il connaissait.

— Vous conduisez vraiment ça ? demanda-t-il, surpris.

Son étonnement amusa la jeune femme mais elle se garda bien de le montrer.

— C'est un moyen de transport comme un autre, répondit-elle en haussant les épaules.

— Je n'avais encore jamais vu une femme piloter un tel engin.

Cette fois, Liz ne put s'empêcher de sourire. Lorsqu'il s'en aperçut, Jonas sentit se réveiller la tendresse qu'elle lui avait inspirée la veille. Elle enfourcha sa moto et se tourna à demi vers lui.

— Montez, Jonas, lui dit-elle. A moins que vous ne préfériez faire du stop.

Jonas prit place derrière elle.

— Où suis-je censé mettre mes pieds ?

Elle ne chercha même pas à dissimuler son sourire moqueur.

— N'importe où sauf sur le sol, répliqua-t-elle.

Elle démarra d'un coup de talon et sentit les mains de Jonas se poser sur ses hanches. Il ne lui fallut que quelques instants pour s'habituer à cette charge supplémentaire et elle accéléra ensuite légèrement, zigzaguant pour éviter les nids-de-poule.

— Est-ce que toutes les routes sont aussi mauvaises, par ici ? demanda Jonas.

— Vous plaisantez ? Celle-ci est l'une des meilleures de l'île. Attendez de vous aventurer à l'intérieur des terres et vous verrez la différence ! Si vous préférez les chaussées bien entretenues, essayez plutôt Cancun. Ce n'est pas loin d'ici, en bateau.

— Vous y allez souvent ?

— De temps en temps… L'année dernière, Faith et moi avons pris le *Sans-Pays* pour faire la traversée. Nous en avons profité pour aller visiter les ruines qui se trouvent dans la région. Certaines sont magnifiques. Vous devriez aller les voir avant de rentrer aux Etats-Unis.

— J'avoue que je ne m'y connais guère en archéologie, reconnut Jonas.

— Ce n'est pas nécessaire. Tout ce qu'il vous faut, c'est un peu d'imagination. Alors, ces ruines prennent vie et vous n'avez aucun mal à vous représenter les gens qui y vivaient avant l'arrivée des Espagnols.

Liz klaxonna et adressa un geste de la main à un vieil homme qui se tenait sur le seuil d'un magasin.

— C'est le *señor* Pessado, expliqua-t-elle. Il tient la boulangerie et offre toujours des bonbons à Faith lorsqu'elle passe le voir. Tous deux sont persuadés que je ne le sais pas.

Jonas faillit l'interroger au sujet de sa fille mais il y renonça. Liz était étonnamment expansive et il ne tenait pas à ce qu'elle se braque parce qu'il abordait des sujets trop personnels.

— Connaissez-vous beaucoup de gens, sur cette île ?

— Je suppose que c'est un peu comme un village, répondit-elle. On connaît vite la plupart des gens de vue mais cela ne veut pas dire pour autant que l'on devient intime avec tout le monde. Il y a beaucoup d'habitants de San Miguel ou de l'intérieur avec lesquels je n'ai même jamais discuté. Par contre, j'ai plusieurs amis qui viennent de l'intérieur des terres. J'ai rencontré la plupart d'entre eux lorsque je travaillais à l'hôtel.

— Je ne savais pas que vous aviez travaillé dans un hôtel, remarqua Jonas.

— Si, comme femme de chambre, répondit Liz en négociant un virage en épingle à cheveux.

Jonas fut très étonné de l'apprendre. Il n'imaginait vraiment pas la jeune femme en train de laver le sol ou de faire les lits dans l'un des hôtels de la côte.

— Je vous voyais plutôt à la réception, déclara-t-il.

— J'ai pris ce que j'ai trouvé. Et encore, j'ai eu beaucoup de chance parce que, lorsque je me suis mise à chercher un emploi, la saison touristique était déjà terminée.

Elle ralentit légèrement alors qu'ils arrivaient sur la grande avenue dans laquelle se dressait le Presidente. Elle en profita pour respirer le parfum délicat des fleurs exotiques qui poussaient de chaque côté de la route.

Ce jour-là, elle devait accompagner cinq plongeurs

débutants. Cela monopoliserait toute son attention et toute son énergie et elle tenait à profiter de ces derniers instants de liberté avant une dure journée de travail.

— Est-ce que c'est toujours aussi beau, à l'intérieur ? demanda-t-elle à Jonas.

— Vous parlez du Presidente ?

— Oui.

— Eh bien… Il y a beaucoup de verre et de marbre… Le balcon de ma chambre domine la mer. Si vous voulez, vous n'avez qu'à entrer. Vous verrez vous-même.

Liz était tentée. Elle avait toujours aimé ce genre d'endroit élégant. Mais elle ne tenait pas à ce que Jonas se fasse des idées fausses à son sujet.

— Non, il faut que j'aille travailler, dit-elle.

Elle arrêta sa moto devant l'hôtel et Jonas en descendit.

— Nous nous retrouverons chez vous. Ensuite, nous irons en ville pour jeter un coup d'œil aux bars dont Luis vous aura parlé. D'accord ?

Liz hocha la tête.

— Bonne journée, lança-t-il.

Elle redémarra et s'éloigna à vive allure. Pendant quelques instants, il la suivit des yeux, se demandant qui était vraiment Elizabeth Palmer et pourquoi cette question le préoccupait tant.

Lorsque la journée de Liz toucha à sa fin, elle se sentait épuisée. Elle avait travaillé durant des heures, veillant sur l'équipement et le bien-être de ses élèves, leur prodiguant des conseils, s'assurant qu'ils les suivaient et qu'ils ne risquaient rien…

Un jeune policier s'était joint à ses clients pour

assurer sa protection. Cela aurait probablement dû la rassurer mais, en fait, elle s'était senti surveillée. Au moins, l'avait-il gentiment aidée à rincer et à ranger tout le matériel.

Un véhicule de police l'escorta discrètement tandis qu'elle rentrait chez elle. Lorsqu'elle arriva enfin devant sa maison, elle n'avait qu'une envie : s'enfermer à l'intérieur et aller se coucher.

Elle retint un geste d'impatience en constatant que Jonas l'attendait. Il était dans le salon en train de téléphoner et avait couvert de notes un petit calepin. Apparemment, il y avait eu un problème à son cabinet et cela l'avait mis de fâcheuse humeur.

Liz l'ignora et alla se doucher et se changer. Sans enthousiasme, elle choisit une jupe grise et un chemisier rouge. Comme elle entendait toujours Jonas discuter au téléphone, elle décida de tuer le temps en se maquillant légèrement. Cela ne lui arrivait que très rarement, en grande partie parce qu'elle ne sortait quasiment jamais.

Jonas frappa enfin à sa porte.

— Avez-vous parlé à Luis ? l'interrogea-t-il en pénétrant dans la pièce.

Elle lui tendit un morceau de papier sur lequel elle avait noté toutes les informations que ce dernier lui avait données.

— Je vous avais dit que je le ferais.

Jonas parcourut la liste des yeux. Elle remarqua alors qu'il s'était rasé et changé. Il portait à présent un pantalon couleur ivoire et une veste grise à la fois élégante et décontractée.

— Est-ce que vous connaissez ces endroits ? demanda-t-il enfin.

— Je suis allée dans certains d'entre eux. Mais j'avoue que je ne suis pas une habituée des bars et des boîtes de nuit.

Jonas hocha la tête. Lorsqu'il releva les yeux, il sentit les battements de son cœur s'accélérer légèrement. Le maquillage de Liz soulignait la beauté de son visage. Elle avait détaché ses cheveux qui retombaient en une cascade dorée et soyeuse sur ses épaules.

— Vous êtes ravissante, dit-il.

Le désir qu'elle lut dans ses yeux la troubla plus qu'elle ne l'aurait voulu. Mais elle ne tenait pas à commettre de nouveau l'erreur de la veille.

— Etes-vous prête ? demanda Jonas.

— Laissez-moi juste enfiler une paire de chaussures.

Il hocha la tête et parcourut des yeux la pièce dans laquelle ils se trouvaient. Comme le reste de la maison, elle était meublée simplement mais décorée de couleurs éclatantes. Une odeur parfumée flottait dans l'air et il constata qu'elle émanait d'un pot-pourri posé sur la commode.

Juste au-dessus du bureau, étaient accrochés deux dessins, probablement réalisés par la fille de Liz. L'un d'eux représentait un coucher de soleil et l'autre une plage sous l'orage. Jonas sourit, songeant que ces croquis illustraient assez bien les deux facettes de la personnalité de la jeune femme.

Près du lit, il découvrit la photographie encadrée d'une petite fille. Elle portait une robe fleurie et arborait un sourire radieux. Son visage bronzé figurait un ovale presque parfait et ses cheveux légèrement ondulés étaient noirs et brillants.

Elle ne ressemblait pas du tout à sa mère, songea

Jonas. En fait, leur seul point commun était leurs grands yeux bruns en amande. Mais ceux de la petite fille étaient francs et rieurs. On n'y voyait aucune trace des fantômes et des secrets que l'on devinait parfois dans le regard de sa mère.

— C'est Faith ? demanda-t-il.

— Oui, acquiesça Liz.

Elle venait d'enfiler une paire d'escarpins et de récupérer son sac à main.

— Quel âge a-t-elle ?

— Dix ans. Nous devrions y aller. Je ne tiens pas à rentrer trop tard.

— Dix ans ? répéta Jonas, stupéfait. C'est impossible.

— C'est pourtant la vérité.

— Quel âge aviez-vous, lorsqu'elle est née ?

— Dix-huit ans.

— Est-ce qu'elle est née ici ?

— Oui, répondit Liz d'une voix parfaitement neutre. Six mois après mon arrivée à Cozumel. Maintenant, allons-y, d'accord ?

Jonas la regarda longuement et elle s'efforça de ne pas réagir à la gentillesse qu'elle lisait dans ses yeux.

— Ce devait être un beau salaud, déclara-t-il enfin.

Elle lui adressa un sourire amer.

— C'est exact, dit-elle.

Sans même réfléchir aux raisons qui motivaient son geste, Jonas s'approcha d'elle et effleura ses lèvres d'un baiser.

— Votre fille est adorable, Elizabeth. C'est tout ce qui importe, aujourd'hui.

Liz se sentit fondre, une fois encore. La compréhension dont faisait preuve Jonas la touchait. Mais elle ne pouvait se laisser aller à ce genre d'émotion. Elle recula donc prudemment.

— Merci, répliqua-t-elle un peu sèchement. Maintenant, partons. Je dois me lever tôt, demain matin.

Le premier bar qu'ils visitèrent était bruyant et surpeuplé. La majorité des consommateurs étaient américains. Un DJ animait la soirée et la piste de danse était pleine. Liz et Jonas parvinrent à trouver une table libre et commandèrent un repas léger et deux verres de bière.

— Luis m'a dit qu'ils venaient souvent ici parce que Jerry préférait la musique américaine, expliqua la jeune femme.

Elle grignota une chips de maïs et jeta un coup d'œil autour d'elle. Ce n'était vraiment pas le genre d'endroit qu'elle affectionnait. La décoration manquait complètement d'originalité, la musique était trop forte et il y avait beaucoup trop de monde.

Les autres clients ne paraissaient pas en souffrir et la plupart d'entre eux s'amusaient comme des fous. Plusieurs personnes reprenaient en chœur les chansons que passait le DJ. Les autres dansaient ou essayaient de discuter, ce qui, en un tel endroit, ressemblait plutôt à un concours de cris.

Le groupe d'étudiants qui se trouvait à leur droite avait lancé un concours de tequila frappée, une idée qu'ils regretteraient probablement amèrement le lendemain matin.

Aux yeux de Jonas, cet endroit était typique des bars que fréquentait d'ordinaire son frère.

— Luis a-t-il précisé si Jerry voyait quelqu'un en particulier, ici ? demanda-t-il à Liz.

— Des filles, répondit-elle. Luis était même très impressionné par la facilité avec laquelle Jerry faisait leur conquête.

— Y en avait-il une en particulier ?

— Oui. Mais Luis ignorait son nom. Jerry l'appelait toujours « bébé ».

— Je vois qu'il n'avait pas changé ses vieux trucs…

— Ses trucs ? répéta Liz sans comprendre.

— Il appelait toujours les filles « bébé ». Comme cela, il était sûr de ne pas se tromper de prénom.

— Charmant, commenta Liz.

— Est-ce que Luis vous l'a décrite ?

— Il a juste dit qu'elle était mexicaine et « canon », avec des longs cheveux et des hanches généreuses. Luis a aussi mentionné plusieurs hommes mais c'était toujours Jerry qui allait leur parler et il ignorait de quoi ils pouvaient bien discuter. Il y avait un Américain et un Mexicain. Luis ne s'intéressant qu'aux femmes, il ne leur a pas prêté attention et n'a pu être plus précis. Mais il a précisé que Jerry passait souvent d'un bar à l'autre jusqu'à ce qu'il les ait retrouvés. Ensuite, la plupart du temps, il rentrait à la maison…

— Ils n'étaient donc pas toujours ici.

— Non. D'après Luis, ils ne se rencontraient quasiment jamais deux fois de suite au même endroit.

— Bien. Dans ce cas, il ne nous reste plus qu'à espérer que l'un d'eux me prendra pour Jerry et viendra m'aborder.

Ils firent vainement le tour du bar puis passèrent au suivant sur la liste. Au cinquième arrêt, Liz commença à se sentir lasse. Certains des endroits qu'ils avaient visités étaient calmes, d'autres bruyants. Certains étaient chic, d'autres miteux. Certains accueillaient principalement des Américains, d'autres des Mexicains.

— C'est le dernier que je visite ce soir, déclara-t-elle tandis que Jonas et elle pénétraient dans la boîte de nuit.

Il jeta un coup d'œil à sa montre et constata qu'il était à peine 23 heures. Il savait d'expérience que dans le monde entier, la vie nocturne commençait réellement à battre son plein à partir de minuit.

— Très bien, acquiesça-t-il, bien décidé à distraire la jeune femme pour lui faire changer d'avis. Que diriez-vous d'aller danser, alors ?

Avant qu'elle ait pu refuser, il l'entraîna en direction de la piste.

— Il n'y a pas de place, protesta-t-elle lorsqu'il la prit dans ses bras.

— Eh bien, nous allons en faire, dit-il en souriant.

— Cela fait des années que je n'ai pas dansé.

— Ne vous en faites pas pour cela, répondit malicieusement Jonas. De toute façon, on peut à peine bouger.

— Je crois que nous perdons notre temps, déclara-t-elle tandis qu'ils évoluaient difficilement au milieu des autres couples enlacés.

— C'est possible. Mais c'est notre seule piste, pour le moment. Tâchez de vous détendre un peu, d'accord ?

— Je n'ai pas l'habitude, fit-elle avec un demi-sourire.

— Vraiment ? Qu'est-ce que vous faites, alors, quand vous ne travaillez pas ?

— Je pense à mon travail.

— Sérieusement, Liz ?

— Je lis beaucoup. Des traités de biologie marine, surtout.

— Ça n'a pas l'air très drôle, remarqua Jonas.

— Peut-être. Mais c'est ce qui m'intéresse.

Jonas sentait son corps se presser contre le sien et il avait beaucoup de mal à maîtriser le désir qu'elle lui inspirait.

— C'est la seule chose, vous êtes sûre ? demanda-t-il d'une voix un peu rauque.

Liz aurait voulu s'écarter un peu de lui mais les gens qui se pressaient autour d'eux l'en empêchaient. Malgré elle, elle sentit les battements de son cœur s'emballer.

— Je n'ai pas beaucoup de temps libre, dit-elle enfin.

— Je crois surtout que vous ne vous en accordez pas beaucoup.

— Je dois m'occuper de mon entreprise, murmura-t-elle.

En fait, elle n'arrivait pas à détacher son regard de la bouche de Jonas et se demandait si elle ressentirait la même chose que la veille en l'embrassant.

— L'argent est donc si important, à vos yeux ? demanda-t-il.

Tandis qu'il parlait, elle sentait son souffle effleurer ses lèvres.

— Oui, répliqua-t-elle en réprimant difficilement un frisson. Il faut que j'achète des scooters des mers.

— Des scooters des mers ? répéta-t-il, fasciné par les grands yeux de la jeune femme dans lesquels il voyait s'éveiller un désir qu'elle refusait encore d'admettre.

— Si je ne veux pas me laisser dépasser par la concurrence…

Liz s'interrompit, troublée. Jonas venait d'effleurer

ses lèvres d'un baiser, lui faisant perdre le fil de ses explications.

— La concurrence ? l'encouragea-t-il.

— Eh bien... Les clients préféreront aller voir ailleurs...

Elle fut interrompue par une nouvelle caresse et frissonna malgré elle.

— Et alors ?

— Alors, il faut impérativement que j'achète ces scooters des mers avant les vacances d'été, conclut-elle d'une voix mal assurée.

— Bien sûr. Mais il vous reste encore des semaines d'ici là. Assez pour que nous fassions l'amour des dizaines de fois...

Avant qu'elle ait pu trouver une réponse, il l'embrassa. Il la sentit se raidir entre ses bras, sans savoir si c'était l'effet de la surprise, d'une tentative de résistance ou du désir qui couvait entre eux.

Tout ce qu'il savait en cet instant, c'est qu'il avait envie d'elle. D'ordinaire, il préférait un peu plus d'intimité et la boîte de nuit dans laquelle ils se trouvaient ne constituait pas un cadre très romantique. Mais il oublia rapidement les spots aveuglants, la musique assourdissante et les dizaines de corps transpirants qui les bousculaient. Plus rien n'existait que ce baiser qui paraissait se prolonger à l'infini.

Liz était incapable de s'arracher à cette étreinte. La chaleur de Jonas se répandait en elle, se communiquait à tout son corps, elle se sentait prise d'un délicieux vertige. Brusquement, elle avait envie de s'offrir à lui, de trouver dans ses bras le plaisir que promettait leur baiser.

Sans même s'en rendre compte, elle posa une main sur son visage et le caressa doucement.

A cet instant, la musique changea brusquement de tempo et les gens qui les entouraient se mirent à sauter dans tous les sens, les arrachant l'un à l'autre.

— Mauvais timing, murmura Jonas.

Liz hocha la tête. Elle fit mine de s'écarter de lui mais il la retint.

— Qu'y a-t-il ? demanda-t-elle.

Suivant la direction de son regard, elle aperçut une femme vêtue d'une robe d'un rouge éclatant. Dans ses yeux, se lisait une terreur sans nom et, brusquement, elle se détourna et quitta la piste de danse.

— Venez, s'exclama Jonas qui avait déjà commencé à se frayer un chemin dans la foule pour partir à sa poursuite.

Jouant des coudes, Liz lui emboîta le pas. Lorsqu'ils rejoignirent enfin la femme, elle se trouvait déjà dans la rue.

— Pourquoi vous êtes-vous enfuie ? demanda Jonas en l'agrippant par les épaules.

— *Por favor, no comprendo,* répondit-elle, tremblante comme une feuille.

— Oh, je crois que vous me comprenez très bien, répliqua-t-il.

Il la secoua violemment.

— Dites-moi ce que vous savez au sujet de mon frère ! s'exclama-t-il.

— Jonas ! protesta Liz en s'interposant. Si c'est ainsi que vous comptez vous y prendre, vous mènerez votre enquête sans moi.

Elle se tourna vers la jeune femme et posa une main réconfortante sur son épaule.

— *Lo siento mucho,* dit-elle pour excuser Jonas. Il a perdu son frère, Jerry Sharpe. Vous le connaissiez, n'est-ce pas ?

— C'est lui, balbutia la femme en désignant Jonas. Je l'ai vu dans le journal ! Mais il est mort...

— Jonas est son frère jumeau, précisa Liz. Il voudrait vous parler.

— Je ne sais rien, murmura l'inconnue.

— *Por favor,* cela ne prendra que quelques instants.

— Dites-lui que je saurai me montrer reconnaissant, intervint Jonas.

Liz traduisit et il sortit un billet de son portefeuille. Presque instantanément, la terreur qui brillait dans le regard de la jeune femme se changea en lueur d'intérêt.

— Pas plus de quelques minutes, alors, répondit-elle. Allons nous asseoir.

Elle les entraîna dans le café voisin et Jonas commanda trois verres de vin.

— Demandez-lui son nom, dit-il à Liz.

— Inutile, je parle anglais, déclara la jeune femme en s'allumant une cigarette. Je m'appelle Erika. Jerry et moi étions amis. Bons amis, même, ajouta-t-elle avec un sourire entendu.

— Je vois, acquiesça Jonas.

— Il était beau garçon, reprit-elle. Et très drôle...

— Depuis combien de temps le connaissiez-vous ?

— Quelques semaines. J'ai été désolée d'apprendre qu'il était mort.

— Il a été assassiné, précisa Jonas.

Erika avala une gorgée de vin.

— Pensez-vous que ce soit à cause de l'argent ? demanda-t-elle enfin.

Jonas lança un regard alarmé à Liz qui s'apprêtait à répondre.

— Je ne sais pas, dit-il. Je pense que oui. Que vous avait-il révélé à ce sujet ?

— Il m'en a dit juste assez pour éveiller mon attention, répondit Erika avant de tirer une bouffée de cigarette. Jerry était aussi charmant que généreux. Je pensais qu'il était riche mais il m'a dit un jour qu'il le deviendrait plus encore. Il a dit que, lorsqu'il toucherait cet argent, nous partirions en voyage, lui et moi. Malheureusement, quelques jours plus tard, il était mort...

Elle haussa les épaules avec philosophie, comme s'il n'y avait rien à espérer de plus de l'existence, de toute façon.

— Savez-vous quand il était censé récupérer cet argent ? l'interrogea Jonas.

— Bien sûr. Il fallait que je pose quelques jours, si nous voulions partir en vacances. Il m'a appelée dimanche. Il était surexcité et m'a dit qu'il avait décroché le jackpot. J'étais en colère contre lui parce qu'il n'était pas venu à notre rendez-vous, samedi. Mais il m'a expliqué qu'il avait dû se rendre à Acapulco pour affaires. Il a ajouté qu'il comptait m'emmener à Monte Carlo et j'ai décidé de lui pardonner...

Erika se fendit d'un sourire légèrement cynique.

— J'ai demandé quelques jours de congé et j'ai fait mes valises, reprit-elle. Nous devions partir mardi après-midi. Mais lundi, j'ai lu dans le journal qu'il avait été tué. L'article ne disait rien au sujet de l'argent...

— Savez-vous avec qui il était en affaire ? demanda Jonas.

— Non. Parfois, il discutait avec un Américain. Un type tout maigre avec les cheveux très clairs. Une autre fois, je l'ai vu en compagnie d'un Mexicain. Un type qui m'a fait peur, il avait le *mal ojo*.

— Le mauvais œil, précisa Liz. Pouvez-vous nous le décrire ?

— Il n'était pas beau. Le visage grêlé, les cheveux longs, petit et nerveux…

Elle décocha un sourire ravageur à Jonas.

— Moi je préfère les hommes grands et forts.

— Savez-vous de qui il s'agissait ?

— Non. Tout ce que je peux vous dire, c'est qu'il s'habillait très bien. Il portait de beaux costumes et des chaussures de marque. Il avait toujours un fin bracelet en argent au poignet. Pensez-vous qu'il sache où se trouve l'argent ? D'après Jerry, il y en avait vraiment beaucoup…

— J'aimerais beaucoup que vous trouviez le nom de cet homme, déclara Jonas.

Il posa un billet de cinquante dollars sur la table.

— J'en aurai d'autres comme celui-là si vous pouvez me dire qui sont les deux hommes dont vous venez de nous parler, précisa-t-il.

Erika s'empara du billet qu'elle glissa dans son décolleté.

— Je vais me renseigner, assura-t-elle.

Jonas hocha la tête et écrivit le numéro de téléphone de Liz au dos de l'une de ses cartes de visite.

— Appelez-moi à ce numéro dès que vous saurez quelque chose, d'accord ?

— D'accord, acquiesça-t-elle.

Elle se leva et observa attentivement Jonas.

— Vous savez, vous lui ressemblez moins que je ne le pensais au départ, déclara-t-elle.

Sur ce, elle se détourna et s'éloigna à grands pas en direction de la boîte de nuit.

— C'est un début, soupira Jonas en allumant une cigarette.

Il se rendit compte alors que Liz le regardait fixement.

— Qu'y a-t-il ?

— Je n'aime pas la façon dont vous vous êtes conduit avec cette fille, expliqua-t-elle.

— Je n'avais pas de temps à perdre en politesses inutiles, répliqua-t-il.

— Et qu'auriez-vous fait, si je n'étais pas intervenue ? Vous l'auriez entraînée dans une ruelle obscure pour lui taper dessus ?

Jonas avala une bouffée de cigarette, se forçant à conserver son calme. L'accusation de la jeune femme le mettait d'autant plus mal à l'aise qu'il avait parfaitement conscience d'être allé trop loin.

Jamais il ne se serait conduit de cette façon avec un témoin récalcitrant à Philadelphie. Mais, comme il l'avait dit à Liz, ici, il n'était plus un avocat assermenté mais simplement le frère de Jerry.

— Nous ferions mieux de rentrer, déclara-t-il.

— Franchement, lui dit-elle, je me demande si vous êtes si différent des hommes que vous recherchez.

Jonas jugea préférable de ne pas répondre à cette provocation. Il régla leurs consommations et tous deux quittèrent le bar pour se diriger vers sa voiture.

— Au fait, déclara enfin Liz, au cas où cela vous intéresserait, l'homme qui est entré chez moi et m'a attaquée portait un fin bracelet au poignet. Je l'ai senti quand il a essayé de m'étrangler.

Chapitre 5

— Pensez toujours à vérifier les cadrans, conseilla Liz en les montrant à ses élèves. Chacun d'entre eux offre des informations qui peuvent se révéler vitales lorsque vous êtes sous l'eau. Cela reste vrai, qu'il s'agisse de votre première ou de votre centième descente. Il est facile de se laisser distraire par la beauté des coraux et des poissons et d'en oublier le reste. Rappelez-vous toujours que sans votre réserve d'air, vous êtes condamné. Veillez donc à remonter dès qu'il ne vous reste plus que cinq ou dix minutes de réserve.

Liz décida qu'elle en avait dit suffisamment. Si elle insistait encore, la concentration de ses élèves s'amenuiserait et ils risquaient ensuite d'oublier les instructions de base. Il était temps de les laisser passer aux travaux pratiques.

— Nous allons plonger par groupes, expliqua-t-elle. Quoi qu'il arrive, nagez toujours deux par deux. Et vérifiez l'équipement de votre coéquipier de temps à autre.

Liz accrocha sa ceinture lestée et ses élèves l'imitèrent. La plupart d'entre eux, elle le savait, considéraient la plongée comme une aventure. Ce n'était pas gênant tant qu'ils se rappelaient les consignes de sécurité.

Mais la moindre erreur pouvait très rapidement tourner à la catastrophe. Et, en quelques minutes, l'aventure pouvait virer au drame. C'était la raison pour laquelle elle émaillait ses leçons d'exemples concrets qui démontraient les dangers de cette pratique.

Tous ceux qui suivaient ses cours connaissaient les procédures à respecter pour faire face à toutes les situations communément rencontrées. Car Liz savait que la grande majorité des accidents étaient dus à la négligence et à un excès d'assurance.

— Ce sont tous des bleus, lui chuchota Luis en désignant les élèves qui discutaient entre eux.

— Exact, acquiesça-t-elle en vérifiant son matériel.

Elle fournissait l'équipement de tous ses employés et l'entretenait avec autant d'attention que celui qu'utilisaient ses clients.

— Garde un œil sur les deux amoureux, là-bas, lui conseilla-t-elle. Ils s'intéressent plus l'un à l'autre qu'à leurs détendeurs.

— Pas de problème, répondit Luis.

Il aida Liz à accrocher ses bouteilles.

— Tu as l'air fatiguée, remarqua-t-il.

— Je vais bien, lui assura-t-elle.

— Tu es sûre ? insista-t-il. Tu n'as pas l'air en forme...

— Ce n'est pas très galant, dit-elle d'un ton ironique en ajustant la lanière de son couteau de plongée.

— Je suis sérieux. Je me fais du souci pour toi.

— Ne t'inquiète pas, lui dit-elle en désignant le policier qui était chargé d'assurer sa protection.

Il s'efforçait d'enfiler ses palmes, ce qui, à le voir, n'avait pas l'air évident.

— La police veille sur moi, fit-elle d'une voix légèrement narquoise.

En réalité, elle s'inquiétait moins au sujet de son

agresseur qu'à propos de Jonas. Elle n'avait pas été si étonnée que cela par son attitude de la veille. Elle avait déjà senti en lui cette violence sous-jacente à plusieurs reprises. Mais l'expression de son visage et le ton de sa voix lorsqu'il avait attrapé Erika lui avaient fait peur.

Elle n'était pas sûre qu'il soit capable de contrôler la colère qui bouillonnait en lui. La mort de son frère l'obsédait et il avait visiblement décidé de faire justice lui-même. Quitte à ce que cette vengeance se termine dans un bain de sang. Et cela, justement, elle n'était pas certaine d'être capable de le supporter.

Mais le moment était mal choisi pour se laisser déconcentrer, décida-t-elle. Ses clients requéraient toute son attention.

— Mademoiselle Palmer ? dit un jeune Américain en lui décochant un sourire timide. Pourriez-vous vérifier ma combinaison ?

— Bien sûr, répondit-elle.

Elle contrôla les différents cadrans ainsi que la façon dont il avait attaché ses bouteilles.

— Je suis un peu nerveux, confessa le jeune homme. Je n'ai encore jamais fait de plongée.

— Il vaut mieux être un peu nerveux que trop décontracté, lui assura-t-elle. Au moins, vous ferez attention. Mettez votre masque, maintenant, et vérifiez qu'il est bien ajusté. Il doit tenir mais ne pas vous faire mal.

Le jeune homme s'exécuta.

— Si cela ne vous ennuie pas, je crois que je préférerais rester auprès de vous lorsque nous serons en bas, lui dit-il.

Elle sourit et hocha la tête.

— Je suis là pour ça.

Elle se tourna vers le reste du groupe.

— La profondeur est de trente pieds, leur annonça-t-elle. Souvenez-vous que vous devez bien respecter les paliers de décompression en descendant. Et ne perdez jamais de vue le reste du groupe.

Sur ce, elle se mit à l'eau avec la grâce que conféraient de longues années de pratique. Elle surnagea tandis que ses élèves, aidés par Luis, la suivaient un par un. Lorsqu'ils furent tous là, elle ajusta son masque et plongea.

Elle avait toujours adoré cette sensation. Sous l'eau, elle se sentait libre, presque invulnérable. Il n'y avait plus ni haut ni bas, juste cet élément liquide qui l'entourait de toutes parts et au sein duquel elle avait l'impression de voler.

Pendant quelques instants, elle resta suspendue entre deux eaux, admirant le récif au-dessus duquel ils se trouvaient. Puis, d'un coup de palmes, elle se propulsa en direction de ses élèves qui avaient déjà amorcé leur descente.

Les jeunes mariés se tenaient par la main et paraissaient aux anges. Le policier chargé de sa protection se débrouillait mieux qu'elle ne l'aurait imaginé, même si sa façon de nager lui rappelait celle des tortues de mer. La plupart des autres restaient groupés, fascinés mais prudents.

Le jeune Américain lui jeta un regard qui trahissait un mélange de plaisir et de nervosité. Pour l'aider à se détendre, Liz lui toucha l'épaule et lui fit signe de se tourner sur le dos. A la surface de l'eau, les rayons du soleil créaient un rideau de lumière et l'on voyait la coque de leur bateau, proche et rassurante.

Ils se remirent sur le ventre et le jeune homme lui sourit, rasséréné. Ils descendirent encore et ne tardèrent pas à apercevoir les premiers poissons. Certains se déplaçaient en bancs, d'autres préféraient la solitude. Ils atteignirent enfin le massif corallien et Liz retrouva cette beauté familière dont elle ne se lassait jamais.

Des plumes de mer aussi délicates que de la dentelle dressaient leurs branches roses et pourpres qui offraient un contraste saisissant avec la couleur safran des cerveaux de Neptune. Des dizaines de poissons de toutes formes jouaient parmi elles.

C'était un monde que Liz comprenait aussi bien que celui de la surface. Peut-être mieux, même. Dans ce silence, elle trouvait souvent une sensation de paix et d'harmonie qui l'aidait à se ressourcer. Elle connaissait le nom de chaque corail, de chaque algue, de chaque poisson. Elle n'ignorait rien de leurs habitudes, de leurs forces et de leurs faiblesses.

Jadis, elle avait étudié dans l'espoir de pouvoir percer les secrets de cet univers merveilleux. A présent, elle se contentait de le révéler aux touristes de passage, pour qu'ils ramènent avec eux un peu de sa magie. Et c'était déjà beaucoup…

Amusée, elle observa un scalaire qui suivait l'un de ses élèves et essayait d'avaler les bulles qui sortaient de son masque. Elle s'amusa à agacer une demoiselle qui ne l'entendait pas de cette oreille et lui mordit le doigt.

Elle repéra alors un petit tourbillon de sable, près du fond, et fit signe au groupe de s'écarter. La raie qui s'était tenue embusquée sur le sol s'éloigna de ces gêneurs bipèdes qui n'avaient rien à faire là.

Les plongeurs commençaient progressivement à

prendre confiance et ils s'écartèrent un peu les uns des autres. Seuls le policier et le jeune Américain restaient aux côtés de Liz. Durant les trente minutes qui suivirent, elle passa d'un élève à l'autre, vérifiant que tout allait bien. Puis elle donna le signal du retour et, à contrecœur, tous prirent le chemin de la surface.

— C'était extraordinaire ! s'exclama l'homme d'affaires anglais dont le visage arborait déjà d'impressionnants coups de soleil. Quand pourrons-nous redescendre ?

Liz sourit et aida les derniers plongeurs à remonter à bord.

— Il faut toujours équilibrer le temps que vous passez sous l'eau et celui que vous passez en surface, expliqua-t-elle. Mais nous redescendrons bientôt, ne vous en faites pas !

— C'était quoi, ces trucs en forme de plumes ? demanda une jeune fille, curieuse.

— Ce sont des coraux de l'espèce des *gorgoniidae*. Le terme vient de la Gorgone mythologique.

Elle détacha ses bouteilles et se massa l'épaule.

— Je ne sais pas si vous vous rappelez que la Gorgone avait des serpents en guise de cheveux. Les *gorganiidae* ont reçu leur nom parce qu'ils ondulent comme des serpents au gré des courants sous-marins.

D'autres questions fusèrent et Liz y répondit de façon aussi précise que possible. Elle remarqua que le jeune Américain qui l'avait suivie se tenait un peu à l'écart et souriait. Après avoir satisfait la curiosité de ses clients, Liz alla s'asseoir à côté de lui.

— Vous vous êtes très bien débrouillé, lui dit-elle.

— Vraiment ? fit-il, étonné. En tout cas, ça m'a beaucoup plu. Mais j'avoue que c'est grâce à vous que je me sentais aussi en sécurité. Vous avez l'air de vraiment savoir ce que vous faites.

— Cela fait longtemps que je pratique.

— J'imagine… Dites, vous êtes américaine, n'est-ce pas ?

— C'est exact.

— D'où êtes-vous, exactement ?

— De Houston.

— Sans blague ! s'exclama-t-il. C'est là que je suis allé à l'université. J'ai des tas d'amis qui habitent là-bas. Vous ne connaissez pas les Dresscot, par hasard ?

— Non. Mais Houston est une grande ville.

— C'est vrai. Vous aussi, vous êtes allée à l'université de Houston ?

Liz hocha la tête.

— Vous avez étudié quoi ?

— La biologie marine. Et vous ?

— La comptabilité.

Il sourit.

— Je sais, reprit-il, ce n'est pas aussi exaltant. C'est d'ailleurs pour cela que j'avais besoin de vacances.

— Et vous ne pouviez pas choisir meilleure destination. Vous vous sentez prêt à y retourner ?

— Oui, répondit-il. Dites… Est-ce que cela vous dirait d'aller boire un verre, après la leçon ?

Liz le considéra, étonnée. Le jeune homme ne manquait pas d'un certain charme, mais sa vie était déjà bien assez compliquée comme cela.

— Je suis désolée, s'excusa-t-elle, mais je suis très occupée.

— Peut-être plus tard, dans ce cas, lui dit-il en souriant.

Liz songea à Jonas et au baiser qu'ils avaient échangé la veille. Malgré elle, elle frissonna.

— Pourquoi pas ? répondit-elle.

Lorsque le bateau accosta près de la boutique de Liz, l'après-midi touchait à sa fin. Ses clients, ravis de cette expédition, la remercièrent cordialement avant de s'égailler en direction de leurs hôtels ou des cafés qui bordaient la plage. Seuls quelques-uns restèrent auprès d'elle, dont le policier chargé d'assurer sa protection et le jeune comptable.

— J'espère que l'expérience vous a plu, monsieur…

— Trydent, précisa-t-il. Mais vous pouvez m'appeler Scott. Et pour répondre à votre question, je me suis beaucoup amusé. Je crois que je retenterai l'expérience.

Liz lui sourit.

— Je suis ravie que vous ayez aimé, déclara-t-elle.

— Est-ce que par hasard, vous donnez des leçons particulières ?

— Cela m'arrive.

— Dans ce cas, nous pourrions peut-être…

— Liz ! s'écria alors une voix familière.

La jeune femme se tourna vers le nouveau venu.

— Monsieur Ambuckle ! s'exclama-t-elle en souriant.

Il était vêtu d'un short de bain et avait déboutonné sa chemisette, exposant sans complexes sa bedaine rebondie. A ses côtés, se tenait sa femme, bien en chair elle aussi.

— Je viens juste de rentrer ! déclara-t-il d'une voix tonitruante. J'ai passé quasiment toute la journée sous l'eau.

Il paraissait ravi, mais son épouse leva les yeux au ciel d'un air résigné.

— Je devrais peut-être vous offrir un emploi à bord de l'un de mes bateaux, remarqua Liz, amusée.

— Pourquoi pas ? Je crois que je pourrais passer mes journées à faire de la plongée. D'ailleurs, j'aimerais vous rendre mes bouteilles et en prendre des nouvelles.

— Vous comptez descendre de nouveau ?

— Dès ce soir ! Malheureusement, je n'ai pas pu convaincre Choupette de venir avec moi.

Il secoua la tête, comme s'il ne comprenait vraiment pas que l'on puisse refuser une telle occasion.

— Je préfère aller me coucher avec un bon livre, déclara sa femme.

— Je vous comprends, madame Ambuckle. Mais laissez-moi vous présenter Scott Trydent. Il vient juste de prendre sa première leçon.

Ambuckle serra la main de Scott avec enthousiasme.

— Alors ? s'exclama-t-il. Qu'en dites-vous ?

— Eh bien…

— Il n'y a rien de mieux au monde, déclara Ambuckle sans lui laisser le temps de finir. Vous devriez essayer de nuit. C'est encore plus excitant !

— J'en suis certain, mais…

— Bon, je vais aller chercher ces bouteilles ! coupa Ambuckle qui paraissait particulièrement en verve, ce jour-là.

Il serra de nouveau la main de Scott et s'éloigna en direction de la boutique.

— C'est une véritable obsession, soupira sa femme en le suivant des yeux. Ne le laissez pas vous contaminer, monsieur Trydent, ou vous finirez aussi fou que lui.

— J'y veillerai, acquiesça Scott, sidéré. J'ai été ravi de faire votre connaissance, madame Ambuckle.

— Moi de même, répondit celle-ci avant de se diriger à son tour vers le magasin.

— Quelle drôle de paire ils font, ces deux-là, murmura-t-il.

— C'est ce que j'appelle un euphémisme, répondit Liz en riant. Au revoir, monsieur Trydent.

Elle alla vers le bateau que Luis venait de décharger. Tous deux se dirigèrent alors vers la réserve où était entreposé le matériel. Là, ils passèrent en revue chaque pièce d'équipement.

— L'un des détendeurs a un problème, lui signala Luis.

— Mets-le de côté. Jose y jettera un coup d'œil demain.

Luis s'exécuta et l'aida ensuite à remplir les bouteilles d'oxygène de façon à ce qu'elles soient prêtes pour le lendemain.

— Rentre chez toi, lui dit Liz lorsqu'ils eurent terminé. Je fermerai la boutique.

— Je peux le faire, lui assura-t-il.

— Tu t'en es déjà occupé hier, lui rappela-t-elle. Vas-y, Luis. Ne me fais pas croire que tu n'as pas une petite amie qui t'attend, ce soir.

— A vrai dire…, dit-il en souriant malicieusement.

— Je le savais ! s'exclama Liz en riant.

Par la porte entrouverte, elle vit Ambuckle s'éloigner en emportant une nouvelle paire de bouteilles.

— Va te préparer, dit-elle à Luis. Le seul rendez-vous que j'aie, moi, c'est avec nos livres de comptes.

— Tu travailles trop, commenta son employé d'un air réprobateur.

— Depuis quand ?

— Depuis toujours. Surtout depuis que Faith va à l'école aux Etats-Unis. Franchement, je regrette qu'elle ne soit pas restée.

— Elle est très heureuse à Houston avec mes parents. D'ailleurs, si ce n'était pas le cas, elle me le dirait.

— Je ne dis pas le contraire, répondit Luis. Mais toi ? Est-ce que tu es heureuse ?

Liz haussa les sourcils, surprise. Luis n'avait pas l'habitude de commenter sa vie privée de la sorte.

— Ai-je l'air malheureuse ? l'interrogea-t-elle.

— Non, reconnut-il.

Il posa la main sur son épaule et la regarda gravement.

— Mais tu n'as pas l'air heureuse non plus, ajouta-t-il. Je pense que tu as besoin d'un petit ami. Pourquoi n'irais-tu pas boire un verre avec ce Trydent ?

— Crois-tu vraiment que cela me rendrait plus heureuse ? demanda-t-elle avec une pointe d'ironie.

— Ça ne coûte rien d'essayer.

— J'y penserai, lui promit-elle sans conviction. Maintenant, file.

— J'y vais. Mais avant cela, un dernier conseil : méfie-toi de ce Jonas Sharpe. Je crois que c'est un homme dangereux.

Liz hocha la tête. De cela, au moins, elle était convaincue.

Lorsque Luis se décida enfin à partir, la jeune femme quitta la réserve et gagna la boutique. Là, elle s'immobilisa quelques instants sur le seuil et observa les gens qui se trouvaient toujours sur la plage, en contrebas.

La plupart d'entre eux étaient en couple. Qu'ils aient des enfants ou non, qu'ils soient jeunes ou vieux, qu'ils vivent les premiers feux de la passion ou soufflent sur les braises moribondes d'un amour finissant, tous ces couples la confrontaient à sa propre solitude. Pendant des années, elle s'était efforcée de se convaincre qu'elle était autosuffisante, qu'elle n'avait besoin de personne.

Mais n'y avait-il pas un fond de vérité dans ce que disait Luis ? Pouvait-on renoncer indéfiniment à l'idée de vivre en couple, d'aimer et d'être aimée, de partager ces moments de complicité et de bonheur que connaissaient tous les amoureux du monde ?

N'aurait-il pas été rassurant d'avoir à ses côtés quelqu'un sur qui elle puisse compter en toutes circonstances, à qui elle confierait ses rêves et ses angoisses, sur l'épaule de qui elle pleurerait sans honte et sans retenue ?

Elle se rappela ce qu'elle avait éprouvé lorsque Jonas l'avait tenue dans ses bras, la veille. Une partie d'elle-même avait besoin de cela.

Mais elle savait aussi que Jonas n'était pas l'homme qu'il lui fallait. Vivre avec lui paraissait trop exigeant, trop effrayant. Il lui faudrait être assez forte pour résister à sa puissante personnalité et préserver son autonomie, et assez tendre pour pouvoir se laisser aller.

Au fond, une telle relation ressemblerait au baiser qu'ils avaient échangé, la veille. Une telle alliance de force et de douceur pouvait avoir des effets renversants songea-t-elle avec une pointe de dérision.

Mais il était peu probable que Jonas décide de s'éterniser à Cozumel. Dès qu'il aurait retrouvé le meurtrier de son frère, il rentrerait à Philadelphie. Si elle s'attachait à lui, elle ne récolterait que déception et frustration.

Ils avaient été réunis par des circonstances improbables et ne pouvaient espérer plus qu'une liaison éphémère. Et ce n'était pas du tout ce que voulait Liz. Malgré tout, elle ne pouvait se départir d'une certaine mélancolie en imaginant combien les choses auraient pu être différentes.

Ravalant ces regrets inutiles, elle réintégra la boutique et s'occupa de la comptabilité. Elle transféra ensuite le contenu de la caisse dans une enveloppe qu'elle déposerait à la banque en rentrant chez elle. Elle y glissa aussi le bordereau qu'elle avait préalablement rempli.

Lorsque ce fut fait, elle retourna à la réserve pour rincer son propre équipement. C'était le seul luxe qu'elle s'était accordé au cours de ces dernières années : elle avait acheté pour son usage personnel ce qui se faisait de mieux en la matière et entretenait chaque pièce avec un soin tout particulier.

A ses yeux, sa tenue de plongée était plus précieuse que l'ensemble de sa garde-robe. Lorsqu'elle eut fini de la bichonner, elle ouvrit son casier pour la ranger. Elle suspendit la combinaison, accrocha le masque et la ceinture lestée aux crochets qui leur étaient destinés et rangea ses palmes, son détendeur et son couteau sur les étagères.

Elle cala ses bouteilles qu'elle venait de remplir et referma le casier qu'elle ferma à clé. C'est alors qu'elle remarqua un détail étrange. Il lui fallut quelques instants pour déterminer ce dont il s'agissait exactement.

Elle finit par le découvrir. Il n'y avait d'ordinaire que huit clés accrochées à son trousseau. Elles ouvraient respectivement la porte et le rideau de fer de la boutique, la réserve, son casier, le coffre-fort du magasin, l'antivol de sa moto et les deux portes de sa maison.

Mais elle était parfaitement incapable d'identifier la neuvième. Il s'agissait d'une petite clé argentée qui était trop petite pour ouvrir une porte ou une portière de voiture. Par contre, elle avait la taille idéale pour déverrouiller un cadenas, un casier ou une consigne.

Quoi qu'il en soit, Liz était convaincue de ne l'avoir jamais vue de sa vie. Alors que faisait-elle sur son porte-clés ? Cela n'avait aucun sens...

Sauf si quelqu'un l'y avait accrochée, songea-t-elle. Elle laissait souvent le trousseau dans le tiroir du magasin et n'importe lequel de ses employés y avait accès. Mais pourquoi l'un d'eux y aurait-il accroché l'une de ses clés ?

Parce qu'il ne voulait pas qu'on la trouve. Parce que cette clé appartenait à Jerry et qu'elle ouvrait peut-être l'endroit où il avait caché l'argent qu'il avait mystérieusement gagné et qui lui avait valu une mort si sordide.

Tandis que cette conviction se faisait jour en elle, Liz se rappela les paroles de Jonas :

— Que vous le vouliez ou non, vous êtes impliquée dans cette histoire...

Et, malgré elle, elle ne put réprimer un frisson d'angoisse.

Jonas pénétra dans le petit bar enfumé qui sentait l'ail et la tequila. Le juke-box fredonnait une chanson d'amour en espagnol qui parlait d'amour éternel et de trahison. Pendant quelques instants, il resta immobile sur le seuil et plissa les yeux pour s'habituer à la pénombre.

Finalement, il repéra Erika qui était installée à une table située un peu à l'écart des autres et fumait une cigarette.

— Vous êtes en retard, remarqua-t-elle lorsqu'il la rejoignit.

— J'ai eu du mal à trouver, expliqua-t-il. Cet endroit n'est pas vraiment bien indiqué.

— Je voulais être certaine que nous ne serions pas dérangés, répondit-elle.

Jonas jeta un coup d'œil aux alentours. Deux hommes étaient accoudés au bar, plongés dans la contemplation des verres qui étaient posés devant eux. Deux autres étaient assis à une table et discutaient à voix basse.

— Je ne pense pas que nous courions ce risque, ici, remarqua-t-il.

— Je prendrais bien une tequila, déclara Erika.

Jonas hocha la tête et alla en chercher une au bar. Il commanda un whisky pour lui et revint s'asseoir en face de la jeune femme.

— Vous avez dit que vous aviez découvert quelque chose…

— Et vous avez dit que vous auriez un billet pour moi, si tel était le cas.

Jonas sortit son portefeuille et en tira cinquante dollars qu'il posa sur la table. Avant qu'Erika ait pu s'en emparer, il posa sa main dessus.

— Donnez-moi ce nom.

— On dirait que vous y tenez beaucoup, commenta-t-elle après avoir avalé une gorgée de tequila. Qui sait ? Je pourrais peut-être en tirer plus que cinquante dollars…

Jonas la dévisagea froidement. Erika était exactement le genre de femme que fréquentait son frère : sophistiquée, cynique et dure. Il aurait pu lui proposer cinquante dollars de plus, mais il ne tenait pas à être pris pour un pigeon. Il ramassa donc le billet et fit mine de quitter la table.

— Attendez, protesta Erika en l'attrapant par le bras. Ne vous fâchez pas. Cinquante dollars feront l'affaire…

Elle lui décocha un sourire désarmant que trahissait l'éclat calculateur de son regard. Visiblement, elle n'était pas du genre à laisser passer la moindre occasion.

— Le nom que vous cherchez est Pablo Manchez.

— Où puis-je trouver cet homme ?

— Je ne sais pas. Vous m'avez juste demandé son nom.

Jonas hocha la tête et lui tendit le billet.

— Je vais vous dire autre chose parce que votre frère était un chic type, déclara Erika en se penchant vers lui. Ce Manchez doit être quelqu'un de très dangereux. Les gens que j'ai interrogés à son sujet paraissaient nerveux dès que je mentionnais son nom. Apparemment, il a été mêlé à une série de meurtres commis à Acapulco, l'année dernière. Il semble qu'il s'agisse d'un tueur professionnel. Lorsque je l'ai compris, j'ai préféré arrêter de poser des questions.

— Et l'autre ? L'Américain ?

— Rien. Personne ne semble le connaître. Mais s'il traîne avec Manchez, ce n'est certainement pas un boy-scout. J'ai l'impression que Jerry était mêlé à des histoires très louches.

— On dirait bien.

— Je suis désolée, soupira Erika en caressant pensivement le bracelet de turquoises qui ornait son poignet. C'est lui qui me l'a offert, précisa-t-elle. C'était quelqu'un de bien…

Jonas hocha la tête et se leva.

— Merci, dit-il à la jeune femme.

Il déposa un autre billet de cinquante dollars sur la table et tourna les talons.

Lorsque Liz découvrit la maison déserte, elle ne put réprimer un sentiment de frustration. Pour une fois qu'elle voulait parler à Jonas…

Jetant un coup d'œil par la fenêtre, elle vit une voiture de police approcher de celle qui était garée devant chez elle. Apparemment, un nouvel ange gardien venait prendre la relève.

Mais jusqu'à quand Morales continuerait-il à missionner ainsi plusieurs de ses hommes juste pour lui servir de gardes du corps ? Tôt ou tard, il estimerait qu'elle n'avait plus rien à craindre et c'est probablement ce moment que choisirait son agresseur pour s'en prendre de nouveau à elle.

Liz contempla la mystérieuse clé qui était toujours accrochée à son trousseau. Elle détenait désormais une partie de la réponse aux questions que lui avait posées l'assassin. Mais que pouvait bien ouvrir cette clé ?

Liz se dirigea vers la chambre de sa fille et entreprit de la fouiller méticuleusement. Elle commença par le placard où Jerry avait rangé ses affaires. Là, elle trouva un ours en peluche au pelage râpé qui appartenait à Faith depuis sa naissance.

Liz l'avait acheté alors qu'elle était encore enceinte et l'avait placé dans son berceau à sa naissance. Autrefois, il avait été mauve mais il tirait à présent sur le bleu clair. Les coutures étaient fatiguées et l'une des oreilles à moitié sectionnée.

Contrairement à la plupart de ses congénères, cet ours n'avait jamais reçu de nom. Lorsqu'elle était petite, Faith l'appelait simplement « mon nounours ». Ce souvenir fit naître en Liz une impression de tristesse et de solitude qui lui déchira le cœur et elle enfouit son visage contre la pitoyable peluche.

— Tu me manques tellement, mon bébé, soupira-t-elle.

— Liz ? dit la voix de Jonas, juste derrière elle.

La jeune femme sursauta, comme prise en faute, et se tourna vers lui, dissimulant l'ours en peluche derrière son dos.

— Je ne vous avais pas entendu rentrer, lui dit-elle, se sentant vaguement ridicule.

— Vous étiez occupée, répondit-il en lui prenant doucement la peluche des mains.

Il l'observa longuement et sourit.

— On dirait qu'il a été très aimé, remarqua-t-il.

— Il est vieux.

Elle lui reprit le nounours mais ne put se résoudre à le replacer sur l'étagère.

— Cela fait des années que je me dis qu'il faudrait le recoudre, soupira-t-elle.

Elle finit par reposer l'animal et se tourna de nouveau vers Jonas.

— Vous étiez sorti ?

— Oui, acquiesça-t-il.

Il hésita à lui parler de son entrevue avec Erika et préféra garder cette information pour lui.

— Vous êtes rentrée tôt, aujourd'hui.

— J'ai découvert quelque chose, lui expliqua Liz.

Elle sortit son trousseau de clés de sa poche et le lui tendit.

— Cette clé ne m'appartient pas, déclara-t-elle.

— Je ne comprends pas…

— Elle n'est pas à moi. Et j'ignore comment elle s'est retrouvée attachée à mon porte-clés.

— Vous l'avez découverte seulement aujourd'hui ?

— Oui. Mais cela ne veut pas dire qu'elle n'y était pas déjà depuis quelque temps. Je n'avais pas vraiment de raison de la remarquer.

Elle la détacha de l'anneau de métal et la tendit à Jonas, comme si ce geste pouvait lui éviter les ennuis obligatoirement liés à cette clé.

— Je laisse souvent mon trousseau dans l'un des tiroirs de la boutique, reprit-elle. Et, lorsque je suis à la maison, je le pose simplement sur la table de la cuisine. Je ne vois pas pourquoi quelqu'un y aurait ajouté une de ses clés, sauf s'il comptait expressément la cacher.

Jonas l'examina avec attention.

— La lettre volée, murmura-t-il, pensif.

— Pardon ?

— La lettre volée, répéta-t-il. C'était l'une des histoires favorites de Jerry, lorsqu'il était enfant. Je me souviens qu'il avait mis à l'épreuve la théorie de Poe en cachant un livre qu'il avait acheté à mon père pour Noël parmi ceux qui se trouvaient dans le salon.

— Vous croyez qu'il a retenté l'expérience ?

— Ce serait bien son genre.

— En tout cas, cette clé ne nous servira pas à grand-chose tant que nous ne saurons pas quelle serrure elle est censée ouvrir.

— Cela ne devrait pas être très difficile à trouver, fit valoir Jonas. Vous savez ce que c'est ?

— Pas précisément, répondit Liz en haussant les épaules.

— C'est la clé d'un coffre bancaire.

Il lut à haute voix le numéro qui était inscrit dessus.

— Croyez-vous que Morales pourrait retrouver le coffre en question ?

— Peut-être, murmura Jonas. Mais je ne compte pas lui en parler.

— Pourquoi ?

— Parce qu'il voudra la récupérer et que je n'ai aucune envie de la lui donner tant que je n'aurai pas vu ce qui se cache dans ce coffre.

Liz reconnut aussitôt l'expression qui s'était peinte sur son visage. C'était celle qu'il arborait chaque fois qu'il pensait à sa vengeance.

— Et que comptez-vous faire, dans ce cas ? demanda-t-elle. Aller d'une banque à l'autre pour l'essayer ?

— Vous oubliez que je suis avocat. J'ai quelques contacts. Et puis, nous avons le numéro du coffre. Avec un peu de chance, j'aurai le nom de la banque demain après-midi. Il vous faudra peut-être prendre un ou deux jours de congé pour m'accompagner…

— C'est impossible. Et même si tel n'était pas le cas, je me demande bien pourquoi je ferais une chose pareille.

— Parce que nous devons nous rendre à Acapulco.

Stupéfaite, Liz ouvrit de grands yeux.

— C'est à cause de ce qu'a dit Erika, n'est-ce pas ?
C'est elle qui a mentionné le fait que Jerry s'y était
rendu pour affaires…

— Exactement. Si Jerry avait vraiment touché le
pactole, il ne l'aurait certainement pas placé dans une
banque de Cozumel. Un coffre à Acapulco paraît être
un bien meilleur choix.

— Dans ce cas, je vous souhaite bon voyage, déclara
Liz en se dirigeant vers la porte de la chambre.

Jonas s'interposa.

— Nous irons ensemble.

— Ecoutez, je ne peux pas tout plaquer pour vous
suivre à Acapulco, répliqua-t-elle. De toute façon,
c'est une grande ville et la plupart des gens parlent
anglais, là-bas.

— Mais la clé était attachée à votre porte-clés. Et
c'est vous qu'on a menacée. Alors il n'est pas question
que je vous quitte des yeux un seul instant.

— Ne me faites pas croire que vous vous inquiétez
pour moi, railla Liz. La seule chose qui vous importe,
c'est votre vengeance. Et je ne veux pas y être mêlée !

Il la prit par les épaules et la regarda droit dans les
yeux.

— Nous savons tous deux que ce n'est pas vrai. Je
tiens à vous, Liz. Il s'est passé quelque chose entre
nous. Et je n'ai pas l'intention que cela s'arrête avant
d'avoir compris ce dont il s'agit exactement.

— Je ne vois pas de quoi vous voulez parler,
mentit-elle.

— Bien sûr que si. Et vous vous trompez sur la nature

des raisons pour lesquelles je tiens à retrouver l'homme qui a tué mon frère. Ce n'est pas de la vengeance.

— Vraiment ? Et de quoi s'agit-il, alors ?

— De justice, répondit-il.

— Vous n'êtes pas habilité à enquêter dans ce pays, Jonas, lui rappela-t-elle.

— C'est vrai. Mais la justice prime parfois sur la légalité. Que j'en aie le droit ou pas, je découvrirai ce qui est réellement arrivé à Jerry.

Il caressa doucement la joue de Liz et celle-ci ne put retenir un frisson. Brusquement, elle se demanda si ses bonnes résolutions étaient aussi profondément ancrées en elle qu'elle l'avait imaginé.

— Le problème, reprit Jonas, c'est que chaque fois que je vous tiens dans mes bras, j'en viens à oublier le but que je me suis fixé. J'ai envie de vous, Liz.

Il se pencha vers elle et l'embrassa avec passion. Il y avait dans ce baiser une sorte d'urgence. Les fois précédentes, il s'était montré doux et prévenant, mais il en était à présent incapable. La faim qu'il avait d'elle était trop intense, trop absolue pour qu'il puisse espérer la brider.

C'est moins cette ferveur que l'intensité avec laquelle elle y répondit qui effraya Liz. Jamais elle n'avait éprouvé un désir aussi impérieux. Le cœur battant à tout rompre, elle se sentit vaciller au bord du gouffre, prête à plonger dans l'abîme d'une passion insatiable.

Car, cette fois, Jonas ne se contenterait pas d'un baiser. Il exigeait une reddition totale, un abandon absolu. Ses mains couraient déjà sur son corps, éveillant en elle d'irrépressibles frissons qui se répercutaient au plus profond de son être. Tour à tour, elle se raidissait et fondait entre ses bras, déchirée entre l'envie impérieuse qu'elle avait de lui et l'angoisse qu'elle sentait grandir en elle.

Finalement, il l'entraîna vers le lit de Faith. Ce ne fut qu'à cet instant qu'elle trouva le courage de le repousser avec une violence qui trahissait sa propre incertitude.

— Non ! s'écria-t-elle en luttant désespérément pour recouvrer la maîtrise de soi. Il ne faut pas…

Jonas la prit par les épaules et la dévora des yeux.

— Bon sang, Liz, tu sais que tu en as autant envie que moi.

Son regard était fiévreux, brûlant. N'importe quelle femme aurait rêvé de voir un homme la contempler de cette façon. La plupart d'entre elles auraient été impuissantes à résister et auraient cédé sans hésiter. Mais elle en était incapable.

— Je ne peux pas ! s'exclama Liz en passant une main tremblante dans ses cheveux.

Il lui prit la main avant qu'elle puisse lui échapper. Jamais une femme ne lui avait fait un tel effet.

— Pourquoi ? articula-t-il.

— Parce que je ne veux pas commettre deux fois la même erreur.

Il comprit qu'elle faisait allusion au père de Faith. Elle prit une profonde inspiration et le regarda droit dans les yeux.

— J'irai avec toi à Acapulco, déclara-t-elle d'une voix plus assurée. Parce que je sais que plus vite tu retrouveras cet homme, plus vite tu partiras…

Il la vit serrer les poings et comprit qu'elle luttait contre l'envie qu'elle avait de lui.

— Tu sais que Morales nous fera suivre, ajouta-t-elle.

— Je me charge de Morales, lui assura-t-il.

Liz hocha la tête. Elle n'avait aucun doute à ce sujet.

— Fais ce que tu as à faire. Je m'arrangerai pour que Luis s'occupe de la boutique pendant un jour ou deux.

Elle tourna les talons et quitta la pièce à grands pas, le laissant seul. Jonas serra la petite clé qu'il tenait toujours à la main. Il finirait par trouver ce qu'elle était censée ouvrir. Mais ce n'était pas ce qui le préoccupait le plus, en cet instant.

En fait, ce qu'il cherchait, c'était une autre clé, celle qui lui ouvrirait les portes du cœur de Liz.

Chapitre 6

Acapulco ne ressemblait pas au Mexique que Liz comprenait et aimait. Ce n'était pas celui vers lequel elle avait fui, dix ans auparavant, celui où elle avait décidé de s'installer et de refaire sa vie.

C'était une ville moderne, remplie d'hôtels luxueux, de piscines, de restaurants, de magasins à la mode et de boîtes de nuit. Elle aurait tout aussi bien pu se trouver aux Etats-Unis ou dans le sud de l'Europe.

Mais force était de reconnaître que la cité se dressait dans le plus splendide des écrins. Elle s'étendait le long d'une baie magnifique et était dominée par de majestueuses montagnes qui l'encerclaient et semblaient la protéger de toutes parts. Les hauts sommets qui se dressaient ainsi rappelaient aux hommes que s'ils pouvaient essayer de copier la nature en érigeant leurs immeubles, ils seraient toujours incapables de rivaliser avec elle en majesté.

Apparemment, l'une des spécialités locales était le saut en parachute au-dessus de l'eau. En observant les toiles colorées qui flottaient entre ciel et mer, Liz se demanda si cette activité lui procurerait une exaltation semblable à celle qu'elle éprouvait en plongeant.

Les rues étaient noires de monde et bruyantes. Une fois passée la première impression de vertige, l'expérience s'avérait plutôt plaisante. Avec une pointe d'amusement, Liz réalisa qu'elle avait vu plus de gens en une heure qu'elle n'en aurait croisé en une semaine à Cozumel.

Jonas avait choisi leur hôtel avec soin. Il était particulièrement luxueux et c'était exactement le genre d'endroit qu'aurait choisi Jerry s'il avait été en fonds. Construit à flanc de montagne, il était constitué de plusieurs bungalows confortables qui dominaient le Pacifique.

Jonas récupéra la clé de la suite qu'il avait réservée et confia leurs bagages à l'un des grooms.

— Nous devrions nous rendre directement à la banque, déclara-t-il.

Il lui avait fallu deux jours pour obtenir le nom et l'adresse de celle-ci et il ne comptait pas perdre plus de temps avant de découvrir ce qui se cachait dans le fameux coffre.

Liz le suivit en pestant intérieurement. Elle n'était pas venue pour s'amuser et aurait tout de même aimé jeter un coup d'œil à sa chambre et manger un morceau avant de repartir. Mais Jonas avait déjà hélé l'un des taxis qui stationnaient devant la porte de l'hôtel.

— Je suppose que je n'ai pas le choix, soupira-t-elle en le rejoignant.

Ils prirent place à l'arrière du véhicule et Jonas donna l'adresse au chauffeur. Il se cala alors contre la banquette et réfléchit à la situation. Le fait que Jerry ait choisi Acapulco ne l'étonnait pas outre mesure. Son frère appréciait probablement le fait que la ville soit fréquentée par le gratin de la *jet-society*, qu'elle offre un large choix de bars et de boîtes de nuit et des hôtels de luxe.

Les seuls endroits où il avait séjourné de façon durable au cours de sa vie étaient New York, Londres et Chicago. Il aimait les grandes cités et s'ennuyait rapidement lorsqu'il lui arrivait d'en sortir.

Il ne leur restait plus qu'à découvrir dans quel genre d'affaire louche Jerry avait trempé au cours de ses dernières semaines.

Liz et Jonas en avaient discuté mais n'avaient pu parvenir à une conclusion satisfaisante. Se tournant vers elle, il constata qu'elle s'était murée dans le silence et arborait une moue boudeuse. Elle pensait probablement à sa boutique et devait regretter de l'avoir abandonnée pour l'accompagner dans cette expédition.

Jonas n'était pas très sûr de savoir pourquoi il avait tant insisté pour qu'elle vienne avec lui. Etait-ce vraiment parce qu'il espérait ainsi pouvoir veiller sur elle ? Ou parce qu'elle constituait à ses yeux le dernier chaînon qui le reliait à son frère ? Ou bien encore parce que l'idée de renoncer à sa compagnie lui répugnait ?

L'envie qu'il avait d'elle, loin de s'étioler depuis qu'elle l'avait repoussé, ne faisait que croître chaque jour. C'était étrange, d'ailleurs. Après tout, Liz ne ressemblait en rien aux femmes qui l'attiraient d'ordinaire.

Elle était jolie, certes, mais pas parfaite. Intelligente, incontestablement, mais bien trop sérieuse à son goût. Douée d'un réel sens de l'humour, peut-être, mais d'un genre plutôt décapant.

Mais tous ces critères plus ou moins objectifs ne changeaient rien à ce qu'il ressentait : il la désirait tellement qu'elle le poursuivait jusque dans ses rêves qui prenaient ces temps-ci une coloration érotique qui ne lui était pas familière.

Il savait déjà que faire l'amour avec elle serait une expérience exaltante. L'intensité de leurs baisers le lui prouvait amplement. Mais elle se réfugiait sans cesse derrière son travail, ses obligations et ses responsabilités.

Etait-ce une façon habile d'exercer une emprise sur lui ? Il ne le pensait pas. Liz n'avait rien d'une manipulatrice. En fait, il était convaincu que ses réticences s'expliquaient très directement par ce qui s'était passé dix ans auparavant avec le père de Faith.

Lorsque le taxi s'immobilisa enfin devant la banque, Liz descendit. Elle n'avait pas dit un mot durant tout le trajet, mais Jonas n'avait pas semblé s'en rendre compte, trop absorbé, sans doute, par la perspective de sa vengeance.

Ils se trouvaient à présent dans une rue commerçante bordée par de nombreuses boutiques de vêtements et de bijoux. Elle vit une limousine aux vitres teintées passer lentement à leur hauteur, vaguement menaçante.

— Je suppose que c'est le genre d'endroit que vous aimez, dit-elle à l'intention de Jonas.

Il regarda autour de lui. Le ton de sa voix indiquait clairement qu'elle n'appréciait guère cette ville. Au fond, cela n'avait rien d'étonnant. Ils étaient vraiment très loin du calme et de la sérénité de Cozumel...

— Cela dépend des circonstances, répondit-il enfin.

Il lui prit alors le bras et l'entraîna en direction de la banque. La sobriété des lieux et le silence feutré qui y régnait contrastaient avec l'atmosphère bruyante et chamarrée de la ville. Ici tout n'était que murmures, sourires obséquieux et froissements de billets discrètement comptés. Sans hésiter, Jonas se dirigea vers l'une des employées.

— Bonjour, lui dit-il.

Elle releva les yeux et lui décocha un sourire étincelant.

— Oh, bonjour, monsieur Sharpe, le salua-t-elle. Je suis ravie de vous revoir.

— Moi de même, répondit-il d'une voix ouvertement séductrice.

Malgré elle, Liz ne put réprimer un petit pincement de jalousie. Elle se réprimanda intérieurement : ce genre de réaction était aussi ridicule que déplacé.

— Je me demandais si vous vous souviendriez de moi, ajouta Jonas.

— Bien sûr ! s'exclama la jeune femme en rougissant. Que puis-je faire pour vous ?

Jonas tira la clé de sa poche.

— J'aimerais avoir accès à mon coffre.

— Pas de problème.

Elle sortit un formulaire qu'elle tendit à Jonas.

— Si vous voulez bien signer ici…

Sans la moindre hésitation, il s'exécuta. Jerry et lui avaient souvent imité leurs signatures respectives depuis qu'ils étaient jeunes, que ce soit pour se couvrir l'un l'autre ou pour faire des blagues à leurs parents ou amis.

L'employée prit le papier et vérifia la signature sans faire le moindre commentaire.

— Si vous voulez bien me suivre, dit-elle.

— J'ai l'impression que ce que vous venez de faire est complètement illégal…, murmura Liz alors qu'ils lui emboîtaient le pas.

— On ne peut rien vous cacher, acquiesça Jonas avec un sourire.

— Et en vous accompagnant, je deviens donc votre complice ?

— Exactement. Mais je vous assure que si vous avez le moindre problème, je peux vous recommander un bon avocat.

Ils ne tardèrent pas à arriver dans la salle des coffres. La jeune employée désigna celui qui appartenait à Jerry.

— Vous pouvez aller dans cet isoloir, déclara-t-elle en désignant une sorte de petite cabine fermée par un rideau. Sonnez lorsque vous aurez terminé et je viendrai vous ouvrir.

— Merci, répondit Jonas.

Lorsqu'elle fut sortie, il glissa sa clé dans la serrure et, le cœur battant en tira une lourde boîte métallique.

— Comment le saviez-vous ? lui demanda alors Liz.

— Quoi donc ?

— Que Jerry s'était adressé à elle.

— Ce n'était pas difficile : il n'y avait que trois hommes et deux femmes dans la banque, et l'autre avait une cinquantaine d'années. Jerry ne pouvait pas faire un autre choix.

Liz ne put s'empêcher de sourire.

— Vous le connaissiez vraiment très bien, remarqua-t-elle.

— Je suppose que c'est parce que nous étions jumeaux. D'une certaine façon, il faisait partie de moi. Et, lorsque nous nous trouvions dans la même pièce, j'aurais pu vous dire exactement à quoi il était en train de penser.

— La réciproque était vraie, j'imagine.

Jonas hocha la tête et elle lut dans ses yeux une mélancolie qui lui serra le cœur. Mais elle ne pouvait se permettre de s'impliquer plus qu'elle ne l'était déjà.

— Je crois que nous devrions l'ouvrir, déclara-t-elle

en désignant la boîte métallique. Maintenant que nous sommes là...

Jonas glissa la clé dans la serrure et la fit tourner. Lorsqu'il souleva enfin le couvercle, Liz resta bouche bée. Jamais elle n'avait vu autant d'argent de toute sa vie. Il y avait des dizaines de liasses de billets, des dollars américains flambant neufs.

— Mon Dieu ! murmura-t-elle, sidérée. Il doit y en avoir pour des centaines de milliers de dollars...

Jonas compta rapidement les piles.

— Environ trois cent mille dollars en billets de vingt et de cinquante, déclara-t-il enfin.

— Vous pensez qu'il les a volés ? demanda-t-elle.

— Malheureusement, non, répondit Jonas d'une voix tendue. Je crois plutôt qu'il les a gagnés.

— Mais comment ? s'exclama-t-elle. Personne ne peut gagner autant d'argent en si peu de temps. Jerry était complètement fauché quand je l'ai embauché. Luis lui a même prêté dix mille pesos en attendant qu'il touche sa première paie.

Jonas hocha la tête. Lui-même avait envoyé deux cents dollars à Jerry lorsque ce dernier se trouvait à La Nouvelle-Orléans.

— Je ne vois qu'une explication, déclara-t-il enfin. La cocaïne.

— Vous pensez qu'il en vendait ?

— Jerry ? Sûrement pas. Cela n'aurait pas été assez excitant pour lui. Je pense qu'il jouait les passeurs. De l'argent facile, du mystère, le frisson de l'aventure, c'est exactement le genre de travail qui aurait pu l'intéresser...

Tout en parlant, Jonas avait écarté les piles de billets pour vérifier que le coffre ne contenait rien d'autre. Il finit par trouver un sac en plastique rempli à ras bord de poudre blanche qui confirma ses soupçons ainsi qu'un petit carnet noir qu'il parcourut rapidement.

Liz le regardait faire, interdite. Elle ne parvenait pas à faire coïncider l'image du Jerry qu'elle avait connu, le séducteur fauché au grand cœur, avec celle du criminel cynique qui fréquentait des tueurs et jouait les trafiquants de drogue.

— Ce n'est pas possible, murmura-t-elle, horrifiée.

Jonas se tourna vers elle. Dans son regard, elle ne décela aucune tristesse, aucune déception, juste une froideur qui lui fit froid dans le dos. Puis il se replongea dans sa lecture.

— Il avait dressé la liste de tous ses contacts, expliqua-t-il d'une voix détachée. Il y a des initiales, des dates, des heures et des montants. Apparemment, il avait effectué dix livraisons et touché cinq mille dollars chaque fois.

— Cela ne fait que cinquante mille dollars, remarqua Liz. Vous avez dit qu'il y en avait au moins pour trois cent mille...

— C'est exact, acquiesça Jonas. Et cela explique probablement pourquoi on l'a retrouvé accroché à une ancre.

Il sortit un calepin et entreprit de recopier le contenu du carnet de Jerry.

— Qu'est-ce que vous allez faire de tout ça ? demanda Liz en désignant l'argent et le sac de cocaïne.

— Rien du tout.

— Rien ? répéta-t-elle, stupéfaite. Vous comptez laisser ça là ? Faire comme si vous n'aviez rien trouvé ?

— Exactement, répondit Jonas en refermant son calepin qu'il replaça dans la poche de sa veste.

— Mais pourquoi sommes-nous venus, alors ?

— Pour savoir ce que contenait cette boîte.

— Ce n'est pas possible, protesta-t-elle. Il faut que nous ramenions tout cela au capitaine Morales !

Jonas prit le sachet de cocaïne et le lui tendit. Dans ses yeux, elle lut une colère froide.

— Vous voulez vraiment monter dans un avion avec ça, Liz ? Savez-vous seulement quelle peine vous encourez au Mexique si l'on vous arrête en possession de cette quantité de drogue ?

— Non…

— Cela vaut sans doute mieux.

Il reposa le sachet et remit le carnet et les liasses de billets en place avant de refermer le coffre.

— Vous n'avez qu'à faire comme si vous n'aviez rien vu, conclut-il. Quant à moi, je vais gérer cette affaire à ma façon.

— Pas question !

— Ne me poussez pas à bout, Liz, dit-il d'un ton menaçant.

— Parce que c'est moi qui vous pousse à bout ? s'exclama-t-elle, furieuse. Je vous rappelle que c'est vous qui m'avez entraînée dans cette histoire ! Vous avez insisté pour que je vous accompagne dans les bars et les boîtes de nuit que fréquentait Jerry. Vous avez voulu que je vous suive à Acapulco. Maintenant, je me retrouve impliquée dans une sombre histoire de trafic de stupéfiants. Et vous me demandez de faire comme si de rien n'était ? Vous croyez vraiment que je vais pouvoir rentrer tranquillement et garder ça pour moi ? Je comprends bien que vous n'avez plus besoin de moi, Jonas. Mais je ne vous laisserai pas m'écarter de cette façon ! Je vous rappelle qu'il y a quelque part un assassin qui est convaincu que je sais où se trouve cet argent. Et le pire, c'est que maintenant, il a raison !

— Cela suffit ! s'exclama Jonas en la prenant par les poignets.

Sous ses doigts, il sentait son pouls battre la chamade. C'était peut-être en partie sous l'effet de la colère, mais il savait que la peur n'y était pas étrangère.

— Vous ne comprenez pas que c'est justement pour cela que je vous demande de rester en dehors de tout ça ? lui dit-il. Il vaut mieux que les anciens associés de Jerry s'en prennent à moi plutôt qu'à vous.

— Et comment pouvez-vous être certain qu'ils le feront ? répliqua-t-elle.

— Pourquoi n'iriez-vous pas rendre visite à votre fille à Houston ?

— Ils me suivraient certainement. Et Faith se retrouverait impliquée dans cette histoire, elle aussi. Il n'en est pas question ! Je ne mettrai pas ma fille en danger.

Jonas comprit qu'elle avait raison. En fait, son départ pour les Etats-Unis ne ferait sans doute que confirmer les soupçons de Pablo Manchez et de son associé américain.

— Très bien, soupira-t-il enfin. Nous parlerons à Morales.

Il replaça la boîte dans son casier et le referma à clé.

— Venez, conclut-il. Je crois que j'ai vraiment besoin de prendre un verre…

*
* *

Lorsqu'ils furent de retour à l'hôtel, Jonas se dirigea vers le bar et invita Liz à se joindre à lui. Mais Liz déclina son offre. Il n'insista pas et elle comprit que, comme elle, il avait probablement besoin d'un peu de solitude.

Après quelques instants d'hésitation, elle se dirigea vers la boutique qui vendait toutes sortes d'articles luxueux. Là, elle fit l'acquisition d'un maillot de bain. Elle n'avait pas pensé séjourner à Acapulco suffisamment longtemps pour en avoir l'usage. Mais, puisqu'ils se retrouvaient coincés ici jusqu'au lendemain, elle comptait bien profiter de la piscine magnifique qui était réservée aux clients.

Lorsque l'employée du magasin lui demanda si elle devait ajouter le prix du maillot à la note de la chambre, Liz acquiesça sans hésiter, estimant que Jonas lui devait bien cela. Elle se dirigea enfin vers leur suite pour aller se changer.

En y pénétrant, Liz fut abasourdie par la magnificence des lieux. Ses parents n'avaient jamais manqué d'argent et elle avait été élevée dans un milieu bourgeois, quoique modeste. Mais rien ne l'avait préparée à la splendeur de l'appartement que Jonas avait choisi pour eux.

Il comportait un immense salon qui communiquait avec deux chambres à coucher. Le sol était recouvert d'une épaisse moquette, les murs ivoire décorés de tableaux abstraits aux couleurs délicates, le canapé assez grand et confortable pour servir de lit.

Au fond de la pièce, une baie vitrée permettait d'accéder à une grande terrasse qui dominait l'océan Pacifique. Les chambres étaient tout aussi luxueuses.

Les lits qui y trônaient auraient aisément pu accueillir trois personnes. Chacune avait sa propre salle de bains avec jacuzzi intégré et douche à jets.

C'était le monde dont Marcus lui avait tant parlé, autrefois, celui que fréquentaient les riches et les puissants de ce monde. Dans sa bouche, il prenait souvent des allures de pays féerique, comme si tout y était permis. Pourtant, Liz n'avait jamais mis les pieds dans la maison de Marcus. Ses parents ne l'y auraient certainement pas acceptée.

Il la lui avait décrite, cependant, et elle pouvait presque se la représenter avec son avancée de colonnes blanches, ses multiples balcons et son escalier magistral. Marcus lui avait parlé des nombreux domestiques efficaces et discrets, des thés qu'organisait sa mère chaque après-midi, des écuries qui abritaient une dizaine de chevaux…

Liz écoutait ces récits avec fascination. Ils évoquaient pour elle les contes de fées de son enfance. Pourtant, elle n'avait jamais vraiment aspiré à faire partie de ce monde. Tout ce qu'elle désirait, à l'époque, c'était Marcus.

Naïvement, elle en avait fait le prince de ses rêves alors qu'en réalité, il s'agissait juste d'un enfant gâté et égoïste qui ne pensait qu'à lui. Ecartant les souvenirs de cette époque douloureuse, Liz se concentra sur des problèmes plus actuels.

Le plus important, à ses yeux, était de faire en sorte que l'enquête sur l'assassinat de Jerry soit réglée avant que Faith ne rentre des Etats-Unis. Pour cela, elle n'avait d'autre choix que de collaborer avec Jonas. Qu'elle le veuille ou non, tous deux étaient irrémédiablement liés par la mort de son frère.

Etait-ce pour cela qu'ils se sentaient aussi attirés l'un vers l'autre ? Elle aurait aimé s'en convaincre. Car si elle arrivait à trouver une explication rationnelle aux sentiments troublants qu'elle éprouvait à son égard, elle parviendrait peut-être à les maîtriser et à recouvrer un semblant de contrôle sur son existence.

Mais comment aurait-elle pu expliquer ce qu'elle avait ressenti dans le taxi qui les ramenait de la banque ? Elle avait dû faire appel à toute la force de sa volonté pour résister à l'envie qu'elle avait de prendre Jonas dans ses bras et de le réconforter.

Car, même si rien ne le laissait deviner dans son attitude, elle était convaincue qu'il souffrait de ce qu'il avait découvert au sujet de son frère.

Mais pourquoi tenait-elle tant à le consoler ? Après tout, tout cela ne la concernait pas directement… Liz jura intérieurement. A quoi servait de se voiler la face ? Tôt ou tard, il lui faudrait bien reconnaître ce qu'elle savait déjà au plus profond d'elle-même.

Lentement mais irrémédiablement, elle était en train de tomber amoureuse de Jonas Sharpe.

Le fait de l'admettre l'aiderait peut-être à réagir sainement et à régler le problème. Car c'en était un. Elle n'était plus assez naïve pour croire que l'amour constituait une réponse ou une fin en soi.

Elle savait au contraire combien ces sentiments pouvaient la mettre en danger. En perçant les défenses qu'elle avait patiemment érigées autour de son cœur, Jonas avait gagné le pouvoir de la faire souffrir. Et elle était certaine que cela finirait par arriver.

Ne lui avait-il pas dit lui-même qu'il n'était pas quelqu'un de gentil ?

Jonas Sharpe était obnubilé par la mission qu'il s'était fixée : il voulait venger la mort de son frère. Et dans cette quête, elle était tout au plus une carte susceptible de le mener au tueur. Lorsqu'il aurait atteint son objectif, il repartirait sans un regard en arrière et reprendrait sa vie comme si elle n'avait jamais existé.

Certaines femmes semblaient destinées à ne s'éprendre que des hommes qui pouvaient leur faire du mal, songea-t-elle tristement. Mais le fait d'en avoir conscience ne semblait pas suffire à exorciser cet amour.

Cédant à une brusque impulsion, Liz se dirigea vers le téléphone qui était posé sur sa table de nuit. En parlant avec sa fille, elle parviendrait peut-être à remettre un semblant d'ordre dans ses priorités. Un rapide calcul mental lui indiqua que Faith devait déjà être rentrée de l'école. Elle composa donc le numéro de ses parents et attendit patiemment que quelqu'un décroche.

— Allô ! fit enfin une voix familière.

— Maman ? C'est Liz…

— Liz ! s'exclama Rose Palmer, ravie. Je ne m'attendais pas à ce que tu appelles. Nous avons reçu ta lettre ce matin même. Est-ce que tout va bien ?

— Oui, mentit Liz. Je voulais juste parler à Faith.

— Je suis désolée, ma chérie, mais elle n'est pas là. C'est le jour de sa leçon de piano.

Dans le cœur de Liz, l'espoir céda brusquement la place à la résignation. Elle s'efforça cependant de ne pas y céder.

— J'avais oublié, avoua-t-elle en luttant pour ravaler

les larmes qui menaçaient de l'étrangler. Est-ce qu'elle fait des progrès ?

— De jour en jour. Elle adore la musique ! Tu devrais l'entendre jouer, c'est un régal.

— Tant mieux. Au fait, je voulais te remercier pour les photos que tu m'as envoyées. Faith a l'air de grandir à vue d'œil… Dis-moi, maman, est-ce qu'elle a hâte de venir me voir ?

— C'est peu de le dire ! Elle coche les jours qui la séparent de son retour sur son calendrier. Elle t'a même déjà acheté un cadeau.

— Vraiment ? fit Liz d'une voix étranglée par l'émotion.

— Oui. Mais c'est censé être une surprise. Ne lui dis pas que je t'en ai parlé.

— C'est promis. Elle me manque terriblement, tu sais. J'ai toujours l'impression que les dernières semaines sont les plus difficiles…

— Pourquoi ne viendrais-tu pas nous voir à Houston, dans ce cas ? suggéra Rose. Tu pourrais passer un mois de plus avec elle.

— Malheureusement, c'est impossible, soupira Liz. Comment va papa ?

— Bien. Il a hâte de venir plonger avec toi.

— Nous irons tous les quatre, promit Liz. Dis à Faith que je l'embrasse, d'accord ?

— Ce sera fait. Veux-tu qu'elle te rappelle lorsqu'elle sera à la maison ? Elle devrait rentrer vers 17 heures.

— Non, je ne suis pas chez moi, répondit Liz. J'ai dû partir à Acapulco pour affaires. Dis-lui juste qu'elle me manque et que j'ai hâte de la revoir. Embrasse aussi papa de ma part…

CLAIR-OBSCUR

— Tu es sûre que tout va bien ? demanda sa mère qui avait dû sentir la détresse qui perçait dans sa voix.

— Oui. J'irai mieux encore quand vous serez tous là. Au revoir, maman.

— Au revoir, ma chérie.

Liz raccrocha et tenta de conjurer la sensation de solitude oppressante qui l'avait envahie. Elle regrettait rarement d'avoir quitté les Etats-Unis. Mais, en cet instant, elle aurait tout donné pour ne pas l'avoir fait et pouvoir vivre aux côtés de sa fille.

Une heure plus tard, Jonas rejoignit Liz à la piscine. Pendant quelques minutes, il la regarda nager, admirant la grâce avec laquelle elle se mouvait. Sa silhouette longiligne et fuselée paraissait glisser sans effort et ses gestes étaient d'une régularité impeccable.

Il la vit effectuer vingt longueurs à vitesse constante avant de s'arrêter et se demanda quelle distance elle avait déjà parcourue avant qu'il n'arrive. Il était évident qu'en nageant ainsi, elle espérait se défaire de la tension qui l'habitait. Lorsqu'elle se hissa au bord du bassin, elle ne paraissait pas même essoufflée.

Elle portait un maillot de bain une pièce rouge, visiblement destiné aux nageuses plus qu'aux femmes qui passaient la majeure partie de leur temps à bronzer sur la plage. La coupe était très simple mais elle laissait malgré tout deviner le corps magnifique de la jeune femme.

Luttant contre un brusque accès de désir, Jonas se dirigea vers elle. Il remarqua la tension qui monta en elle au moment où elle l'aperçut.

Liz le regarda approcher avec attention. Elle se demanda s'il était resté au bar durant tout ce temps ou s'il était allé dans leur suite. Si tel était le cas, il n'avait pas dû se reposer très longtemps. Il paraissait tendu et fatigué.

— Que pensez-vous de mon maillot ? lui demanda-t-elle.

— Je le trouve très joli.

— Tant mieux. Parce que c'est vous qui me l'avez offert. Je n'avais pas pensé à en prendre un et je l'ai acheté à la boutique. Je vous préviens, il n'était pas donné.

— Je pourrais le déduire du loyer que je vous verse, remarqua Jonas avec un pâle sourire.

— Sûrement pas, répondit-elle en s'essuyant les cheveux à l'aide de la serviette qu'elle avait trouvée dans la salle de bains de sa chambre. Mais vous êtes avocat. Je suis sûre que vous trouverez bien un moyen de le passer en frais. J'ai gardé le ticket de caisse pour cela.

— C'est très aimable à vous, ironisa Jonas. Mais j'ai l'impression que vous vous faites une bien piètre idée des avocats.

— En fait, je m'efforce de ne pas penser à eux, dit-elle d'une drôle de voix.

— Le père de Faith était avocat, n'est-ce pas ? demanda-t-il d'une voix très douce.

— Laissez tomber, Jonas, répondit-elle.

— Je veux bien. Mais si vous voulez mon avis, c'est vous qui n'y arrivez pas.

— Vous vous trompez. Je ne pense quasiment jamais à lui. Mais je reconnais que tel n'a pas été le cas, ces dernières semaines.

Elle se drapa dans sa serviette comme pour se protéger de lui, à moins que ce ne soit du père de Faith.

— Parlez-moi de lui, fit-il.

Il s'était exprimé d'une voix si douce, si calme et si persuasive que, pendant un instant, elle fut tentée de tout lui raconter. En avisant l'expression qui se lisait dans ses yeux, elle aurait presque pu croire qu'il tenait vraiment à savoir ce qui s'était passé.

— Pourquoi ? lui demanda-t-elle, incertaine.

— Je ne sais pas…, soupira-t-il. Peut-être parce que j'aimerais comprendre pourquoi vous avez parfois l'air si triste…

— Je n'ai pas besoin de votre compassion, protesta-t-elle, sur la défensive.

— Je ne crois pas que ce soit le mot qui convient.

Doucement, il entoura le visage de Liz de ses mains et posa son front sur le sien. Il était las de devoir combattre à la fois ses propres démons et ceux de la jeune femme.

— Vous n'avez pas l'air très en forme, remarqua-t-elle d'une voix mal assurée.

— C'est le moins qu'on puisse dire, fit-il en soupirant.

Il s'écarta d'elle et la contempla gravement.

— Parmi toutes les choses dont vous m'avez accusé aujourd'hui, il y en a un certain nombre de vraies, reprit-il. Malheureusement, je ne peux pas y faire grand-chose…

Liz resta silencieuse, un peu déstabilisée par cette confession inattendue.

— Je ne sais pas quoi vous dire, avoua-t-elle enfin.

— Il n'y a rien à dire, répondit-il en haussant les épaules. Je crois que j'ai plus de mal que je ne le pensais à assumer la mort de mon frère et le fait qu'il se soit compromis dans un trafic de drogue… C'était quelqu'un d'intelligent, vous savez. Seulement, il a toujours choisi la facilité. Et chaque fois que je me regarde dans une glace, je me demande si je ne lui ressemble pas plus que je ne veux bien l'admettre…

Incapable de lutter contre cette impulsion subite, Liz le prit dans ses bras et le serra contre elle. Pour la première fois depuis qu'elle le connaissait, elle sentait la souffrance qui l'habitait.

— Vous étiez très différents, murmura-t-elle. Je ne pense pas que Jerry ait été mauvais. Il était faible. C'est normal que vous le pleuriez mais vous ne devez pas vous sentir coupable pour ce qu'il a fait.

Jusqu'alors, Jonas n'avait pas imaginé qu'il puisse avoir besoin de réconfort. Il se rendit compte brusquement que certains fardeaux ne pouvaient pas être portés seul. Lentement, il se détendit entre les bras de Liz.

— J'étais le seul qui pouvait vraiment l'atteindre, avoua-t-il. Le seul qui parvenait à le raisonner. Mais, au bout d'un moment, j'en ai eu assez de passer mon temps à le remettre dans le droit chemin.

— Croyez-vous vraiment que vous auriez pu le dissuader d'agir comme il l'a fait ?

— Je ne le saurai sans doute jamais. Et je vais devoir vivre avec ça.

Liz recula d'un pas et le contempla d'un air réprobateur.

— Attendez une minute, protesta-t-elle. Vous étiez peut-être frères jumeaux, mais vous étiez deux personnes différentes. Jerry n'était plus un enfant qu'il fallait tenir par la main. C'était un adulte et il était parfaitement capable de faire ses propres choix.

— C'est bien là le problème, objecta Jonas. Jerry a toujours refusé de grandir et de les assumer.

— C'était sa décision. Vous ne pouvez pas continuer à vous punir pour cela.

Jonas se demanda si c'était vraiment ce qu'il était en train de faire.

— Vous avez sans doute raison, reconnut-il enfin. Mais j'ai quand même une dette envers lui. Je dois retrouver l'homme qui l'a tué.

— Nous le retrouverons, assura-t-elle. Et ensuite, vous pourrez enterrer Jerry et vos regrets avec.

Jonas lui décocha un pâle sourire. Il était profondément touché par tout ce que Liz venait de lui dire mais ne savait comment lui témoigner sa reconnaissance.

— Vous devriez aller vous changer, dit-il. Il va bientôt être l'heure d'aller dîner.

— Vous voulez manger à l'hôtel ? demanda-t-elle.

— Pourquoi pas ? Il paraît que le restaurant est l'un des meilleurs de la ville.

Liz passa mentalement en revue le contenu du sac de voyage qu'elle avait emporté.

— Je ne pense pas avoir de tenue adaptée à ce genre d'endroit, remarqua-t-elle.

Il éclata de rire et passa affectueusement un bras autour de ses épaules. C'était bien la première fois qu'il l'entendait se soucier de quelque chose d'aussi frivole.

— Vous n'aurez qu'à retourner à la boutique, lui dit-il.

— Mais…

— Ne vous inquiétez pas pour le prix. J'ai le comptable le plus retors de Philadelphie. Il trouvera bien un moyen de faire passer cela en note de frais.

Chapitre 7

Le lendemain matin, Liz se réveilla vers 8 heures. Pour elle qui était habituée à se lever chaque jour à 6 heures, il s'agissait presque d'une grasse matinée. D'autant qu'elle ne s'était couchée que vers 22 h 30, la veille. Elle se demanda si Luis n'avait pas vu juste et si elle n'avait pas besoin de vacances.

Après tout, ces derniers jours avaient été particulièrement mouvementés. Non seulement elle était tombée amoureuse, ce qui ne lui était pas arrivé depuis plus de dix ans, mais, en plus, elle s'était retrouvée impliquée dans une affaire de trafic de drogue.

Cette idée lui paraissait encore très difficile à assimiler. Ce genre de chose n'arrivait que dans les romans ou les films policiers. Et si c'était un genre qu'elle appréciait beaucoup dans le domaine de la fiction, il en allait tout autrement dans la vie réelle.

Mais elle était trop réaliste pour continuer à se persuader que cette affaire ne la concernait pas. Pour le meilleur ou pour le pire, elle s'était trouvée happée dans cette histoire. La seule question à laquelle elle devait répondre, à présent, c'était quelle attitude elle était censée adopter dans de semblables circonstances.

Il n'était pas question de fuir. Elle ne pouvait pas non plus continuer à s'abriter éternellement derrière

Morales et ses hommes. Tôt ou tard, l'homme au couteau resurgirait, à moins qu'il ne charge quelqu'un d'autre de se débarrasser d'elle. Et il était peu probable qu'elle parvienne à lui échapper deux fois de suite.

D'ailleurs, elle savait à présent où se trouvait l'argent qu'il cherchait. A partir du moment où elle avait posé les yeux sur le contenu du coffre de Jerry, elle était devenue une actrice à part entière de ce drame.

Etant donné les circonstances, elle n'avait guère d'autre choix que de faire confiance à Jonas. S'il décidait brusquement de renoncer à venger son frère et de repartir pour les Etats-Unis, elle se retrouverait seule face aux anciens associés de Jerry.

Au fond, elle avait autant besoin de lui que lui d'elle.

Ce qui compliquait singulièrement les choses, c'était la nature des sentiments qu'il lui inspirait. Le fait de l'avoir vu si vulnérable, la veille, d'avoir écouté le récit de ses doutes et de ses souffrances, avait renforcé le lien étrange qui les unissait.

Ce qu'elle avait éprouvé alors dépassait de loin la sympathie ou la simple attirance physique. Elle avait eu l'impression que tous deux partageaient quelque chose qui les dépassait. Sur le moment, elle avait eu envie de l'aider à combattre ses propres démons qui ressemblaient beaucoup à ceux qui hantaient la jeune femme.

Car Jonas n'avait pas seulement souffert à cause de la perte de son frère mais aussi à cause de ce qu'il avait fait. Tout comme elle avait souffert de la perte de Marcus et de la façon dont il s'était conduit à son égard. Tous deux avaient été déçus par des êtres qui leur étaient chers.

Et cette trahison continuait à les hanter. Elle était même devenue une partie d'eux-mêmes, une composante majeure de leurs personnalités respectives. Malgré les années qui s'étaient écoulées, Liz continuait à porter en elle cette désillusion cruelle.

C'était à cause de Marcus qu'elle s'était si longtemps défendue contre toute forme d'attachement. C'était à cause de lui qu'elle avait fui son propre pays. Mais le temps de la souffrance était révolu, décida-t-elle. Il était temps pour eux de se prendre en main et d'agir.

Jonas entendit Liz se lever et gagner sa salle de bains pour prendre une douche. Lui-même était debout depuis 5 heures du matin. Il s'était déjà lavé, rasé et habillé et avait commandé du café.

Depuis qu'il était réveillé, une question tournait dans son esprit comme une bête en cage. Comment pouvait-il tirer Liz de la situation délicate dans laquelle Jerry et lui l'avaient placée ?

Il avait bien imaginé plusieurs façons d'attirer l'attention des associés de son frère sur lui, mais aucune ne garantissait vraiment la sécurité de la jeune femme. Il savait aussi qu'elle ne serait pas plus à l'abri à Houston avec sa fille.

Au fil des jours, il avait l'impression de comprendre Liz de mieux en mieux. Elle était dotée d'un tempérament indépendant et solitaire, moins par inclination naturelle que parce qu'elle estimait que c'était la meilleure façon de se protéger.

Elle était devenue une femme d'affaires parce qu'elle

entendait assurer à sa fille un bon niveau de vie. Elle-même travaillait énormément et se contentait de peu.

Elle était parfois très dure mais c'était plus par honnêteté et par droiture que par méchanceté.

Elle avait renoncé à l'amour parce qu'un homme lui avait fait du mal. Et elle avait réussi à se convaincre qu'elle n'en souffrait pas, qu'elle était parfaitement satisfaite de cette vie presque monacale qu'elle consacrait exclusivement à son entreprise et à Faith.

C'était quelque chose que Jonas pouvait comprendre. Jusqu'à ce qu'il apprenne la mort de son frère, lui-même était persuadé qu'il menait une existence épanouissante et idéale. Mais, maintenant qu'il avait l'occasion de prendre un peu de recul, il s'apercevait de son erreur. Pour être heureux, il ne suffisait pas d'avoir un métier intéressant et une vie sociale enrichissante.

En fait, se dit-il, il n'avait pas été si différent de son frère. L'un comme l'autre, ils avaient estimé que le plus important était la réussite. Bien sûr, ils avaient pris des chemins très différents pour y parvenir.

Jerry avait toujours cherché les raccourcis, quitte à enfreindre la loi et à multiplier les combines plus ou moins illicites. Il avait apparemment fini par atteindre son but et par réunir trois cent mille dollars. Malheureusement pour lui, il n'avait pas vécu assez longtemps pour en profiter.

Jonas, au contraire, avait suivi une voie plus classique. Il avait travaillé dur, décroché un diplôme et monté son propre cabinet d'avocat. Il s'était presque entièrement consacré à sa carrière, s'efforçant d'être toujours le meilleur et de remporter tous ses procès.

Mais il commençait à comprendre que la vie ne se

limitait pas à une succession de victoires. Celles-ci lui apportaient une satisfaction qui, pour être bien réelle, n'était que peu durable. Il y avait toujours une nouvelle affaire à résoudre, un nouveau dossier à explorer.

Ce qu'il désirait, aujourd'hui, c'était quelque chose de plus durable. Quelque chose de solide sur lequel il puisse bâtir des fondations stables et non cette suite de défis relevés et remportés qui ne le menaient nulle part.

Et il se demandait si Liz n'était pas cet ancrage dont il avait besoin, cette assise qui lui permettrait de bâtir une existence digne d'être vécue.

Mais, pour cela, il fallait déjà qu'il parvienne à la protéger des associés de Jerry. Si elle ne pouvait espérer être en sécurité à Houston, il existait peut-être d'autres endroits où Pablo Manchez ne penserait pas à venir la chercher.

Il pouvait, par exemple, l'envoyer chez ses parents, à Lancaster. Le mieux serait alors que Faith aille la rejoindre. Alors, il pourrait poursuivre son enquête sans avoir à craindre à chaque instant pour leur vie à toutes deux.

Et lorsque cette affaire serait enfin résolue, il irait la retrouver à Lancaster. L'idée d'être en sa compagnie dans la maison de ses parents lui paraissait étrangement séduisante.

Si seulement ils s'étaient rencontrés en d'autres circonstances ! songea-t-il.

Ils auraient pu apprendre à mieux se connaître et auraient eu le temps de déterminer la nature exacte des sentiments qu'ils éprouvaient l'un pour l'autre. Peut-être aurait-il mieux compris alors ce qu'il avait ressenti lorsqu'elle l'avait serré dans ses bras et lui avait offert un soutien si inconditionnel.

Si seulement ils avaient eu le temps de se découvrir sans cette terrifiante épée de Damoclès suspendue au-dessus de leur tête ! Qui sait ce qui se serait passé, alors ?

Cela resterait un mystère. Tout comme Liz en restait un à ses yeux. Car plus il avait l'impression de la comprendre, plus il découvrait en elle de nouveaux sujets d'interrogation. Il aurait pu passer sa vie entière à tenter de la cerner sans jamais y parvenir vraiment.

C'était peut-être pour cela qu'il pensait si souvent à elle, ces derniers temps. Elle lui paraissait aussi importante que la recherche de l'assassin de son frère. Plus importante, même. Mais les deux étaient irrémédiablement liés et c'était là que résidait tout le problème…

Agacé par ses propres pensées qui paraissaient tourner en rond comme des fauves en cage, Jonas jeta un coup d'œil à sa montre. Il était déjà 8 h 30 et il décida d'appeler son assistante pour s'assurer que tout était en ordre au cabinet.

Il s'apprêtait à décrocher le téléphone lorsque Liz entra dans le salon. Elle sursauta légèrement en le voyant et il se demanda ce qui la rendait si nerveuse.

— Je ne savais pas que vous étiez déjà debout, lui dit-elle.

— Et moi, je pensais que vous profiteriez de cette journée de congé forcé pour faire la grasse matinée, répondit-il en souriant.

— Je me suis réveillée à 8 heures, remarqua-t-elle. Pour moi, il s'agit d'un record.

Vaguement embarrassée par l'intimité de cette scène, Liz se dirigea vers la baie vitrée.

— Quelle vue magnifique ! poursuivit-elle gauchement.

— C'est vrai.

— Cela faisait des années que je n'avais pas dormi dans un hôtel. Lorsque je suis arrivée à Cozumel, j'ai travaillé dans celui où nous descendions toujours avec mes parents. C'était très étrange.

— J'espère que vous n'avez pas une envie irrépressible de changer les draps ou de nettoyer la salle de bains, plaisanta Jonas.

— Pas la moindre, assura-t-elle en riant.

— Liz, quand tout ceci sera terminé, j'aimerais beaucoup que vous me parliez de cette période de votre vie.

Elle se tourna vers lui et l'observa longuement avant de répondre.

— Lorsque tout ceci sera terminé, dit-elle enfin, je n'aurai plus aucune raison de le faire.

Jonas se leva et traversa la pièce pour lui prendre les mains. Il les porta à ses lèvres l'une après l'autre avant de relever les yeux vers elle.

— Nous ne pouvons pas en être certains, répondit-il.

Liz lutta contre l'émotion qui la submergeait. Mais elle ne parvenait pas à penser clairement lorsqu'il lui parlait avec tant de douceur et de gentillesse. Pendant quelques instants, elle se laissa donc aller à le croire et à imaginer qu'il existait peut-être pour eux un avenir commun. Puis l'illusion se dissipa et elle recula d'un pas.

— Jonas, vous m'avez dit une fois que nous étions dans le même bateau, vous et moi. Sur le coup, j'ai refusé de l'accepter. Je ne voulais pas le croire. Mais je sais à présent que c'est vrai. Une fois que nous aurons retrouvé l'assassin de Jerry, par contre, il ne nous restera plus grand-chose en commun. Votre vie et la mienne sont différentes, et pas seulement à cause de la distance qui sépare les endroits où nous vivons.

— Ce n'est pas une fatalité, objecta-t-il.

— A une époque, j'aurais certainement été tentée de le croire, mais plus aujourd'hui.

— Vous ne pouvez pas continuer éternellement à vivre dans le passé, protesta Jonas en la prenant par les épaules. Il est temps de vous débarrasser une fois pour toutes des fantômes qui vous hantent.

— Ce n'est pas la question, répondit-elle. Ce qui m'est arrivé autrefois m'a simplement permis d'ouvrir les yeux et de réaliser que la vie n'était pas un conte de fées.

Jonas aurait voulu lui prouver le contraire, lui démontrer qu'ils avaient beaucoup à partager. Il savait qu'il aurait suffi pour cela de l'embrasser, de réveiller la passion qui couvait entre eux et de la laisser atteindre son inévitable paroxysme. Mais il se refusait à brusquer les choses. Si Liz avait besoin de temps pour comprendre qu'ils étaient faits l'un pour l'autre, il le lui laisserait.

— Je pense que la vie n'est que ce que nous en faisons, déclara-t-il. Mais il est inutile d'en débattre. Dites-moi plutôt si vous avez faim.

Liz savait pertinemment que Jonas n'en resterait pas là. Mais elle décida pour le moment de se contenter de cette diversion.

— Un peu, répondit-elle.

— Dans ce cas, allons déjeuner. Nous avons encore

pas mal de temps devant nous avant de devoir nous rendre à l'aéroport.

Durant le petit déjeuner, Jonas discuta de tout et de rien, cherchant visiblement à éviter tout sujet de conversation ayant trait à son passé ou à la mort de Jerry. Et Liz savait que, tôt ou tard, ils aborderaient de nouveau l'un de ces épineux sujets.

Après tout, Jonas était avocat et il maîtrisait à la perfection l'art du discours et de la parole. Elle savait aussi que, lorsque quelque chose lui tenait à cœur, il faisait tout ce qui était en son pouvoir pour parvenir à ses fins.

Or, Liz s'était toujours considérée comme quelqu'un de fort. Et, lorsqu'elle se faisait une promesse, elle la respectait toujours. Aussi était-elle bien décidée à ne pas laisser Jonas remettre en question la ligne de conduite qu'elle avait établie, dix ans auparavant.

Dans sa vie, il n'y avait de place que pour son travail et pour sa fille.

— Franchement, déclara Jonas en contemplant l'assiette généreusement garnie que le serveur venait de déposer devant lui, je n'arrive pas à m'habituer à ces plats épicés dont les mexicains semblent raffoler dès le matin.

— C'est une question d'habitude, lui assura-t-elle. Je crois que j'ai développé une immunité au piment, depuis que je suis arrivée dans ce pays. Vous devriez goûter à mon chili con carne !

— Dois-je comprendre que vous accepteriez de cuisiner pour moi ? demanda Jonas en lui décochant l'un de ces sourires irrésistibles dont il semblait avoir le secret.

— Pourquoi pas ? répondit-elle d'un ton faussement décontracté. Je suppose que si j'en prépare pour moi, je pourrai tout aussi bien en faire pour vous. Mais j'ai remarqué que vous vous débrouilliez très bien en cuisine.

— Il faut bien, lorsque l'on vit seul. J'avoue que les plats que je cuisine valent rarement le temps que je passe à les préparer. Alors voilà ce que je vous propose : je me charge des courses et de la vaisselle si vous vous occupez de la cuisine.

— Je suis d'accord. Mais toute la question est de savoir si vous supporterez les épices dont je l'assaisonne. J'ai peur que ce ne soit un peu trop explosif pour votre estomac de citadin.

— Nous verrons bien, déclara Jonas en riant. Que diriez-vous de me faire essayer ce fameux chili, ce soir ?

— C'est d'accord.

Elle s'aperçut alors qu'il lui avait pris la main et jouait distraitement avec ses doigts. Malgré elle, elle ne put réprimer un petit frisson à ce contact.

— Rendez-moi ma main, lui dit-elle avec un sourire qui cachait mal son embarras. J'en ai besoin pour manger.

— Vous n'avez qu'à utiliser l'autre, répliqua Jonas avec un sourire malicieux.

Elle ne put s'empêcher de rire.

— Je vous la rendrai plus tard, ajouta-t-il en caressant doucement la jonction de son pouce et de son index.

Le sourire de Liz se figea brusquement. Le désir qu'elle lisait dans le regard de Jonas était si intense qu'il paraissait la traverser de part en part. Malgré cela, elle ne put se résoudre à retirer sa main.

— Ça alors ! s'exclama brusquement un homme aux cheveux et à la barbe blonds qui s'était approché de leur table sans même qu'ils s'en aperçoivent. Pourquoi ne m'as-tu pas dit que tu étais de passage en ville ?

Liz comprit brusquement qu'il s'adressait à Jonas. Il devait certainement le prendre pour son frère. Sans se démonter, celui-ci décocha un sourire étincelant à l'inconnu.

— Je suis passé en coup de vent, répondit-il. Un peu pour les affaires, un peu pour le plaisir, ajouta-t-il en jetant un regard de connivence à Liz.

L'homme se tourna vers la jeune femme et lui sourit d'un air complice. Il devait avoir une trentaine d'années et était vêtu de façon très décontractée. A l'un de ses doigts, il arborait une chevalière au centre de laquelle brillait un petit diamant.

— Enchanté, dit-il à Liz.

— Moi de même, répondit-elle en lui tendant la main. Et puisqu'il ne faut pas compter sur Jerry pour nous présenter, autant nous en charger nous-mêmes. Je suis Liz Palmer.

— David Merriworth, répondit l'homme en prenant sa main entre les siennes.

C'était les mains d'un intellectuel, remarqua-t-elle. Elles étaient douces et dénuées de cals.

— Jerry manque peut-être de manières, ajouta-t-il, mais il a des goûts exquis en matière de femmes.

— Merci, répondit-elle en souriant.

— Assieds-toi, David, l'encouragea Jonas en s'allumant une cigarette. Et arrête de regarder ma petite amie de cette façon.

Il avait parlé d'un ton léger et badin, imitant à la perfection la façon que Jerry avait de s'exprimer.

— Je prendrais bien une tasse de café, déclara David après avoir jeté un coup d'œil à sa montre. J'ai encore quelques minutes avant mon rendez-vous.

Il s'assit et Jonas lui servit un café.

— Alors ? demanda David en y mettant deux sucres. Comment se passent les choses à Cozumel ? Tu plonges toujours autant ?

— Assez souvent, répondit Jonas d'un ton plein de sous-entendus.

— Je suis heureux de l'apprendre. Je voulais te rendre visite là-bas, mais il a fallu que je parte aux Etats-Unis. Je ne suis rentré qu'hier soir. La bonne nouvelle, c'est que les affaires n'ont jamais été aussi fort !

— Dans quelle branche êtes-vous, monsieur Merriworth ? demanda Liz.

David adressa un clin d'œil à Jonas avant de répondre.

— La vente, lui dit-il. On pourrait dire que je suis importateur.

— Vraiment ? dit-elle. Ce doit être un métier passionnant.

— Il y a des bons côtés. Mais, dites-moi, où donc avez-vous rencontré Jerry ?

— A Cozumel. Nous sommes associés.

— Vraiment ? fit David en fronçant les sourcils.

— C'est exact, intervint Jonas.

David avala une gorgée de café puis haussa les épaules.

— Eh bien, je suppose que si le patron n'y voit pas d'inconvénient, je n'ai rien à dire.

— Je fais toujours les choses à ma façon, déclara Jonas. Ou alors, je ne les fais pas.

David lui décocha un sourire complice.

— Toi, tu ne changeras jamais. Mais parlons plutôt de nos affaires. Est-ce que les livraisons se déroulent toujours comme prévu ?

Jonas prit son temps avant de répondre, affectant une insouciance qu'il était loin de ressentir. Sous la table, il sentit la jambe de Liz effleurer la sienne, comme si elle cherchait à lui apporter un soutien muet. Il se garda bien de la regarder.

— Tout marche comme sur des roulettes, déclara-t-il enfin.

— C'est vraiment l'une des opérations les mieux huilées à laquelle j'aie jamais participé, commenta David à voix basse. Un véritable jackpot pour tous ceux qui y participent. Je n'aimerais pas qu'un grain de sable vienne fausser l'engrenage...

— Tu t'inquiètes pour rien, lui assura Jonas.

— C'est toi qui devrais t'inquiéter, objecta David. Moi, je n'ai pas affaire à Manchez. Bon sang ! Si tu avais vu la façon dont il a réglé leur compte à ces deux colombiens, l'an dernier. J'y étais, tu sais. Cela m'a fait froid dans le dos. Depuis, je me limite à la vente. C'est beaucoup moins risqué que les livraisons.

— Moi, je ne fais que plonger, déclara Jonas en tirant une profonde bouffée de cigarette. Et je te rassure : je dors tranquille toutes les nuits.

— C'est un sacré numéro, n'est-ce pas ? fit David en se tournant vers Liz. Je savais bien que Jerry était exactement le genre d'homme que cherchait le patron. Continue comme ça, ajouta-t-il à l'intention de Jonas. Cela fait monter ma cote de popularité auprès des huiles.

— On dirait que vous vous connaissez depuis long-temps, tous les deux, remarqua Liz avec un sourire.

— Ça fait une paie. Pas vrai, Jerry ?

— Ouais. Une sacrée paie, même…

— La première fois que je l'ai rencontré, c'était il y a six, non, sept ans. Nous avons monté une arnaque géniale à Los Angeles. Et si la fille de cette vieille dame n'avait pas flairé quelque chose, nous aurions facilement pu nous faire dans les vingt mille dollars. Heureusement pour lui, le frère de Jerry l'a tiré de ce mauvais pas.

— C'est vrai, acquiesça Jonas qui se rappelait parfaitement ces circonstances.

Sauf qu'il avait cru son frère innocent…

— Ensuite, reprit David, j'ai décidé de prendre des vacances au Mexique. C'est là que le patron m'a contacté. Depuis, je travaille pour lui. C'est quand même mieux que de magouiller à Los Angeles. Pas vrai, Jerry ?

— En tout cas, ça paie mieux, acquiesça Jonas.

David éclata de rire.

— Que diriez-vous de visiter Acapulco avec moi ? suggéra-t-il. Nous pourrions organiser une petite virée nocturne, tous les trois.

— Il faut que nous rentrions, répondit Jonas. Le travail nous appelle.

— Ouais, je comprends. Ce sera pour une autre fois, alors. Tiens, ajouta-t-il en jetant un coup d'œil en direction de la porte du restaurant, voilà mon client qui s'amène. A la prochaine, Jerry.

— A plus tard, David.

— Et salue ce vieux Clancy de ma part.

En riant, David se dirigea vers la porte où il retrouva un homme vêtu d'un costume sombre.

— Pas un mot, murmura Jonas en inscrivant le numéro de leur chambre sur l'addition. Allons-y.

Il se leva et Liz l'imita. Il ne dit rien jusqu'à ce que tous deux soient de retour dans leur suite.

— Pourquoi lui avez-vous dit que nous étions associés ? s'exclama-t-il alors.

Liz s'était préparée à cette réaction.

— Parce qu'il n'aurait rien dit s'il avait pensé que je n'étais pas au courant.

— Vous auriez très bien pu trouver une excuse quelconque pour quitter la table, objecta Jonas.

— N'est-ce pas vous qui m'avez dit que nous étions dans le même bateau ? répliqua-t-elle en le défiant du regard.

Jonas se rembrunit en l'entendant retourner contre lui ses propres paroles.

— Vous auriez au moins pu lui donner un faux nom.

— Pourquoi ? Ils savent très bien qui je suis. Tôt ou tard, David discutera de cette rencontre avec l'un de ses associés et il comprendra ce qui s'est passé exactement.

Jonas comprit qu'elle avait raison. Mais cela ne le rassurait pas pour autant. Plus elle s'impliquait dans cette affaire et plus elle courait de risques. Et il ne pouvait l'accepter.

— Vos affaires sont prêtes ? demanda-t-il.

— Oui.

— Dans ce cas, nous ferions mieux de filer avant que David ne se rende compte de son erreur.

— Que comptez-vous faire, à présent ?

— Me rendre directement chez Morales, répondit-il d'un air sombre.

— Je vois que vous avez été très occupés, tous les deux, déclara Morales.

Une colère à peine contenue perçait dans sa voix tandis qu'il se balançait sur sa chaise.

— Deux de mes hommes ont perdu leur temps en vous cherchant à travers tout Acapulco. Vous auriez tout de même pu me dire que vous comptiez emmener Mlle Palmer en voyage, monsieur Sharpe.

— Je pensais que la présence de policiers à nos côtés compliquerait les choses, reconnut Jonas.

— Je vois. Et maintenant que vous avez terminé votre petite enquête personnelle, vous me ramenez ça, commenta Morales en désignant la clé du coffre. Je suppose qu'en tant qu'avocat, vous avez entendu parler de dissimulation de preuves.

— Bien sûr, acquiesça Jonas. Mais ni Mlle Palmer ni moi ne savions que cette clé constituait une preuve. Bien sûr, nous pensions qu'elle pouvait appartenir à mon frère. Mais dissimuler de telles spéculations n'est pas un crime.

— Non. Si c'était vrai, ce serait juste la preuve que vous manquez singulièrement de jugeote.

Jonas se pencha en avant, bien décidé à ne pas se laisser intimider.

— Je suis l'exécuteur testamentaire de mon frère, déclara-t-il. Si cette clé lui appartenait, elle est devenue mienne. Une fois que j'ai pu établir avec certitude que cette clé était bien à lui et qu'elle permettait d'ouvrir un coffre renfermant des preuves, je vous ai ramené la clé et la description du contenu de ce coffre. Je ne vois pas en quoi cela transgresse la loi.

— Vous êtes malin, monsieur Sharpe, répondit Morales. L'êtes-vous assez pour deviner comment votre frère a bien pu acquérir cet argent ?

— Oui.

— Et vous, mademoiselle Palmer ? demanda le commissaire en se tournant vers Liz.

Celle-ci s'efforça de dissimuler son malaise.

— Je sais que l'homme qui m'a attaquée cherchait de l'argent, répondit-elle. Nous en avons trouvé beaucoup dans ce coffre.

— Ainsi qu'un sac qui, d'après monsieur Sharpe, renfermerait de la cocaïne… Mademoiselle Palmer, avez-vous vu Jeremiah Sharpe consommer de la drogue ?

— Non, jamais.

— Vous a-t-il jamais parlé de cocaïne ou de trafic de cocaïne ?

— Bien sûr que non ! Je vous l'aurais dit.

— Comme vous m'avez parlé de cette clé ? ironisa Morales.

Jonas fit mine de protester mais il l'interrompit d'un geste.

— J'aimerais que vous me transmettiez la liste de vos clients au cours des six dernières semaines, mademoiselle Palmer, déclara-t-il. Je veux leurs noms et, si possible, leurs adresses.

— Mais pourquoi ? demanda la jeune femme, surprise.

— Parce qu'il est tout à fait possible que Jerry ait utilisé votre boutique pour traiter avec ses contacts.

— Vous pensez vraiment qu'il faisait circuler de

la drogue sous mon nez sans que j'en aie conscience ? s'exclama Liz, révoltée par cette idée.

Morales tira un cigare de la boîte qui se trouvait sur son bureau et le contempla longuement avant de répondre.

— J'espère sincèrement que vous n'en aviez pas conscience, mademoiselle Palmer. Quoi qu'il en soit, je veux cette liste sur mon bureau d'ici à la fin de la semaine. Bien sûr, ajouta-t-il à l'intention de Jonas, vous avez le droit de refuser et d'exiger un mandat. Mais je crois qu'étant donné les circonstances, je n'aurai aucun mal à l'obtenir. Et je pourrai en profiter pour garder Mlle Palmer en garde à vue puisqu'elle semble être un témoin clé dans cette affaire.

Jonas regarda le commissaire allumer son cigare. Il avala une bouffée de fumée et la recracha doucement, suivant sa trajectoire en direction du plafond. Il était tenté de relever le défi de Morales mais savait que cela leur ferait perdre un temps précieux.

— Il est parfois plus sage de renoncer à utiliser certains droits, capitaine, déclara-t-il. Je pense que nous voulons tous trois la même chose. Vous aurez votre liste. Et notre collaboration pleine et entière.

Morales hocha la tête d'un air satisfait.

— Je pense aussi que vous devriez retrouver Pablo Manchez, reprit Jonas.

— Que savez-vous de lui, exactement ?

— Qu'il se trouve ou, du moins, se trouvait à Cozumel. Mon frère l'a rencontré à plusieurs reprises dans différents bars de la ville. Vous devriez également vous intéresser à un certain David Merriworth, un Américain qui travaille à Acapulco. Apparemment, c'est lui qui a mis Jerry en contact avec ses employeurs. Je pense que si vous demandez son casier judiciaire aux autorités américaines, vous serez impressionné par ses antécédents.

Morales avait pris en note ce que lui disait Jonas.

— Je vous remercie pour ces précieuses informations, monsieur Sharpe. Quoi qu'il en soit, je vous serai reconnaissant de rester en dehors de tout cela à l'avenir. *Buenas tardes,* mademoiselle Palmer.

Quelques minutes plus tard, Liz et Jonas quittèrent le commissariat.

— J'avoue que je n'aime pas beaucoup être menacée de cette façon, déclara la jeune femme d'un air sombre. Car c'est bien ce qu'il a fait, n'est-ce pas ? Il m'aurait jetée en prison.

Jonas lui décocha un sourire amusé et s'alluma une cigarette.

— Je ne pense pas qu'il aurait mis cette menace à exécution. Il voulait juste nous montrer ce que nous risquions si nous refusions de collaborer avec lui.

— C'est facile à dire pour vous ! Ce n'est pas vous qu'il a menacé d'arrêter !

— C'est parce qu'il ne s'inquiète pas autant pour moi que pour vous.

— Que voulez-vous dire ? demanda Liz alors qu'ils rejoignaient la voiture de Jonas.

— Morales est un bon policier. Et vous faites partie de ses administrés.

— Il a une bien curieuse façon de le montrer, déclara-t-elle.

Un jeune garçon dépenaillé surgit alors et ouvrit la portière de la jeune femme.

— *Gracias,* lui dit-elle en lui tendant une petite pièce.
Il l'empocha et grimaça un sourire ravi.

— *Buenas tardes, señorita,* lui dit-il avant de
refermer la portière sur elle.

— Heureusement que vous avez une moto, remarqua
Jonas en prenant place au volant.

— Pourquoi ?

— Parce que si vous conduisiez une voiture, vous
vous retrouveriez ruinée en moins d'une semaine.

— Ce n'étaient que vingt-cinq pesos, répondit-elle.

— Et combien avez-vous donné à l'autre gamin,
avant que nous entrions dans le commissariat ?

— Ce n'est pas pareil : je lui avais acheté quelque
chose.

— Des bonbons ?

— Et pourquoi pas ? répliqua-t-elle. Mais je ne suis
pas dupe : vous essayez encore de changer de sujet.

— C'est exact. D'ailleurs, j'en ai un autre à vous
proposer : quel est le meilleur endroit pour acheter
les ingrédients dont vous aurez besoin pour préparer
votre fameux chili con carne ?

— Je pensais que vous aviez oublié.

— Certainement pas ! Nous avons besoin de nous
détendre un peu après tout ce qui s'est passé.

— Et cuisiner est censé me détendre ?

— Peut-être pas, mais un bon dîner devrait vous
y aider.

— Vous avez peut-être raison. Tournez à gauche au
prochain croisement. Je vous dirai ce que vous devez
acheter. Et n'oubliez pas que vous vous êtes engagé à
faire la vaisselle !

— Je ne l'oublie pas.

— Très bien. Mais ne venez pas vous plaindre si c'est trop épicé, cette fois !

Liz ne faisait jamais les choses à moitié, même lorsqu'elle cuisinait. Depuis qu'elle s'était installée au Mexique, elle avait appris à préparer quelques plats traditionnels du Yucatan qu'elle affectionnait particulièrement.

Evidemment, la plupart du temps lorsqu'elle était seule, elle se contentait de manger sur le pouce ou de se préparer une salade composée. Mais, lorsque la fantaisie l'en prenait, elle pouvait passer plusieurs heures à cuisiner.

Peut-être voulait-elle aussi impressionner Jonas. Il n'y avait pas de mal à cela, après tout. Elle aurait probablement fait de même avec n'importe quel ami. Sauf que Jonas n'était pas vraiment un ami, lui chuchota une petite voix qu'elle s'efforça vainement de museler.

Au moins, le fait de s'adonner à une activité si banale l'aidait un peu à se détendre. Il s'était passé tant de choses au cours de ces derniers jours que retrouver un semblant de normalité lui faisait le plus grand bien. Couper des oignons, les faire frire, préparer la salade, tous ces gestes simples l'aidaient à évacuer la pression qui s'était accumulée en elle depuis la mort de Jerry.

— Ça sent bon ! s'exclama Jonas en passant la tête par l'embrasure de la porte.

— Je vous rappelle que vous étiez censé me laisser faire, lui dit-elle d'un air faussement réprobateur.

— Je venais juste chercher les couverts pour mettre la table, expliqua-t-il.

Liz hocha la tête et se concentra de nouveau sur ses préparatifs. Une odeur délicieuse avait envahi la pièce. La viande en sauce bouillonnait déjà joyeusement sur la gazinière tandis qu'elle faisait cuire le riz et les haricots rouges à part. Satisfaite, Liz s'essuya les mains sur son tablier et se tourna vers Jonas qui s'était installé à la table de la cuisine et la regardait attentivement.

— Vous avez déjà meilleure mine, remarqua-t-il d'un air approbateur.

Elle sourit, réalisant avec une pointe de surprise combien le fait de se trouver là avec lui lui paraissait déjà naturel. Malgré elle, elle se prit à regretter que la vie ne soit pas plus simple, qu'elle ne puisse partager avec lui ces moments d'intimité domestique comme tant d'autres couples de par le monde.

— Vous faites donc partie de ces hommes qui pensent qu'une femme n'est jamais autant à son avantage que devant les fourneaux ? railla-t-elle.

— A vrai dire, vous n'êtes pas mal non plus au gouvernail de votre bateau, répondit-il. Dans combien de temps pensez-vous que ce sera prêt ?

— Environ une demi-heure.

— Très bien, cela nous laisse le temps de boire un petit verre.

Il se leva et se dirigea vers le plan de travail sur lequel il avait posé les deux bouteilles de vin qu'il avait pris soin d'acheter.

— Je ne sais pas si j'ai des verres adaptés, remarqua Liz.

— J'ai tout prévu, la rassura-t-il en sortant une boîte en carton du sac en plastique qui se trouvait près des bouteilles.

Elle contenait quatre verres à pied en cristal.

— On dirait que vous avez su vous occuper pendant que j'étais au marché.

— Il fallait bien que je tue le temps. Vous ne vouliez pas que je vous accompagne.

Il remplit deux verres et en tendit un à Liz. Tous deux gagnèrent la salle à manger où Jonas avait mis la table. Au centre, il avait placé deux bougies qu'elle considéra d'un air un peu méfiant.

— Ces bougies non plus ne sont pas à moi, remarqua-t-elle.

— Maintenant, elles le sont.

Liz fronça les sourcils. Cela faisait bien des années qu'elle n'avait pas dîné aux chandelles et elle n'était pas certaine de trouver cette idée très rassurante.

— Ce n'était pas la peine de vous donner tout ce mal, déclara-t-elle. C'est juste un dîner entre colocataires.

— Ne me dites pas que des bougies et un peu de vin suffisent à vous rendre nerveuse, remarqua Jonas d'un ton légèrement moqueur.

— Non, bien sûr que non…, répondit-elle d'un ton incertain.

— Tant mieux. Parce que moi, je trouve cela très relaxant…

Elle lui jeta un coup d'œil ouvertement méfiant.

— Je crois que vous attendez plus de moi que je ne suis prête à vous donner.

— Pas du tout, lui assura Jonas en trinquant avec elle. Je n'attends que ce que vous serez prête à donner.

Liz se demanda si elle ne venait pas de donner tête baissée dans un piège. Embarrassée, elle décida qu'il était grand temps de faire diversion.

— Je vais aller chercher la salade, dit-elle.

Jonas hocha la tête et alluma les bougies pendant qu'elle s'éclipsait en direction de la cuisine. Après tout, songea-t-elle, ce n'étaient pas deux bougies et quelques verres de vin qui auraient raison de dix ans de conditionnement.

— C'est très joli, commenta Jonas lorsqu'elle ramena leurs assiettes de salade composée. Comment cela s'appelle-t-il ?

— Une salade maya, répondit-elle en prenant place en face de lui. J'ai appris cette recette lorsque je travaillais à l'hôtel. En fait, c'est là que j'ai appris la majorité de ce que je sais sur la cuisine mexicaine.

Jonas goûta la salade et hocha la tête d'un air appréciateur.

— C'est délicieux. J'en viens à regretter de ne pas vous avoir convaincue de faire la cuisine plus tôt.

— C'est juste pour cette fois, lui rappela-t-elle. Les repas ne sont pas…

—… inclus dans le loyer, compléta-t-il. Je sais. Mais nous pourrions renégocier mon bail.

Elle éclata de rire.

— Je ne pense pas, répondit-elle. Comment faites-vous, à Philadelphie ?

— Ma femme de ménage me prépare un bon petit plat tous les mardis, expliqua-t-il. J'avoue que, le reste du temps, je mange souvent à l'extérieur.

— Je suppose que vous sortez souvent. Vous devez être invité à un tas de fêtes.

— Effectivement. Parfois par des clients, parfois chez des amis. Mais, à dire vrai, au bout de quelques années, cela finit par devenir un peu lassant.

— Je dois reconnaître que, vu de l'extérieur, cela semble un peu superficiel, concéda Liz.

— Ça l'est, acquiesça Jonas.

— C'est étrange. Je vous imaginais comme quelqu'un qui ne faisait jamais rien sans raison.

— C'est souvent le cas. Mais lorsque l'on est célibataire, ce genre de fêtes vous donne l'occasion de sortir et de voir du monde. Jusqu'à très récemment, je m'en contentais très bien. J'avoue qu'aujourd'hui, j'ai besoin de plus que cela.

Ce n'était pas seulement vrai dans sa vie sociale, songea-t-il. Il n'était pas certain de vouloir passer le reste de sa vie à étudier ses livres de droit ou à plaider une affaire après l'autre au tribunal. Il avait besoin de trouver un sens à son existence.

— Buvons à cette illumination, suggéra-t-il ironiquement en levant son verre.

Liz l'imita et ils burent en silence.

— Je suppose qu'il vient un moment dans la vie où nous devons tous réviser nos priorités, déclara-t-elle enfin.

— J'ai l'impression que vous ne l'avez pas fait depuis très longtemps.

— C'est vrai, reconnut-elle. Mais je n'ai jamais regretté les choix que j'avais faits à cette époque.

C'était probablement vrai, réalisa Jonas. Liz n'était pas le genre de femme à s'encombrer de remords ou de regrets.

— Et si vous pouviez revenir onze ans en arrière, est-ce que vous changeriez quoi que ce soit ? demanda-t-il.

Liz ne répondit pas immédiatement. Dans ses yeux,

il devina les doutes et les angoisses qu'elle s'efforçait généralement de déguiser.

— Cela voudrait dire que je devrais renoncer à Faith, lui répondit-elle enfin. Et j'en serais incapable.

— Je vous admire beaucoup, vous savez, déclara Jonas en lui prenant la main.

— Pourquoi ? l'interrogea-t-elle, embarrassée.

— Pour être si fidèle à ce que vous êtes.

Chapitre 8

Aucun compliment n'aurait pu faire plus plaisir à Liz. Elle savait que Jonas n'avait pas cherché à la flatter. Sa remarque pouvait même être comprise à double sens. Mais le fait qu'il l'accepte telle qu'elle était, qu'il admette les choix qu'elle avait faits et les comprenne, la touchait profondément.

Elle s'était toujours efforcée d'être fidèle à ses valeurs, de faire preuve de droiture et d'honnêteté vis-à-vis d'elle-même et de ceux qui l'entouraient. Mais entendre quelqu'un d'autre le reconnaître constituait en quelque sorte la plus belle consécration de ces efforts.

— Je n'ai pas vraiment le choix, remarqua-t-elle en s'efforçant d'adopter un ton léger.

— Bien sûr que si. Des tas de gens passent leur temps à se mentir ou à faire semblant d'être quelque chose qu'ils ne sont pas. Je suis heureux que vous n'en fassiez pas partie.

— Et vous ? demanda-t-elle, curieuse.

— Moi ? Je suis un avocat de trente-cinq ans qui vient tout juste de se rendre compte qu'il avait perdu son temps.

Il sourit et elle décela dans son regard une pointe de mélancolie qui lui transperça le cœur.

— Je vais aller chercher le chili, déclara-t-elle brusquement.

Elle gagna la cuisine, s'efforçant de chasser le trouble que Jonas avait instillé en elle. En l'écoutant, elle en venait à se demander s'il n'avait pas raison, s'il n'était pas temps de se remettre en cause. Mais cette possibilité la terrifiait au plus profond d'elle-même.

Lorsqu'elle revint dans la salle à manger, elle trouva Jonas qui contemplait pensivement son verre de vin, comme s'il cherchait à y lire son avenir. Elle le servit et se rassit. En silence, tous deux attaquèrent le plat de résistance.

— Bon sang ! s'exclama brusquement Jonas. Vous ne m'aviez pas menti. Il y a assez d'épices dans ce chili pour faire démarrer le moteur d'une voiture ! Mais je dois reconnaître que c'est succulent.

— Pas trop piquant pour votre palais délicat de *yankee* ?

— J'en oubliais presque que vous veniez du Texas, répondit-il en riant. Ne vous en faites pas pour moi, les *yankees*, comme vous dites, sont connus pour leurs formidables capacités d'adaptation. En tout cas, je me demande vraiment pourquoi vous n'avez pas ouvert un restaurant ! Vous êtes un fin cordon-bleu et ce ne sont pas les clients qui manquent, dans la région.

— Malheureusement pour eux, je préfère passer mon temps sous l'eau que dans une cuisine, répondit-elle en riant.

— Je suppose que cela ne se discute pas. Et vous avez vraiment appris tout cela dans les cuisines de l'hôtel ?

— Oui. Nous y prenions nos repas et je ne cessais de harceler les cuisiniers de questions. Ils m'ont montré leurs petits secrets de fabrication. Rétrospectivement, je ne cesse de m'étonner de la gentillesse dont les gens ont fait preuve à mon égard, à cette époque.

Jonas voulait en apprendre le plus possible sur cette période de sa vie. Mais il savait que, pour y parvenir, il devrait procéder avec précaution. Connaissant Liz, il savait que tout interrogatoire frontal se solderait probablement par une fin de non-recevoir.

— Combien de temps avez-vous travaillé là-bas ? demanda-t-il, jugeant la question suffisamment anodine.

— Deux ans. Dieu seul sait combien de lits j'ai pu faire durant tout ce temps !

— Et c'est là que vous avez décidé de monter votre propre entreprise ?

— Oui. J'ai commencé par ouvrir la boutique de plongée. C'était un pari risqué, mais ça a marché.

— Comment avez-vous fait pour vous occuper à la fois du magasin et de votre fille ?

— Je me suis débrouillée, éluda Liz.

Il comprit qu'il s'était montré trop curieux. Une fois de plus, elle s'était repliée sur elle-même.

— Tout de même, remarqua-t-il d'un ton aussi léger qu'il le put. Peu de femmes auraient réussi à assumer une telle situation. Vous étiez enceinte et vous avez dû gagner votre vie. Puis vous avez monté une entreprise alors que vous aviez une enfant de moins de deux ans à charge. C'est assez impressionnant, quand on y réfléchit.

— Je n'avais pas vraiment le choix, répondit Liz en haussant les épaules.

— Vous auriez pu retourner chez vos parents.

Elle hésita puis secoua la tête.

— Cela n'aurait pas été la bonne solution, déclara-t-elle. J'avais besoin de prendre un nouveau départ, pas de retourner chez moi la tête basse. Evidemment, au départ, ça a été difficile. J'étais une étrangère, je n'avais aucune expérience et j'avais peur. Mais, peu à peu, j'ai commencé à reprendre confiance. Les gens qui m'entouraient m'y ont beaucoup aidée et les choses auraient probablement été très différentes si cela n'avait pas été le cas.

Les yeux de Liz étaient rêveurs, comme si elle était en train de revivre ce qui s'était passé à cette époque. Jonas se garda bien de l'interrompre.

— J'ai ressenti les premières contractions alors que j'étais en train de nettoyer la chambre 328, reprit-elle en souriant. Je me souviens d'avoir regardé la pile de serviettes que je tenais à la main et m'être dit : « Zut ! Je n'ai encore fait que la moitié des chambres ».

Elle rit et Jonas ne put s'empêcher d'admirer le mélange enivrant de force et de beauté qui émanait d'elle en cet instant.

— Je n'arrive pas à croire que vous ayez travaillé jusqu'au jour de l'accouchement.

— Pourquoi pas ? J'en étais capable et j'avais besoin d'argent.

— Quand je pense à tous ces gens qui prennent un jour de congé lorsqu'ils doivent se rendre chez le dentiste.

— Je crois que les femmes sont naturellement plus résistantes que les hommes.

— C'est probable, admit Jonas. Que s'est-il passé, ensuite ?

— Une fois de plus, j'ai eu de la chance. L'une des filles avec lesquelles je travaillais connaissait la *señora*

NORA ROBERTS

Alderez. Lorsque Faith est née, elle s'est occupée d'elle pendant la journée et je repassais la prendre tous les soirs. Du coup, j'ai pu continuer à travailler.

— Ce devait être dur pour vous, de voir si peu votre enfant.

— C'est vrai. Mais la *señora* Alderez était une nourrice extraordinaire. C'est grâce à elle que j'ai trouvé cette maison, d'ailleurs. Et puis, j'ai ouvert la boutique.

— Vous avez dit que c'était un pari…

— Oui. En abandonnant mon emploi à l'hôtel, je perdais une source de revenus modestes mais sûrs. Pourtant j'avoue que je ne me voyais pas passer ma vie à faire le ménage. Et puis, je voulais que Faith ait ce qui se faisait de mieux et mon maigre salaire ne m'aurait jamais permis de le lui offrir.

Jonas hocha la tête. La simplicité avec laquelle Liz parlait de tout cela cachait mal le courage qu'il lui avait fallu. Et plus il l'écoutait, plus il l'admirait et avait envie d'en apprendre sur son compte.

— Vous saviez déjà plonger, à l'époque ? demanda-t-il.

— Bien sûr ! En fait, c'est à Cozumel que j'ai appris, lorsque j'étais petite. Mes parents et moi y venions régulièrement en vacances. La première fois que j'ai essayé, j'ai su que c'était ce que je voulais faire de ma vie. J'avais brusquement l'impression de savoir voler !

— C'est pour cela que vous êtes revenue à Cozumel ?

— Oui. Dans mon esprit, cet endroit était associé à la paix et à la tranquillité dont j'avais besoin.

— Vous aviez dix-huit ans, n'est-ce pas ? Vous avez donc dû interrompre vos études.

— Oui. J'étais à l'université, en première année. J'avais commencé à étudier la biologie marine. Je voulais devenir professeur pour faire partager mon amour de la mer et faire de la recherche. Je travaillais très dur pour réaliser ce rêve et, du coup, je ne sortais pas beaucoup. Jusqu'à ce que…

Elle s'interrompit brusquement.

— Jusqu'à ce que quoi ? demanda doucement Jonas.

Il s'attendait à ce qu'elle lui réponde que cela ne le regardait pas. Pendant quelques instants, elle parut sur le point de le faire. Puis elle soupira.

— Jusqu'à ce que je rencontre le père de Faith, répondit-elle. Cela a sonné le glas de mes rêves.

— Vous étiez amoureuse de lui ?

— Oui. Sinon, je ne serais jamais tombée enceinte.

— Pourquoi l'avez-vous quitté, alors ?

— N'est-ce pas évident ? répliqua-t-elle avec une pointe de colère. Il ne voulait pas de moi.

— Tout de même, il avait des responsabilités vis-à-vis de votre fille.

— Faith ne lui appartenait pas, répliqua Liz, sur la défensive.

— Ce n'est pas ce que dit la loi, objecta-t-il.

— Gardez votre loi pour vous. Le père de Faith aussi pouvait la citer au mot près. Mais ce n'est pas ce qui l'a empêché de me faire comprendre qu'il ne voulait ni de moi ni de ma fille.

— Et vous n'avez pas cherché à vous battre ? A obtenir ce qu'il vous devait ? s'étonna Jonas. Vous en aviez pourtant le droit.

— Vous voulez vraiment connaître les détails les plus sordides ? répliqua Liz avec rancœur.

Les souvenirs de cette époque affluaient à présent et elle revoyait chaque moment, avec son lot de honte et d'humiliations. Elle porta son verre à ses lèvres et avala une gorgée de vin pour se donner un semblant de contenance.

— Je n'avais pas tout à fait dix-huit ans, reprit-elle. J'étais entrée à l'université pour étudier et devenir ce que j'avais toujours rêvé d'être. Je me trouvais plus mûre que la majorité de mes condisciples qui, pour la plupart, avaient choisi leur voie sur un coup de tête. La plupart s'intéressaient plus à la prochaine fête qu'à leur avenir. Moi, je passais presque toutes mes heures de liberté à la bibliothèque. C'est là que je l'ai rencontré, d'ailleurs. Il était en dernière année et savait que, s'il ne validait pas son cursus, il encourrait la colère de ses parents. Les hommes de sa famille pratiquaient le droit depuis la Révolution et, pour lui, suivre leurs traces était une question d'honneur.

Jonas hocha la tête.

— Le reste n'est pas difficile à deviner. Nous nous retrouvions tous les soirs à la bibliothèque. Nous avons commencé par aller boire un café en sortant. C'est rapidement devenu une habitude. Nous parlions de tout et de rien. Il était intelligent, beau garçon, très bien élevé et plein d'humour. Je suis tombée amoureuse pour la première fois de ma vie. Il m'offrait des fleurs. Nous allions nous promener tous les samedis. Il m'a dit qu'il m'aimait et je l'ai cru. J'étais folle de joie...

Elle ne put réprimer un petit rictus de mépris.

— Il m'a dit qu'il voulait m'épouser dès qu'il se serait établi à son propre compte. Il me parlait de sa maison à Dallas, me décrivait la vie de sa famille. Ses parents étaient très riches et, en l'écoutant, j'avais parfois l'impression d'être la bergère des contes de fées dont le prince tombe amoureux. Et puis, un jour, sa mère est venue le voir…

Jonas remarqua la façon dont la main de la jeune femme était crispée sur sa serviette. Ses phalanges étaient presque blanches et trahissaient la tension qui l'habitait en cet instant.

— Elle a demandé à son chauffeur de la conduire jusqu'au bâtiment où se trouvait ma chambre. J'étais ravie de faire enfin sa connaissance. Je me souviens encore de mon émerveillement en découvrant sa belle Rolls Royce blanche. Lorsque le chauffeur est descendu pour m'ouvrir la portière, j'avais l'impression de rêver. Mais il lui a suffi de quelques mots pour me ramener brutalement à la réalité. Elle m'a expliqué que son fils avait une certaine position à maintenir. Elle m'a dit que j'étais sans doute une fille très bien mais que je ne pouvais décemment pas espérer épouser un Jensann.

Jonas plissa les paupières en entendant ce nom mais il se garda de tout commentaire.

— Elle m'a indiqué qu'elle en avait déjà discuté avec son fils et que celui-ci comprenait parfaitement le fait que notre relation devait cesser. Elle m'a alors offert un chèque à titre de compensation. C'était tellement humiliant… A cette époque, je savais déjà que j'étais enceinte mais je ne l'avais dit à personne. Pourtant, j'ai refusé son argent. En descendant de la Rolls, je suis directement allée voir Marcus. J'étais convaincue que sa mère m'avait menti et qu'il ne m'abandonnerait jamais. Je me trompais lourdement…

Les yeux de Liz étaient secs et sa voix glacée. Mais Jonas n'avait aucun mal à deviner la souffrance qui se dissimulait derrière ce masque impénétrable.

— Il était si froid, reprit-elle, si distant… Il a déclaré que notre liaison avait été très agréable mais qu'il était temps qu'elle cesse. Il m'a expliqué que, s'il refusait d'obéir à ses parents, ils lui couperaient les vivres. Il n'était pas prêt à courir un tel risque. Il a poussé le vice jusqu'à me dire que nous pourrions toujours continuer à nous voir, tant que nous restions discrets. Lorsque je lui ai parlé du bébé, il s'est mis en colère. Il m'a même accusée de chercher à le piéger !

Liz secoua la tête, comme si elle ne parvenait toujours pas à y croire.

— A l'entendre, tout était ma faute. On aurait presque dit que j'avais fait cet enfant toute seule ! Il m'a dit qu'il n'était pas question qu'il laisse une imbécile comme moi gâcher sa vie et m'a demandé d'avorter. C'est alors que j'ai commencé à l'accabler de reproches. Il est devenu fou furieux. Il m'a dit qu'il répandrait le bruit que j'étais une fille facile et que ses amis le confirme-raient. Il m'a dit que ses parents se feraient un plaisir de m'assigner en justice si je prétendais que cet enfant était le sien. Il ferait aussi en sorte que je sois renvoyée de l'université dont le doyen était un ami personnel de sa famille. J'étais jeune et naïve et je croyais tout ce qu'il me racontait. Du coup, j'étais terrifiée. Il a fini par me faire un chèque et m'a demandé de quitter l'Etat ou, mieux encore, le pays. De cette façon, personne n'apprendrait jamais la vérité.

Liz s'interrompit un instant et avala une nouvelle gorgée de vin pour se donner la force de poursuivre.

— Pendant une semaine, je n'ai rien fait. J'étais dans un état second. J'allais en cours comme d'habitude et je me répétais que tout cela n'était qu'un mauvais rêve, que je n'allais pas tarder à me réveiller. Finalement, j'ai compris qu'il allait me falloir prendre une décision. J'ai écrit à mes parents pour leur expliquer la situation. J'ai vendu la voiture qu'ils m'avaient offerte lorsque j'avais été admise à l'université et encaissé le chèque de Marcus. Puis je suis partie pour Cozumel.

— Pourquoi n'êtes-vous pas rentrée chez vos parents ? demanda Jonas, sidéré.

— Parce que je croyais qu'ils auraient honte de moi et ne me pardonneraient jamais ce que j'avais fait. Marcus s'était chargé de m'en persuader.

— Vous auriez pu aller trouver sa famille, objecta Jonas.

— Je ne voulais rien avoir à faire avec eux. Sa mère m'avait déjà clairement fait comprendre ce qu'elle pensait de moi. D'ailleurs, ils auraient probablement réagi comme Marcus.

— Alors, ils ne savent même pas qu'ils ont une petite-fille ?

— Non. Et ils ne l'apprendront jamais. Faith est ma fille et celle de personne d'autre.

— Est-ce qu'elle-même est au courant ?

— Je ne lui en ai dit que le minimum. Mais je ne lui mentirai pas si elle me pose la question un jour.

— Savez-vous que Marcus Jensann brigue actuellement un siège au sénat ? demanda Jonas. On dit même qu'il rêve de devenir président.

— Vous le connaissez ? l'interrogea Liz en pâlissant.

— De réputation.

La jeune femme était livide.

— De quoi avez-vous si peur, Liz ? demanda gravement Jonas.

— Du pouvoir qu'il détient, répondit-elle. Je ne veux pas qu'il me vole ma fille.

— C'est pour cela que vous restez à Cozumel ? Pour ne pas qu'il vous retrouve ?

— Oui, répondit-elle. Mais même s'il me retrouve, je ferai tout ce qui est en mon pouvoir pour l'empêcher de revoir Faith !

Jonas lui prit la main et la serra dans la sienne.

— Il vous fait donc toujours aussi peur, soupira-t-il tristement. C'est à cause de lui que vous vivez prostrée depuis toutes ces années. Mais ne comprenez-vous pas qu'il ne se souvient probablement même plus de vous ? Vous continuez à fuir un homme qui ne vous reconnaîtrait pas s'il vous croisait dans la rue.

Liz le gifla si violemment qu'il resta quelques instants trop ébahi pour parler.

— Ne me dites pas ce que je fuis, lui dit-elle d'une voix venimeuse. Ne me dites pas ce que je ressens !

Sur ce, elle quitta la table et sortit de la pièce, se dirigeant vers la porte d'entrée. Jonas revint de sa stupeur et la rattrapa juste avant qu'elle ne l'atteigne. Il la saisit alors sans ménagement par les épaules et la fit pivoter sur elle-même, la forçant à le regarder. La colère qui brûlait en lui était si forte qu'il n'aurait pu la contrôler même s'il l'avait souhaité.

— A quoi renoncerez-vous encore à cause de lui ? cria-t-il en la fusillant du regard. Combien de temps refuserez-vous de vivre à cause de lui ?

— Cela ne vous regarde pas ! s'écria-t-elle, au bord de l'hystérie.

— Bien sûr que non ! Vous refusez de partager quoi que ce soit, même avec votre fille ! Que pensez-vous donc qu'il arrivera lorsqu'elle sera grande ? Et que deviendrez-vous lorsqu'elle sera partie vivre sa vie et qu'il ne vous restera plus que d'amers souvenirs ?

— Vous n'avez pas le droit, balbutia Liz, les yeux remplis de larmes.

Il resserra son emprise, lui arrachant une petite grimace de douleur.

— Nous avons tous besoin de quelqu'un. Même vous. Et il est temps que je vous le prouve.

— Non, protesta-t-elle faiblement.

Elle essaya de lui échapper mais il fut plus rapide. Ses lèvres se posèrent sur les siennes et il l'embrassa avec passion. Elle tenta de le repousser mais les bras de Jonas l'enserraient, ne lui laissant aucune chance de se dégager.

A la peur et à la colère qui l'habitaient s'ajouta bientôt un désir qu'elle était incapable de réprimer. Liz s'efforça de le contenir mais son corps n'entendait visiblement pas lui obéir et répondait avec ardeur aux baisers de Jonas.

— Ce n'est pas moi que vous combattez, murmura ce dernier. C'est vous-même. Et vous n'avez pas cessé de le faire depuis que nous nous sommes rencontrés.

— Laissez-moi tranquille ! s'exclama-t-elle d'une voix tremblante.

— Je crois que vous ne le pensez pas vraiment. Vous avez autant envie de moi que moi de vous. Cela fait trop longtemps que vous prenez de mauvaises décisions, Liz. Alors j'ai décidé de prendre celle-ci pour vous.

Les protestations de Liz furent étouffées par un nouveau baiser et il la poussa jusqu'au canapé sur lequel ils basculèrent. Prisonnière du corps de Jonas, elle sentait une chaleur brûlante se répandre en elle, affaiblissant sa volonté.

Jonas avait peut-être raison : c'était contre elle-même qu'elle luttait. Et, avec terreur, elle se rendait compte qu'elle était en train de perdre ce combat. Elle s'entendit pousser un gémissement de plaisir lorsque les lèvres de Jonas parcoururent sa gorge. Malgré elle, elle frissonna et son corps s'arqua, moins pour lui échapper que pour mieux s'offrir à lui.

Son cœur battait à tout rompre. Une à une, ses défenses tombaient sous les caresses que lui prodiguait Jonas. Finalement, comprenant qu'il était trop tard pour espérer l'emporter, elle l'attira contre elle et l'embrassa.

Ce baiser était empli de promesses, riche du plaisir qu'ils se donneraient bientôt. Il avait le goût de la vie. L'envie que Liz avait de Jonas était si absolue, si intense qu'elle semblait abolir toutes les barrières qu'elle avait désespérément tenté de placer entre eux. Elle envoya au diable la raison et s'abandonna à la joie sauvage qui la possédait.

Jonas ignorait ce qui l'avait conduit à se jeter sur elle de cette façon. Le désir, certainement. La douleur et la colère aussi. Tout ce qu'il savait, à présent, c'était qu'il lui fallait absolument la posséder corps et âme.

La résistance qu'elle lui avait opposée avait disparu et elle lui rendait à présent chacun de ses baisers, chacune de ses caresses avec une ardeur presque terrifiante. Chacun de ses mouvements lui en demandait plus.

Liz était devenue tempête. Elle était un incendie que rien ne pouvait arrêter et qui dévorerait tout sur son passage. Il y avait dans leur étreinte quelque chose d'élémentaire, de primaire, une sorte de rage qui dépassait tout ce qu'il avait jamais connu.

Ils se déshabillèrent mutuellement, s'arrachant presque leurs vêtements tant leur impatience était grande. L'espace d'un instant, il admira son corps musclé, sa poitrine magnifique et ses longues jambes au galbe parfait. Puis il la reprit dans ses bras et ils s'embrassèrent avec une passion décuplée.

Liz était brûlante, fiévreuse. Elle ne savait plus ce qu'elle faisait, ne cherchait même plus à s'expliquer le besoin impérieux qui la submergeait tout entière. Nouant ses jambes autour de la taille de Jonas, elle l'accueillit en elle.

Une vague de plaisir incoercible la balaya et elle s'arqua sous lui pour mieux s'y abandonner, criant la joie sauvage qui déferlait en elle. Lorsqu'elle le sentit bouger doucement, puis de plus en plus vite, elle posa ses mains contre son dos.

Jonas sentit ses ongles s'enfoncer dans sa peau et un grondement rauque lui échappa. Sa bouche se plaqua de nouveau contre celle de Liz tandis qu'ils bougeaient l'un contre l'autre. Plus rien n'existait que le plaisir presque insoutenable qu'ils se donnaient l'un à l'autre.

Liz haletait, s'accrochant à Jonas, se pressant contre lui jusqu'à ne plus savoir où finissait son corps et où commençait celui de son amant. Ils ne faisaient plus qu'un, entraînés toujours plus loin, toujours plus vite loin de cette pièce, vers un monde où tout n'était que flammes.

Pendant ce qui lui parut durer une éternité, elle perdit tout repère. Il n'y avait plus de place pour autre chose que le plaisir qui la consumait encore et encore.

Puis il culmina en une ultime explosion de passion qui sembla balayer le temps et l'espace.

Et, durant un instant tremblant, il lui sembla que Jonas et elle ne faisaient plus qu'un.

Liz ne dit pas un mot. Son corps tout entier paraissait engourdi, inerte comme une marionnette dont on aurait brusquement coupé tous les fils. Jonas ne bougeait pas. Il l'entourait de ses bras comme s'il avait peur qu'elle ne cherche à fuir.

Elle aurait voulu qu'il dise quelque chose, n'importe quoi, mais il restait obstinément silencieux. Elle ignorait ce qu'il pouvait bien ressentir en cet instant et n'était pas certaine de ce qu'elle-même éprouvait.

Finalement, il se redressa légèrement et posa son front brûlant au creux de son épaule.

— Je suis désolé, Liz, murmura-t-il.

Elle regretta alors son silence antérieur. Rien de ce qu'il aurait pu dire n'aurait été pire que ces trois mots. Elle ferma les yeux, luttant contre le désespoir qui montait en elle. Puis, brusquement, elle se redressa et rassembla ses vêtements qui étaient répandus sur le sol.

— Je ne veux pas de tes excuses, déclara-t-elle.

D'un pas mal assuré, elle se dirigea vers sa chambre.

Jonas s'assit et la suivit des yeux. Il se sentait profondément déprimé. Chaque fois qu'il essayait d'atteindre Liz, de communiquer avec elle, il obtenait un résultat inverse à celui qu'il avait escompté.

Il ne parvenait toujours pas à croire vraiment à ce qui venait de se passer. Comment avait-il pu se conduire de façon aussi brutale ? Comment avait-il pu l'acculer à cette étreinte sans se soucier de ce qu'elle voulait ?

Peut-être était-il temps pour lui de disparaître. Il pourrait engager un garde du corps pour veiller sur elle et retourner à l'hôtel. Cela vaudrait certainement mieux que de la traiter ainsi…

Mais cela avait été plus fort que lui. Il n'avait pu supporter de l'entendre raconter, de manière aussi froide et détachée, la façon dont elle en était arrivée à se retirer du monde et à mettre sa vie entre parenthèses au nom d'un homme qui ne méritait certainement pas que quelqu'un gâche son existence à cause de lui.

Sauf qu'en agissant comme il l'avait fait, il ne valait probablement pas mieux que Marcus. Et cette idée lui était insupportable. C'était pour cela qu'il avait voulu lui présenter des excuses. Mais Liz était parfaitement en droit de les rejeter.

Accablé, Jonas se rhabilla lentement et se dirigea vers sa propre chambre. Mais, au dernier moment, sans même s'en rendre compte, il obliqua vers celle de Liz. Lorsqu'il entra, elle venait d'enfiler un peignoir.

— Il est tard, Jonas, lui dit-elle d'une voix lointaine, presque indifférente.

— Est-ce que je t'ai fait mal ? articula-t-il.

Le regard qu'elle lui lança décupla la culpabilité qui l'habitait.

— Oui. Maintenant, va-t'en. J'aimerais prendre une douche avant d'aller me coucher.

— Liz, je sais que je n'ai aucune excuse pour avoir agi de cette façon…

— Ce n'est pas ce que tu as fait qui m'a fait du mal, répliqua-t-elle. Ce qui m'a blessée, c'est de t'entendre dire que tu étais désolé. Et si tu n'as rien d'autre à ajouter, tu ferais mieux de me laisser.

Il la regarda longuement, incapable de comprendre ce qu'elle voulait dire exactement. Liz avait toujours été pour lui une énigme, et ce qui s'était passé entre eux n'y changeait rien.

— Bon sang, Liz, protesta-t-il enfin, je ne voulais pas dire que j'étais désolé d'avoir fait l'amour avec toi. J'essayais juste de m'excuser pour la façon dont je l'ai fait. Je t'ai pratiquement violée !

— Si mes souvenirs sont bons, je n'ai pas vraiment cherché à résister, remarqua-t-elle.

— C'est vrai, reconnut-il avec un sourire.

— Est-ce que moi aussi je dois m'excuser, alors ? demanda-t-elle d'un ton sarcastique.

Il s'approcha d'elle et posa doucement ses mains sur ses épaules.

— Au contraire, murmura-t-il. Je voudrais juste être sûr que tu en avais autant envie que moi.

Liz sentit sa colère retomber brusquement.

— Je pensais que c'était évident, répondit-elle. Maintenant...

— Maintenant, écoute-moi, l'interrompit-il.

— Il n'y a rien à dire de plus.

— Au contraire !

Il l'entraîna jusqu'à son lit et la força à s'asseoir à côté de lui. Là, il lui prit les mains et la contempla gravement.

— Je suis venu à Cozumel pour une seule raison, déclara-t-il. Et je suis toujours aussi décidé à mener à bien la tâche que je m'étais fixée en venant ici. Mais, entre-temps, bien des choses ont changé. Lorsque je t'ai rencontrée, j'ai compris que tu me cachais quelque chose. Je pensais que cela avait un rapport avec Jerry. Il ne m'a pas fallu longtemps pour comprendre que je m'étais trompé. Alors j'ai voulu en savoir plus sur toi…

— Pourquoi ? demanda-t-elle, troublée.

— Je ne sais pas. Je ne pouvais pas m'en empêcher. Tu sembles toujours si autonome… Et pourtant, parfois, je sens une fissure dans ce mur impénétrable. Ce soir, j'étais bien décidé à apprendre ce qui t'avait vraiment conduite ici, il y a dix ans. Mais lorsque tu me l'as dit, je n'ai pas su le gérer…

— La plupart des hommes ont du mal à trouver leurs marques lorsqu'ils se trouvent confrontés à une mère célibataire, remarqua-t-elle un peu froidement.

— Arrête de me faire dire ce que je n'ai pas dit ! protesta Jonas. Ce que je n'ai pas pu supporter, c'est l'idée que tu aies laissé cet homme gâcher ta vie de cette façon.

— Je t'ai dit que je ne regrettais rien.

— Je sais, acquiesça-t-il. Mais moi, si.

— Tu sais pourtant que la vie ne se déroule pas toujours comme on l'avait prévu, que peu de gens parviennent à réaliser leurs rêves d'enfants. Je ne suis pas un cas isolé…

Jonas éclata de rire et passa un bras autour de ses épaules pour la serrer contre lui. Elle resta immobile, ne sachant que penser de ce brusque témoignage d'affection. Son regard tomba alors sur la pièce qui était accrochée au cou de Jonas.

— Jerry avait la même, remarqua-t-elle.

— Nos grands-parents nous les avaient offertes lorsque nous étions enfants. Ce sont deux pièces de cinq dollars en or. J'ai toujours porté la mienne du côté pile et Jerry du côté face. C'était peut-être un signe. Il a volé sa première voiture à l'âge de seize ans...

— Je suis désolée, murmura Liz en lui serrant doucement la main.

— Il n'en avait même pas besoin, tu sais... Il aurait pu prendre n'importe laquelle de celles qui se trouvaient dans le garage. Mais il m'a dit qu'il voulait juste voir ce que cela faisait.

— Cela n'a pas dû toujours être facile, pour toi.

— Non. Jerry compliquait la vie de tout le monde, y compris la sienne. Mais il n'était jamais vraiment méchant. Juste insupportable. Pourtant, je n'ai jamais cessé de l'aimer...

— L'amour fait parfois plus mal que la haine, remarqua Liz en se serrant contre lui.

Il déposa un petit baiser sur ses cheveux.

— Je suppose que tu n'as jamais consulté un avocat au sujet du père de Faith, remarqua-t-il.

— Pourquoi le ferais-je ?

— Parce que Marcus a des responsabilités envers elle.

— Une fois, j'ai accepté son argent. Mais je ne recommencerai plus jamais.

— Cela t'éviterait de te tuer au travail, objecta Jonas.

— Tu ne comprends pas, objecta-t-elle. Le jour où Marcus m'a tendu ce chèque, il a renoncé à son enfant. J'aurais pu l'utiliser pour avorter et continuer à vivre comme si de rien n'était. J'ai choisi de le garder, de l'élever et d'assumer seule cette responsabilité. Faith ne m'a apporté que du bonheur depuis le jour où elle est venue au monde et je n'ai pas du tout l'intention de la partager avec qui que ce soit.

— Un jour, elle te demandera son nom, remarqua Jonas.

— Et je le lui dirai. Alors, ce sera à elle de décider ce qu'elle veut faire de cette information.

— Est-ce que je pourrais au moins la rencontrer ? demanda Jonas. Je sais que tu veux que je quitte cette maison avant qu'elle ne revienne, mais j'aimerais beaucoup faire sa connaissance.

— Pourquoi pas ? Si tu es toujours au Mexique…

— J'ai une autre question à te poser.

— Encore une ? fit-elle avec un petit sourire.

— Est-ce que tu veux bien me laisser une chance de te faire l'amour comme je l'aurais vraiment voulu ?

— Ce n'est pas la peine…

Il la fit taire d'un petit baiser sur les lèvres.

— Si, lui dit-il. C'est important pour nous deux. Dès que je t'ai vue, la première fois, j'ai eu envie de toi.

Il embrassa tour à tour son front, ses joues et ses paupières closes puis fit doucement glisser son peignoir sur ses épaules pour pouvoir couvrir sa gorge d'une pluie de petits baisers.

— Ta peau est si douce, murmura-t-il contre sa peau. Laisse-moi te regarder…

— Jonas…, protesta-t-elle faiblement.

— S'il te plaît, insista-t-il.

Elle fut incapable de lui résister. Mais il y avait presque de la révérence dans les caresses de Jonas et dans ses yeux brûlait un désir dont l'intensité la faisait frissonner d'anticipation.

Jonas la repoussa doucement sur le lit et dénoua sa ceinture. Il écarta les pans de son peignoir et admira son corps qui prenait une teinte laiteuse au clair de lune.

Ses yeux étaient deux puits sans fond et il y distinguait un mélange d'incertitude et d'impatience.

— Je veux que tu me fasses confiance, lui dit-il. Je ne veux pas que tu aies peur de moi.

— Je n'ai pas peur, répondit-elle.

— Tant mieux.

Il entreprit de couvrir son corps de baisers, commençant par ses chevilles et remontant lentement jusqu'à ses genoux. Sous ses lèvres, il la sentait frissonner.

— Jonas…, murmura-t-elle encore.

— Détends-toi, lui dit-il en laissant ses mains courir le long de ses cuisses plus douces que la soie. Laisse-moi te montrer ce que je ressens pour toi.

Liz renonça à lutter. Elle n'avait d'ailleurs aucune envie de le faire. Il reprit son exploration, couvrant chaque parcelle de sa peau. Cette fois, il était bien décidé à prendre tout son temps, à profiter de chaque instant.

Jamais personne n'avait caressé Liz de cette façon. Il y avait quelque chose de presque religieux dans la dévotion dont Jonas faisait preuve. Et la réaction que ses doigts et ses lèvres éveillaient au plus profond de sa chair était si intense que l'expérience prenait une dimension presque mystique.

Elle se sentait flotter, plus libre encore que lorsqu'elle se trouvait sous l'eau. Le plaisir qu'il lui procurait était très différent de ce qu'elle avait éprouvé la première fois. Il semblait se propager au plus profond d'elle-même et envahir les recoins les plus secrets de son âme.

Jonas découvrait patiemment le corps de Liz. Son exploration avait quelque chose de systématique. Il voulait tout savoir, connaître chaque parcelle d'elle. Sa beauté qu'il n'avait fait qu'entrevoir le rendait presque timide, à présent.

Il s'émerveillait de chacune de ses courbes, admirait la texture de sa peau ferme et élastique qui s'enflammait à son contact. Puis sa bouche se posa enfin au creux de ses cuisses, goûtant au fruit le plus secret de sa chair.

Liz fut parcourue d'un spasme incoercible tandis qu'une vague de plaisir la balayait. Loin de satisfaire Jonas, cette réaction sembla l'encourager et il se fit plus audacieux. De sa langue et de ses mains, il lui révélait un monde de sensations qu'elle n'aurait jamais cru pouvoir éprouver.

Combien de fois la guida-t-il jusqu'à ce moment magique où son être paraissait se disloquer sous l'effet de la passion ? Combien de fois reprit-elle conscience pour réaliser qu'il l'entraînait encore vers de nouveaux sommets ?

Haletante, écartelée, gémissante, elle s'abandonnait à lui, incapable de comprendre ce qui lui arrivait. Jamais elle n'aurait pensé pouvoir résister à des sensations d'une telle intensité. Elle avait l'impression de perdre lentement la raison.

Il y avait tant de beauté en elle, tant de confiance dans la façon dont elle se laissait aller entre ses mains que Jonas aurait voulu continuer indéfiniment à la caresser ainsi. Mais son propre désir n'avait cessé de croître et il le submergeait à présent.

Incapable d'y résister, il remonta lentement le long du corps de Liz et l'embrassa avec ardeur. Lorsqu'il la sentit le guider et qu'il pénétra en elle, il crut un instant qu'il allait perdre tout contrôle.

Luttant de toute la force de sa volonté, il parvint à

maîtriser le désir poignant qu'il avait d'elle. Puis elle commença à onduler sous lui, se portant à sa rencontre puis se creusant comme une vague.

Ses yeux étaient rivés aux siens et il y lisait un bonheur si intense qu'il comprit à cet instant qu'il lui appartenait corps et âme.

Leurs gestes se firent plus pressants à mesure qu'ils sentaient monter en eux une joie primitive, absolue. Leurs bouches se cherchaient, leurs mains s'étreignaient et ils escaladaient ensemble les degrés d'une passion presque trop intense pour qu'ils puissent la comprendre.

Ils ne faisaient plus qu'un, s'abîmant l'un en l'autre pour mieux se retrouver, s'offrant l'un à l'autre sans aucun artifice, sans aucune retenue. Et leur étreinte disait mieux que les mots l'amour infini qui les unissait.

Chapitre 9

Liz ouvrit les yeux et s'étira langoureusement. Les yeux clos, elle attendit que le réveil se mette à sonner. Elle s'était rarement sentie aussi détendue et elle se laissa aller quelques minutes au plaisir de ne rien faire. Dans moins d'une heure, une dure journée de travail commencerait mais, pour le moment, elle avait encore un peu de temps rien que pour elle.

Brusquement, elle fronça les sourcils, incapable de se rappeler ce qu'elle était censée faire, ce jour-là. Qu'est-ce qui était prévu ? Une sortie en mer ? Un cours de plongée ? Une promenade à bord du bateau à fond de verre ? Elle n'aurait su le dire.

Elle réalisa alors qu'il y avait une bonne raison à cela : elle n'était pas allée travailler, la veille. Et la nuit dernière…

Liz ouvrit les yeux et se redressa brutalement.

— Jamais je n'ai vu quelqu'un se réveiller de cette façon, commenta Jonas en souriant.

Il se pencha vers elle et l'embrassa. Embarrassée, Liz remonta le drap pour dissimuler sa poitrine, notant au passage combien Jonas Sharpe était séduisant au réveil.

— Tu as bien dormi ? demanda-t-elle, gênée.

— Comme un bébé, répondit-il en écartant une mèche de cheveux qui lui tombait dans les yeux. Et toi ?

— Très bien…

Il posa doucement la main sur la sienne et lui sourit tendrement.

— Normalement, les gens sont nerveux avant de faire l'amour, remarqua-t-il malicieusement.

— Je ne suis pas nerveuse, protesta-t-elle en rougissant.

Il déposa un petit baiser sur son épaule.

— Remarque, c'est plutôt flatteur, reprit-il. Je préfère te voir nerveuse que blasée et indifférente. Je détesterais penser que ce qui s'est passé hier soir ne représente rien pour toi…

Il mordilla délicatement son oreille, lui arrachant un incoercible frisson de désir. Comment pouvait-elle avoir encore autant envie de lui après ce qui s'était passé cette nuit ? Elle aurait pourtant dû se sentir plus que rassasiée…

— Ce n'est pas possible ! s'exclama-t-elle en avisant l'heure qu'indiquait le réveil. Il ne peut pas être 8 h 15…

— Pourquoi pas ? demanda Jonas en lui caressant doucement la cuisse.

— Parce que je ne me lève jamais aussi tard lorsque je suis censée aller travailler !

— J'ai bien peur que nous n'ayons oublié de régler le réveil, hier.

Cela n'avait rien d'étonnant. Après avoir fait l'amour avec Jonas, elle s'était endormie entre ses bras, brisée et plus heureuse qu'elle ne l'avait jamais été. Elle ne parvenait toujours pas vraiment à se concentrer sur ce qu'elle était censée faire, ce jour-là. Les caresses de Jonas l'empêchaient de penser clairement.

— Je n'ai pas besoin de réveil, marmonna-t-elle. Je me lève toujours à 6 heures…

— Je crois que tu commences à prendre de mauvaises habitudes à mon contact, objecta Jonas. Je te rappelle que tu t'es déjà réveillée à 8 heures, hier matin.

— Tu as une très mauvaise influence sur moi, c'est certain, répondit-elle en faisant mine de s'écarter de lui.

Mais il n'était visiblement pas décidé à la laisser s'échapper aussi facilement.

— Il faut que je me lève, protesta-t-elle faiblement.

— Mais non, répondit-il d'une voix suggestive.

— Jonas, plaida-t-elle, il est déjà très tard... Il faut que j'aille travailler...

— Dis-toi que ce n'est qu'un mauvais moment à passer, railla-t-il.

Il embrassa ses doigts qui retenaient toujours le drap.

— Si tu t'en vas maintenant, je mourrai de frustration, c'est certain.

— Mais les bateaux...

— Je suis sûr qu'ils sont déjà partis.

Sans même qu'elle s'en aperçoive, il avait ôté le drap. Elle sentit ses lèvres se poser sur son mamelon qui se dressait déjà sous ses caresses.

— Luis m'a fait l'effet d'un garçon très compétent, ajouta-t-il avant de passer à l'autre sein.

— Mais cela fait deux jours que je ne suis pas allée travailler...

— Un de plus ou un de moins, cela ne fera pas une grande différence.

Liz comprit qu'il était déjà trop tard : son corps tout entier frémissait d'un désir irrépressible.

— Je suppose que tu as raison, soupira-t-elle en se rallongeant.

*
* *

La dernière fois que Liz était restée au lit jusqu'à 10 heures, elle habitait encore chez ses parents. Elle se faisait l'effet d'être complètement irresponsable et était furieuse de découvrir combien cette sensation pouvait s'avérer exaltante.

Finalement, elle se décida à s'arracher à ses draps pour aller faire du café.

— J'espère que tu n'es pas encore en train de te tourmenter parce que tu as pris un jour de congé, fit Jonas en la rejoignant dans la cuisine.

— Tu réalises que je ne sais même pas ce qui se passe à la boutique ? répliqua-t-elle en plaçant deux toasts dans le grille-pain.

Jonas traversa la pièce et la fit pivoter sur elle-même pour la forcer à lui faire face.

— Tu sais qu'à Philadelphie, mes collaborateurs me considèrent comme un bourreau de travail ? Certains de mes amis s'inquiètent même ouvertement de me voir accumuler les heures supplémentaires. Imagine un peu ce qu'ils doivent penser depuis que je suis ici.

— Et cela ne te dérange pas ? demanda-t-elle.

— Disons que j'ai découvert en te rencontrant qu'il y avait des choses plus importantes encore que mon travail. Et je suis bien décidé à t'en convaincre, toi aussi.

Liz ne put s'empêcher de sourire, à la fois flattée et agacée par sa réponse.

— Je suis certaine que tu as l'habitude de toujours obtenir ce que tu veux.

— Je suis avocat, lui rappela-t-il. C'est pour cela que mes clients me paient.

— Les miens me paient pour que je leur apprenne la plongée, pas pour que je passe mes matinées à paresser au lit.

Les toasts sautèrent et ils en prirent un chacun avant de s'installer à la table de la cuisine.

— Tu sais que tu viens de me donner une idée, remarqua enfin Jonas.

Elle leur resservit du café et lui jeta un regard interrogateur.

— Peut-on savoir laquelle ?

— J'aimerais beaucoup que tu m'apprennes à plonger.

— Aujourd'hui ? demanda-t-elle. Je ne sais pas si c'est possible. Les deux bateaux sont sûrement déjà partis.

— Je ne pensais pas à une leçon en groupe mais à un cours particulier. Nous pourrions prendre le *Sans-Pays*.

— Normalement, c'est Luis qui donne les leçons particulières.

— Tu pourrais peut-être faire une exception, tu ne crois pas ?

— D'accord. Mais je te préviens : le cours n'est pas donné.

— Le contraire m'aurait étonné, répondit Jonas en riant.

— Mais pourquoi as-tu accepté de le défendre alors qu'il t'avait fait les poches ? s'exclama Liz en riant.

Jonas venait de se garer sur le parking de l'hôtel et tous deux descendirent de voiture.

— Parce que toute personne a le droit d'être défendue, répondit-il. Et puis, je me suis dit qu'il n'oserait peut-être pas voler le portefeuille de son avocat...

— Et ça a marché ?

— En quelque sorte… Il m'a laissé mon portefeuille mais il m'a volé ma montre.

Elle éclata de nouveau de rire. Jamais il ne l'avait vue aussi détendue que ce matin-là.

— Et tu as réussi à le faire acquitter ?

— J'ai obtenu une réduction de peine. Il s'en est tiré avec deux ans de probation. Regarde, on dirait que tes affaires marchent bien.

Liz protégea ses yeux de l'éclat du soleil et se tourna vers sa boutique. Luis était en train de raccompagner à la porte deux couples de touristes qui venaient de louer des tenues de plongée. Des quatre bateaux, seul le *Sans-Pays* se trouvait toujours à quai.

— Cozumel est une destination de plus en plus populaire, acquiesça-t-elle.

— Cela devrait te faire plaisir.

— Financièrement, je serais folle de me plaindre, concéda-t-elle.

— Mais… ?

— Mais je ne sais pas si c'est une bonne chose pour cette île. Ecologiquement et humainement, il y a un prix à payer pour ce développement touristique sauvage. Hola, Luis !

— Liz ! s'exclama ce dernier.

Il adressa un petit signe de tête à Jonas, paraissant toujours gêné par la ressemblance de ce dernier avec son frère.

— Nous pensions que tu nous avais abandonnés, reprit-il. Alors ? Comment as-tu trouvé Acapulco ?

— C'était… différent, répondit Liz.

Ils pénétrèrent tous trois dans le magasin et elle alla jeter un coup d'œil à l'emploi du temps du jour.

— Vous n'avez eu aucun problème en mon absence ?

— Non. Jose s'est occupé de remettre en état le matériel défectueux. J'ai demandé à Miguel de venir nous donner un coup de main mais je le garde à l'œil. Sinon, nous avons reçu la brochure que tu avais commandée.

Luis tendit à Liz un catalogue qui présentait une gamme de scooters des mers.

— Je vois qu'il y a un groupe du Brinkman qui est parti plonger. Vous les avez emmenés au Palancar ?

— Deux jours de suite. Miguel les aime bien. Apparemment, ils lui donnent de généreux pourboires.

— Du coup, tu te retrouves seul au magasin.

— Ne t'en fais pas pour moi, je suis tout à fait capable de me débrouiller sans aide. Au fait, il y a un type qui est passé.

Il fronça les sourcils, cherchant vainement à se rappeler son nom.

— Un grand maigre, assez jeune, américain… Celui qui se trouvait dans le groupe de débutants, l'autre jour.

— Trydent ?

— Oui, c'est lui. Il est venu plusieurs fois.

— Il a loué du matériel ?

— Non, répondit Luis avec un sourire malicieux. Je crois que c'est toi qu'il cherchait.

Liz haussa les épaules, lui signifiant clairement qu'elle n'était pas intéressée.

— Si tu es sûr de pouvoir te débrouiller seul, je vais prendre le *Sans-Pays* pour emmener M. Sharpe prendre sa première leçon de plongée.

Luis jeta un bref coup d'œil à Jonas puis détourna

les yeux. Le frère de Jerry le rendait nerveux, mais cela faisait des semaines qu'il n'avait pas vu Liz aussi heureuse. Et son instinct lui disait que Jonas y était pour quelque chose.

— Tu veux que j'aille chercher une tenue ?

— Non, je m'en occupe. Etablis une facture pour la location du bateau et de l'équipement et pour la leçon. Comme il est presque 11 heures, ne compte qu'une demi-journée.

— Quelle générosité ! murmura ironiquement Jonas alors que Liz se dirigeait déjà vers la réserve.

— Au moins, vous aurez le meilleur des professeurs, lui assura Luis qui n'osait toujours pas le regarder en face.

— Je n'en doute pas, répondit Jonas.

Il jeta un coup d'œil au journal que Luis avait posé sur le comptoir. Malheureusement, les titres écrits en espagnol ne lui disaient pas grand-chose.

— S'est-il passé quoi que ce soit d'intéressant, hier ? demanda-t-il à Luis.

Ce dernier commençait à se détendre un peu. Liz avait raison lorsqu'elle disait que les deux frères étaient différents. Ils n'avaient pas la même façon de s'exprimer et ne dégageaient pas du tout la même énergie.

— Je n'ai pas encore eu le temps de le lire, répondit-il. La matinée a été bien remplie.

Jonas parcourut le journal, se contentant de regarder les photographies pour se faire une idée des informations dont traitaient les articles. Brusquement, il se figea. Sur l'une des pages se trouvait un cliché représentant Erika.

— Luis ? Pouvez-vous me dire ce que raconte cet

article ? demanda-t-il à l'employé qui avait fini de remplir sa facture.

— Eh, mais c'est la petite amie de Jerry ! s'exclama ce dernier avant de lancer un regard embarrassé à Jonas.

— Je sais, répondit celui-ci. Mais que dit l'article ?

Luis parcourut le journal. Lorsqu'il releva les yeux, il était blême.

— Elle est morte, murmura-t-il.

— Comment ?

— Elle a été poignardée.

Jonas pensa aussitôt au couteau avec lequel l'agresseur de Liz l'avait menacée.

— Quand est-ce arrivé ? demanda-t-il d'une voix mal assurée.

— Ils ont trouvé son corps la nuit dernière, répondit Luis qui paraissait tout aussi secoué que lui.

— Jonas ! appela Liz de la réserve. Combien pèses-tu, exactement ?

— Quatre-vingt-cinq kilos, répondit-il. Il vaut mieux ne rien dire à Liz, ajouta-t-il à l'intention de Luis. Elle a déjà été suffisamment secouée comme cela au cours de ces derniers jours...

Luis parut hésiter.

— Je ne veux pas qu'il lui arrive quoi que ce soit de mal, dit-il enfin.

Le regard qu'il lança à Jonas était explicite : il s'agissait d'une mise en garde. Visiblement, Luis était très attaché à Liz.

— Moi non plus, lui assura-t-il. Et je veillerai personnellement à sa sécurité.

— C'est à cause de vous qu'elle est en danger, répliqua Luis d'un ton accusateur.

— Je sais. Mais, malheureusement, elle le sera toujours, même si je pars.

Pour la première fois, Luis se força à regarder Jonas droit dans les yeux. Ce qu'il y lut parut le rassurer et il poussa un profond soupir.

— J'aimais beaucoup votre frère, déclara-t-il enfin, mais quelque chose me dit que tout ce qui arrive aujourd'hui est de sa faute.

— Cela n'a plus aucune importance, répondit tristement Jonas. Il est mort. Mais je vous promets que je veillerai sur Liz.

— Tâchez de faire en sorte qu'il ne lui arrive rien, l'avertit Luis.

— Première leçon ! s'exclama Liz en émergeant de la réserve, les bras chargés de matériel. Chaque plongeur est responsable de son propre équipement.

Elle remit le sien à Jonas puis repartit vers la réserve pour aller chercher sa propre combinaison. Jonas échangea un dernier regard chargé de sous-entendus avec Luis et celui-ci hocha la tête.

— La préparation est primordiale, reprit Liz en revenant avec sa tenue. Nous reviendrons avant le coucher du soleil, Luis, ajouta-t-elle à l'intention de son employé. *¡Hasta luego!*

— *Hasta luego,* répondit ce dernier en s'efforçant d'adopter un ton décontracté.

Il ne put pourtant s'empêcher de porter la main à la médaille qu'il portait autour du cou et pria pour qu'il n'arrive rien à Liz.

La jeune femme ne s'en aperçut pas et Jonas la suivit à l'extérieur de la boutique. Ils traversèrent le ponton et montèrent à bord du *Sans-Pays*. Là, elle fit le tour du bateau, vérifiant que tout était en ordre.

Jonas admira la discipline et la compétence dont elle faisait preuve. Il se demanda alors si sa présence, loin de la protéger, ne la mettait pas un peu plus en danger. Cette question était absolument primordiale à ses yeux.

— Pourquoi est-ce que tu me regardes comme cela ? lui demanda Liz, embarrassée par l'intensité de son regard.

— Parce que j'aime beaucoup ça, répondit-il d'une voix très tendre. Je pourrais passer des heures entières à te regarder...

Liz sentit les battements de son cœur s'accélérer brusquement. Il aurait été si facile de le croire. La tentation de lui faire confiance était immense mais elle savait aussi qu'en y cédant, elle courrait un risque plus grand encore.

Elle aurait tant voulu lui dire ce qu'elle éprouvait pour lui, lui avouer cet amour qui grandissait en elle à chaque instant. Mais, en agissant de la sorte, elle perdrait tout contrôle et se retrouverait entièrement à sa merci.

— Je te rappelle que tu as payé pour cette leçon, lui dit-elle. Tu ferais mieux de détacher les amarres au lieu de bayer aux corneilles.

Jonas éclata de rire.

— Qu'est-ce que cela peut bien te faire ? répliqua-t-il malicieusement. Après tout, c'est moi qui paie, non ?

— Tu es vraiment impossible, soupira-t-elle. Largue les amarres.

— Oui, capitaine, s'exclama-t-il joyeusement.

Mais il ne put résister à la tentation de lui voler un baiser avant de sauter sur le quai pour s'exécuter.

Liz prit une profonde inspiration et tenta de maîtriser l'allégresse qui l'habitait avant de mettre les moteurs en marche. Elle espérait sincèrement qu'elle paraissait plus maîtresse d'elle-même qu'elle ne l'était réellement.

Car Jonas était en train de remporter une bataille qu'il n'était peut-être même pas conscient d'avoir livrée et elle savait déjà que, tôt ou tard, elle finirait par capituler sans condition.

— Nous aurions tout aussi bien pu plonger de la plage, lui dit-elle lorsqu'il sauta à bord. Mais je me suis dit que tu préférerais sans doute découvrir l'un des récifs coralliens de l'île. Le Palancar compte parmi les plus beaux des Caraïbes. C'est également un bon endroit pour commencer, car sa partie nord n'est pas très profonde. Il y a aussi de nombreuses grottes sous-marines qui rendent la plongée plus intéressante…

— J'en suis certain, acquiesça Jonas. Mais, à vrai dire, j'avais une autre idée en tête.

— Vraiment ? fit-elle, surprise.

Jonas tira un calepin de sa poche et le lui tendit.

— A quoi te font penser ces chiffres ? demanda-t-il en désignant une ligne.

Liz ne put s'empêcher de frissonner. Elle reconnaissait très bien le carnet sur lequel Jonas avait recopié les notes que Jerry avait laissées dans le coffre-fort de la banque. Elle coupa le moteur et laissa le bateau dériver à quelques encablures de la côte pour pouvoir étudier les chiffres qu'il désignait.

— On dirait des indications de longitude et de latitude, répondit-elle enfin.

— Exact. Est-ce que tu as une carte des environs ?

Liz comprit qu'il avait dû prévoir cette sortie en mer depuis qu'il avait saisi le sens de ces chiffres. Cette leçon de plongée ne devait donc rien au hasard ou à l'inspiration du moment.

— J'en ai une, répondit-elle. Mais je n'en ai pas besoin. Je connais les eaux de la région comme ma poche. Ces coordonnées correspondent à un point situé au large des îles Mujeres.

Liz remit les moteurs en marche et mit le cap vers elles. Elle ne chercha pas même à protester ou à lui conseiller de prévenir la police. Tous deux avaient commencé cette enquête ensemble et ils devraient la mener jusqu'au bout, où qu'elle puisse les conduire.

— Nous en avons pour un bon moment, remarqua-t-elle au bout de quelques minutes. Tu ferais bien de t'asseoir.

Jonas s'approcha d'elle et posa les mains sur ses épaules.

— Il y a de fortes chances pour que nous ne trouvions rien, lui dit-il. Mais je dois absolument y aller.

— Je comprends, soupira-t-elle.

— Tu aurais préféré que j'y aille sans toi.

Elle secoua la tête en silence.

— C'est certainement l'endroit où il devait déposer ou récupérer la drogue. D'ici à demain, Morales obtiendra le carnet de Jerry et il enverra ses propres plongeurs sur les lieux. Mais je tiens à les voir par moi-même.

— Je crois que tu cours après des ombres, lui dit Liz. Jerry est mort. Rien de ce que tu pourras faire ne changera cela, tu sais.

— Peut-être. Mais je veux savoir qui l'a tué et pourquoi. Cela me suffira.

— Vraiment ? demanda-t-elle d'un ton dubitatif.

Ses mains étreignirent la barre et elle se tourna à demi vers lui pour le regarder droit dans les yeux. Elle reconnut le regard froid et lointain qu'il arborait en cet instant.

— C'est bien ce que je pensais, murmura-t-elle. Tu ne pourras pas te contenter de savoir…

Elle fit de nouveau face à la proue. Elle aurait pu faire demi-tour et le ramener au rivage, mais il aurait loué un autre bateau et serait parti de toute façon. Elle n'en doutait pas un seul instant.

Les îles Mujeres, les îles des femmes, formaient un petit chapelet verdoyant. Elles étaient enceintes de lagons aux eaux vertes et de récifs de corail. C'était l'un des lieux les plus sauvages et des plus préservés des Caraïbes.

Quelques voiliers avaient jeté l'ancre dans les anses qui les bordaient, ainsi que les bateaux qui y condui-saient les plongeurs les plus fortunés. Autrefois, les îles avaient servi de refuge aux pirates qui écumaient les environs.

Liz jeta l'ancre au large de la côte sud-ouest. Aussitôt, ses réflexes de professeur reprirent le dessus.

— Il est important que tu connaisses le nom et l'usage de chaque pièce d'équipement, déclara-t-elle. Ce n'est pas seulement une question de culture générale : chacun de ces accessoires peut faire la différence entre la vie et la mort lorsqu'on est sous l'eau. Et oublie ça, ajouta-t-elle en voyant Jonas sortir une cigarette. Il est ridicule de remplir ses poumons de fumée alors que l'on s'apprête à descendre.

Jonas rangea son paquet dans la poche de son jean.

— Combien de temps resterons-nous en bas ? demanda-t-il.

— Moins d'une heure. La profondeur est d'environ quatre-vingts pieds, ce qui signifie que l'azote de ta réserve d'air sera trois fois plus dense que celui que ton organisme est habitué à respirer. Chez certaines personnes, cela peut causer des vertiges. Si c'est ton cas, fais-moi immédiatement signe. Nous descendrons par paliers pour que ton corps puisse s'habituer aux changements de pression. Nous remonterons de la même façon pour que l'azote puisse être évacué correctement. Si tu remontes trop vite, cela peut t'être fatal.

Tout en parlant, elle avait disposé le matériel sur le pont de façon à pouvoir lui présenter chaque pièce.

— Sous l'eau, tu ne dois jamais relâcher ta vigilance. Nous ne serons pas dans notre milieu naturel et nous ne pourrons nous fier qu'à notre équipement et à notre bon sens. Cela peut-être très beau et très excitant, mais ce n'est jamais un jeu.

— Est-ce que tu fais le même discours à tous tes clients ? demanda Jonas, curieux.

— Oui, en gros.

— C'est très impressionnant.

— Merci. A présent...

— Nous devrions plonger, déclara Jonas.

— Pas question. La leçon ne fait que commencer. Tu ne peux pas descendre sans connaître ton équipement !

— Très bien. Ceci est l'indicateur de profondeur,

déclara Jonas en commençant à se déshabiller. C'est un modèle très sophistiqué. Je ne pense pas qu'il y ait beaucoup de loueurs qui estiment nécessaire d'investir dans un accessoire de cette qualité.

— C'est l'un des miens, murmura Liz, passablement sidérée.

— Je dois aussi préciser que j'ai rarement vu un matériel aussi bien entretenu. La combinaison n'est pas tout à fait aussi perfectionnée que la tienne mais elle est d'une qualité irréprochable, déclara Jonas en commençant à l'enfiler. Tu me donnes un coup de main ?

— Tu as déjà plongé ? demanda-t-elle en l'aidant à l'ajuster.

— Je plonge depuis l'âge de quinze ans, répondit-il avant de s'agenouiller près de ses bouteilles pour vérifier que tout était en ordre.

— Depuis que tu as quinze ans ? s'exclama Liz, furieuse, en se déshabillant rapidement.

Elle se retrouva bientôt en maillot de bain.

— Pourquoi m'as-tu laissé te dire tout cela, alors ?

— Parce que j'adore t'écouter, dit-il en lui jetant un regard gourmand. Presque autant que j'aime te regarder, ajouta-t-il.

Elle n'était pas précisément d'humeur à apprécier ce genre de commentaire. Après lui avoir jeté un regard assassin, elle entreprit de s'équiper à son tour.

— Pas question que je te rembourse cette leçon ! déclara-t-elle.

— Je n'en attendais pas moins de toi, répliqua Jonas en enfilant ses palmes.

Liz finit de se préparer en silence. En réalité, elle ne se sentait pas aussi furieuse qu'elle voulait bien le faire croire. Mais elle aurait quand même préféré que Jonas ne la prenne pas au dépourvu à deux reprises. Il avait commencé par lui imposer un site inconnu et voilà qu'il lui annonçait calmement qu'il plongeait depuis l'enfance.

— Qu'est-ce que c'est ? demanda Jonas en la voyant sortir deux courtes battes de métal.

— Une protection, répondit-elle en lui en tendant une. Il y a parfois des requins qui dorment dans les grottes où nous allons.

— Les requins ne dorment jamais, objecta Jonas.

— C'est vrai. Cependant l'eau de ces grottes est riche en oxygène et cela les rend un peu groggy. Mais je ne leur fais pas confiance pour autant !

Sur ce, elle gagna l'échelle de coupée et commença à descendre. L'eau était aussi transparente que du verre et la visibilité était excellente. Lorsqu'elle entendit Jonas plonger, elle se tourna vers lui pour s'assurer qu'il savait vraiment ce qu'il faisait.

Avisant son air sceptique, Jonas fit un cercle du pouce et de l'index et désigna le bas. En soupirant, elle le rejoignit. Elle sentait la tension qui l'habitait en cet instant et comprit qu'elle n'avait rien à voir avec l'aspect technique de leur exploration.

Ils se trouvaient à l'endroit précis où son frère avait plongé, elle en était convaincue. Et c'était cela qui lui avait valu d'être assassiné. Liz sentit sa colère l'abandonner brusquement et elle serra la main de Jonas dans la sienne pour lui manifester son soutien.

Jonas noua ses doigts aux siens, reconnaissant. Il ne savait pas réellement ce qu'il était venu chercher ici ni même pourquoi il continuait à enquêter sur la disparition de son frère alors que tout ce qu'il apprenait l'attristait un peu plus.

Jerry avait joué un jeu dangereux et il avait perdu. La plupart des gens considéreraient probablement que ce n'était que justice. D'une certaine façon, Jonas partageait cette opinion. Mais Jerry était son frère et il fallait qu'il sache.

Ils ajustèrent leurs masques et plongèrent en même temps pour amorcer leur descente. Ce fut Liz qui aperçut la première les majestueuses raies manta qui semblaient danser entre deux eaux.

C'était une vision magnifique et elle ne manquait jamais de fasciner la jeune femme. Ces animaux étaient doués d'une grâce et d'une majesté peu communes. Méprisant les hommes qui s'aventuraient sur leur territoire, elles évoquaient d'inquiétants fantômes qui se mouvaient au gré des courants sous-marins.

Prenant garde à maintenir une certaine distance entre elle et ces animaux dont la queue était munie d'un dard très venimeux, Liz les admira. Puis, presque à contrecœur, elle reprit sa descente.

A mesure qu'ils s'éloignaient de la surface, Jonas sentait sa nervosité se dissiper progressivement. Il observait avec attention sa compagne, repérant les changements qui se produisaient en elle.

On aurait dit une enfant découvrant le pays des merveilles. La tristesse qui se lisait souvent dans ses yeux avait disparu pour laisser place à un enchantement contagieux. Elle paraissait plus libre et plus heureuse qu'il ne l'avait jamais vue.

C'est alors qu'il comprit qu'il était irrémédiablement tombé amoureux de cette belle et indomptable sirène. Ici, dans les profondeurs de la mer, elle semblait retrouver ses rêves d'autrefois, ceux que Marcus avait foulés aux pieds, il y a si longtemps.

Il le devinait dans chacun de ses gestes, dans chacun de ses regards. Elle observait tout ce qui l'entourait comme si c'était la toute première fois qu'elle découvrait ce monde mystérieux. S'il l'avait pu, Jonas serait resté pour toujours ici, avec elle, où rien ne semblait pouvoir les atteindre.

Mais ils continuèrent à s'enfoncer dans les profondeurs.

La mer était calme et silencieuse, riche de mille formes de vie trop belles et trop précieuses pour survivre à l'air libre. A un moment, ils aperçurent un banc gigantesque de gorettes argentées qui progressaient en rangs si serrés qu'on aurait dit quelque immense animal à la forme incertaine.

Emerveillée, Liz se rapprocha et les poissons virèrent tous au même moment pour s'écarter de cette intruse. Amusée, elle fit signe à Jonas de la rejoindre. Le besoin qu'elle avait de partager avec lui ce moment privilégié était naturel, évident. Et lorsqu'il lui reprit la main, elle sentit une douce chaleur la submerger.

Tous deux se propulsèrent un peu plus près du banc qui se sépara en deux groupes. Ils se retrouvèrent ainsi cernés par une multitude de petits poissons argentés. Liz était aux anges. Elle avait brusquement l'impression de réaliser son rêve le plus cher : se trouver sous l'eau, dans cet univers qui la fascinait tant, au côté de l'homme qu'elle aimait.

Cédant à une brusque impulsion, elle prit Jonas dans ses bras et se serra très fort contre lui. Le banc de gorettes resta un instant immobile autour d'eux puis, brusquement, s'éloigna si rapidement qu'il parut presque s'évaporer.

Jonas sentait le pouls de Liz battre la chamade sous ses doigts. Ses beaux yeux bruns rayonnaient de bonheur. Il aurait voulu l'embrasser mais leur équipement ne le permettait pas. Il se contenta donc de caresser sa joue. Elle posa sa main sur la sienne et la serra contre son visage.

Puis ils s'arrachèrent l'un à l'autre et nagèrent côte à côte en direction de la grotte calcaire que l'on devinait déjà non loin de là. Jonas aperçut une murène qui sortait la tête de son trou pour les observer d'un air méfiant. Il repéra aussi une tortue de mer à la carapace couverte de bernacles qui passa à quelques mètres d'eux.

Enfin, ils se retrouvèrent sur le seuil de la grotte et Liz tendit le bras vers la gauche. Jonas ne put réprimer un frisson en apercevant le requin qui nageait près des rochers. Ses petits yeux dénués de toute expression semblaient rivés sur eux tandis que ses branchies se soulevaient avec régularité pour filtrer l'eau.

Liz s'approcha légèrement de lui et il fondit brusquement sur elle, la gueule ouverte. Paniqué, Jonas sortit sa dague de plongée de son fourreau. Il vit alors Liz assener un coup de sa batte sur le nez du prédateur. Ce dernier vira brusquement et s'éloigna à toute vitesse.

Jonas ne savait plus trop s'il voulait étrangler Liz ou la couvrir de baisers. Comme il ne pouvait faire ni l'un ni l'autre, il se contenta de lui décocher un regard furibond. Elle éclata de rire, libérant un flot de bulles qui paraissaient illustrer sa bonne humeur.

Ils s'enfoncèrent alors dans la grotte et allumèrent les puissantes torches qu'ils avaient pris soin d'emporter avec eux. Ils évoluaient le plus souvent côte à côte, mais Liz s'éloignait parfois pour observer un poisson ou une algue qui l'intéressait.

Jonas se demanda si elle n'avait pas oublié la raison première de cette plongée. Au fond, cela valait peut-être mieux, décida-t-il. Si elle pouvait profiter de cette heure de liberté pour se détendre un peu, il ne s'en plaindrait pas. Mais lui-même n'était pas venu simplement pour profiter du paysage.

Malgré la beauté du cadre dans lequel ils se mouvaient, Jonas remarqua plusieurs choses intéressantes. Tout d'abord, ils n'avaient aperçu aucun bateau dans les parages. La présence des requins devait décourager la plupart des plongeurs, ce qui faisait de ces grottes une excellente cachette.

Seuls les plus braves ou les plus inconscients oseraient s'aventurer ici de nuit. Mais Jonas savait que son frère avait dû considérer ce genre d'aventure comme un défi passionnant.

Liz suivait la progression de Jonas avec attention. Contrairement à ce qu'il pensait, elle n'avait pas oublié ce qu'il était venu faire ici. Mais elle croyait pouvoir deviner ce qu'il ressentait à l'heure actuelle et préférait lui laisser un peu de champ libre.

Ici, dans cet endroit oublié des dieux et des hommes, il cherchait un signe, n'importe quoi qui lui aurait permis de comprendre et d'accepter la mort de son frère. Et, peut-être plus encore, la vie qu'il avait choisi de mener.

Le drame qui s'était noué avec l'arrivée de Jerry à Cozumel ne tarderait pas à se conclure. La police connaissait le nom d'un intermédiaire à Acapulco. Et le nom du tueur auquel il avait fait allusion lors de leur discussion.

Soudain, elle se souvint que Jonas l'avait appelé Pablo Manchez devant Morales. Or, David n'avait jamais mentionné son prénom. Où donc l'avait-il appris ? Et pourquoi ne lui en avait-il pas parlé ?

Liz fronça les sourcils, comprenant qu'il ne lui avait pas tout dit. Elle décida qu'à l'avenir, elle ne le laisserait plus lui cacher quoi que ce soit.

Comme elle se faisait cette promesse, elle sentit brusquement l'air lui manquer. Elle parvint à réprimer l'angoisse qui montait en elle. Elle était bien trop entraînée pour céder à la panique. Au lieu de cela, elle vérifia sa jauge et vit qu'il lui restait théoriquement dix minutes d'oxygène.

Elle passa ses doigts sur le tuyau par lequel arrivait l'air. Il n'était ni tordu ni percé. Pourtant, elle ne parvenait plus à respirer. Rapidement, elle fit le point sur la situation. Si elle restait ici, elle mourrait asphyxiée. Si elle remontait trop vite, ses poumons seraient écrasés par la pression.

Se forçant à rester calme, elle nagea en direction de Jonas. Lorsqu'elle se trouva derrière lui, elle tira sur sa cheville. Il se tourna vers elle et son sourire disparut lorsqu'il avisa l'expression de son regard.

Reconnaissant le signal qu'elle lui adressait, il recracha l'embout de son détendeur pour le tendre à Liz. Elle aspira une goulée d'air et sentit sa peur se dissiper. Elle lui rendit le détendeur et s'accrocha à ses épaules. Nageant de concert, ils se dirigèrent vers l'entrée de la grotte et commencèrent la lente remontée.

Ils s'arrêtaient à chaque palier, échangeant régulièrement l'embout du détendeur pour pouvoir respirer tour à tour. Le trajet, qui ne prit que quelques minutes, leur parut durer une éternité. Au moment où ils crevèrent enfin la surface, Liz inspira une profonde bouffée d'air frais.

— Que s'est-il passé ? lui demanda Jonas en la suivant jusqu'à l'échelle de coupée.

Il l'aida à monter à bord avant de se hisser à sa suite. Liz s'effondra au fond du bateau, tremblant de frayeur rétrospective. Jonas se débarrassa de ses bouteilles et lui ôta les siennes. Pendant quelques instants, elle resta immobile, attendant que son sang s'oxygène.

— Je vais bien, le rassura-t-elle enfin. C'est la première fois que cela m'arrive.

Jonas lui massait doucement les mains pour les réchauffer.

— Que s'est-il passé, exactement ? demanda-t-il.

— Je n'avais plus d'air.

— Bon sang, Liz ! Comment as-tu pu commettre une erreur pareille ? Tu n'arrêtes pas de répéter à tes élèves qu'ils doivent toujours vérifier leurs jauges et tu ne le fais pas toi-même !

— Je l'ai vérifiée, protesta faiblement Liz. Il aurait dû me rester encore dix minutes !

— Tu loues de l'équipement ! s'emporta Jonas. Comment peux-tu négliger le tien ? Tu aurais pu mourir, en bas.

Le fait qu'il mette en doute ses compétences aida Liz à se ressaisir.

— Je ne suis jamais négligente avec ce genre de choses, lui assura-t-elle. Ni avec le matériel que je loue ni avec le mien.

Elle arracha son masque et le posa à terre.

— Regarde ma jauge, si tu ne me crois pas. Elle indique dix minutes.

Jonas vérifia mais cela ne contribua guère à calmer sa colère.

— Quand as-tu vérifié ton équipement pour la dernière fois ? Plonger avec une jauge défectueuse, c'est du suicide !

— Je vérifie cette jauge comme tout le reste après chaque plongée, lui dit-elle. Elle allait parfaitement bien avant que je ne la range. Et c'était il y a deux jours seulement.

Au moment même où elle prononçait ces mots, elle réalisa ce qu'ils signifiaient.

— Mon Dieu, Jonas… Et si quelqu'un l'avait volontairement sabotée ?

Jonas se figea aussitôt. Son visage était aussi pâle que la craie.

— Où ranges-tu ton équipement ? demanda-t-il.

— Dans la réserve, à l'intérieur d'un placard fermé à clé.

— Es-tu la seule à y avoir accès ?

— Non… Il y a une autre clé dans l'un des tiroirs du bureau. Personne ne l'utilise jamais.

— Quelqu'un a donc pu avoir accès à ton détendeur ?

— Oui, soupira-t-elle.

Malgré elle, elle se remit à trembler. Etait-il possible que quelqu'un ait volontairement cherché à attenter à sa vie ?

Jonas, quant à lui, était fou de rage contre le saboteur autant que contre lui-même. N'avait-il pas promis à Luis de veiller sur Liz ? De la préserver de tout danger ? Et elle avait failli mourir sous ses yeux...

— Dès que nous serons à terre, je veux que tu fasses tes bagages et que tu prennes le premier avion pour les Etats-Unis, déclara-t-il. Tu t'installeras chez mes parents, le temps que cette histoire se tasse.

— Pas question, protesta-t-elle.

— Cette fois, tu vas faire ce que je te dis, insista-t-il.

— Non, objecta-t-elle en trouvant enfin la force de se lever. Je ne partirai nulle part. C'est la deuxième fois qu'on essaie de me tuer...

— Justement, je ne leur laisserai aucune chance de recommencer !

— Je refuse de quitter ma maison !

— Liz, ne sois pas ridicule. Ton entreprise ne va pas s'effondrer parce que tu pars pendant une semaine ou deux. Et tu reviendras dès que Morales aura bouclé ces types.

— Je ne partirai pas, s'exclama Liz en faisant un pas vers lui. Tu es venu ici pour venger ton frère. Lorsque tu auras réussi, tu pourras rentrer chez toi le cœur en paix. Pas moi. Alors je tiens à rester et à découvrir moi-même l'ordure qui a fait ça !

— Je la trouverai pour toi, tu peux en être sûre, répondit Jonas avec une lueur sanguinaire dans les yeux.

— Tu sais bien que ce n'est pas ainsi que cela fonctionne, Jonas. Les réponses ne valent que si on les trouve soi-même. Je veux être absolument certaine que ma fille sera en sécurité lorsqu'elle me rejoindra. Tant que ce ne sera pas le cas, il est hors de question qu'elle vienne ici.

Liz posa ses mains de chaque côté du visage de

Jonas et plongea ses yeux dans les siens pour qu'il y lise la résolution qui l'animait.

— Nous avons tous deux des raisons de retrouver ces monstres et de les mettre hors d'état de nuire. Et nous avons plus de chances d'y parvenir à deux que chacun de notre côté.

— D'accord, finit par soupirer Jonas.

Il s'arracha à elle et ramassa son paquet de cigarettes. Il en alluma une et tira une profonde bouffée.

— Il faut tout de même que tu saches qu'Erika est morte.

— La petite amie de ton frère? s'exclama Liz, horrifiée.

— Oui. Elle a été tuée la nuit dernière. Et c'est sans doute par ma faute. Il y a quelques jours, elle m'a contacté pour me dire qu'elle avait trouvé le nom d'un des hommes que je cherchais.

— Pablo Manchez? murmura Liz.

— Lui-même. Elle a précisé que ce Manchez était un tueur professionnel dont la réputation faisait froid dans le dos. C'est sans doute lui qui l'a poignardée, hier.

En entendant ces mots, Liz porta involontairement la main à sa gorge où l'on devinait encore les marques de strangulation.

— Je vois que tu commences à comprendre, acquiesça-t-il. Alors, je te le répète. Pour ton propre bien, il vaut sans doute mieux que tu disparaisses quelque temps.

Pendant quelques instants, elle resta silencieuse, réfléchissant aux options qui se présentaient à elle.

— Je ne partirai pas, déclara-t-elle enfin. Nous sommes dans le même bateau, tu te rappelles?

— Liz…

— Non, écoute-moi, l'interrompit-elle en le fixant gravement. J'ai déjà fui une fois dans ma vie. Et depuis hier, j'ai découvert que tu avais raison : cela n'a pas résolu mon problème. Au contraire, même, je n'ai pas cessé de me punir à cause de ça. Je suis bien décidée à ne pas commettre deux fois la même erreur.

— Mais cela n'a rien à voir ! protesta Jonas. Il ne s'agit pas de fierté, cette fois-ci, mais de survie. Si tu restes, tu risques de te faire tuer...

— Toi aussi, remarqua Liz en le défiant du regard.

— Mais moi, je n'ai pas le choix...

— Moi non plus.

Jonas resta un instant silencieux, cherchant désespérément comment lui faire entendre raison.

— Si tu étais tuée, je ne pourrais pas le supporter, murmura-t-il enfin.

— La réciproque est vraie, répondit-elle d'une voix très douce. Partiras-tu pour autant ?

— Tu sais bien que je ne peux pas.

— Alors tu as ta réponse, lui dit-elle.

Elle ouvrit les bras et le serra contre elle, posant doucement sa tête sur son épaule. C'était la première fois qu'elle lui témoignait une affection sincère et spontanée, remarqua-t-il.

— Rentrons à la maison, chuchota-t-elle.

Chapitre 10

Chaque matin, Liz se réveillait avec l'espoir que le capitaine Morales les appellerait pour leur signaler l'arrestation de Manchez et de ses complices. Chaque soir, elle se couchait en priant pour que tout se termine bientôt.

Chaque matin, Liz était certaine que Jonas allait lui annoncer qu'il rentrait chez lui. Chaque soir, en s'endormant dans ses bras, elle était certaine que c'était la dernière fois que ça arrivait.

Mais Jonas resta et les jours passèrent sans que Morales ne se manifeste.

Pendant dix ans, la vie de Liz avait eu un sens. Elle s'était battue pour réussir. Au départ, cela avait juste été une question de survie pour sa fille et pour elle. Puis elle avait lutté pour que son entreprise survive et prospère. Elle avait toujours suivi la route qu'elle s'était tracée. Elle avait jalousement préservé son indépendance.

Aujourd'hui, elle ne savait plus vraiment où elle en était. Depuis que Jonas était entré dans sa vie, tout semblait s'être compliqué. Elle avait tout d'abord tenté de faire comme si de rien n'était, mais cela n'avait fait que compliquer les choses.

A présent, elle avait décidé d'assumer avec lui le dangereux héritage de Jerry.

En surface, rien ne semblait avoir changé. Elle se levait tous les jours à la même heure et partait travailler. Elle passait la journée à promener les touristes en bateau ou à leur apprendre les rudiments de la plongée sous-marine. Cela l'aidait à conserver quelques repères, à maintenir un semblant de normalité.

Mais elle se surprenait à observer ses clients avec suspicion, à se méfier des gens qu'elle croisait dans la rue, à inspecter sa moto chaque fois qu'elle était sur le point de monter en selle. Et son travail lui paraissait parfois secondaire au regard du drame souterrain dont son existence était aujourd'hui le théâtre.

Jonas avait bouleversé son existence. Il lui avait ôté ses certitudes rassurantes et les avait remplacées par autant de doutes qui la rongeaient de l'intérieur. Elle en était arrivée à admettre que rien ne serait plus jamais comme avant mais ignorait de quoi serait fait son avenir.

Lorsqu'il finirait par partir, il lui faudrait réapprendre à contrôler sa souffrance, à ravaler ses désirs et à faire abstraction de ses angoisses.

Au moins, elle était parvenue à se convaincre qu'ils finiraient par retrouver Pablo Manchez. Il fallait qu'elle le croie. C'était la seule croyance à laquelle elle pouvait encore se raccrocher.

Mais que se passerait-il ensuite ? Comment parviendrait-elle à oublier les joies grandes et petites que Jonas lui apportait au quotidien ? Réussirait-elle seulement à se passer de lui ?

La seule chose qui la rassurait vaguement, c'était le fait que sa vie avait déjà été bouleversée une fois et qu'elle était parvenue à lui redonner un sens. Peut-être parviendrait-elle à renouveler cet exploit. Peut-être serait-elle assez forte pour repartir de zéro…

Parfois, elle restait étendue dans le noir, écoutant la respiration régulière de Jonas, et souhaitant que son cœur survive à cette nouvelle épreuve.

Jonas percevait le trouble de Liz. Il savait qu'elle dormait mal, qu'elle ne mangeait presque plus et qu'elle se tuait au travail sans y trouver l'accomplissement qu'il lui apportait autrefois. Il savait aussi qu'il était en partie responsable de cette transformation.

Parfois, il aurait aimé lui dire qu'elle pouvait se reposer sur lui, qu'il était assez fort pour eux deux. Mais il savait combien elle tenait à son indépendance et n'osait pas le faire. Liz avait beaucoup de mal à admettre qu'elle puisse avoir besoin de quelqu'un d'autre. Elle ne partageait pas volontiers ses doutes et ses angoisses.

Comment lui en aurait-il voulu, d'ailleurs ? N'avait-il pas passé sa vie à agir exactement de la même façon ? Ne l'avait-il pas clairement fait comprendre aux femmes avec lesquelles il était sorti jusqu'alors ?

Il comprenait maintenant combien celles qui tenaient vraiment à lui avaient dû en souffrir. Et il regrettait sincèrement de ne pas avoir été capable de s'engager envers elles comme elles le méritaient.

Mais jamais elles ne lui avaient inspiré les sentiments qu'il éprouvait pour Liz. Sans qu'il sache vraiment pourquoi ni comment, elle était parvenue à transpercer l'armure dont il s'était toujours entouré.

Rétrospectivement, il n'était pas certain de comprendre

pourquoi il s'était protégé de la sorte. Peut-être était-ce en partie dû à Jerry. Ce frère qu'il aimait tant avait passé sa vie à décevoir ses attentes, à fouler aux pieds ses principes, à remettre en cause ses certitudes.

Jonas en avait souffert. Et il s'était promis qu'il ne laisserait à personne d'autre l'occasion de lui faire autant de mal.

Mais cette époque était révolue. Chaque jour, il se sentait un peu plus proche de Liz. Chaque jour, sans même s'en rendre compte, elle se taillait une place un peu plus grande dans son cœur.

Il était en train de tomber éperdument amoureux de cette femme qui avait besoin de lui et refusait obstinément de l'admettre. Il aurait tout sacrifié pour la défendre contre les hommes qui cherchaient à la tuer. Mais il était incapable de la protéger d'elle-même.

Comment avait-elle pu bouleverser à ce point sa vie ? Il avait suffi de quelques jours pour qu'elle remette en cause tout ce à quoi il s'était efforcé de croire jusqu'alors. Elle avait éveillé en lui un instinct protecteur dont il s'était toujours cru dépourvu.

Chaque fois qu'il posait les yeux sur elle, il se demandait s'il serait capable de renoncer à elle. Et il en doutait de plus en plus.

Croisant ses mains sous sa nuque, Jonas prit une profonde inspiration. L'odeur désormais familière du pot-pourri qui embaumait la chambre de Liz lui chatouilla les narines. Il percevait aussi l'odeur de la peau de la jeune femme qui éveillait en lui une langueur délicieuse.

La maison était silencieuse et il entendait souffler le vent venu de la mer. Il faisait bruisser doucement les feuilles des palmiers et celles des arbres du jardin. Près de lui, Liz se retourna dans son sommeil, effleurant sa hanche.

Ses cheveux répandus sur l'oreiller caressaient son avant-bras. Se tournant légèrement vers elle, il distingua sa silhouette magnifique qu'éclairait un rayon de lune impudique. Incapable d'y résister, il passa un bras autour de sa taille et se serra contre elle.

Il devinait la tension qui l'habitait et il commença à masser délicatement ses épaules. Sous ses doigts, il sentait la douceur de sa peau et la force de ses muscles. C'était une combinaison irrésistible. Elle murmura et se rapprocha un peu plus.

Il sentit alors une joie profonde l'envahir. C'était un sentiment d'évidence. D'une certaine façon, il savait que sa place était ici, aux côtés de Liz. Et tous les doutes qu'ils éprouvaient, toutes les questions qu'ils se posaient n'y changeaient rien. Ils étaient faits l'un pour l'autre.

Se penchant vers elle, il effleura ses lèvres d'un baiser. Elles étaient plus douces que la soie. Liz soupira et se détendit encore un peu plus. Sa bouche dessina l'ombre d'un sourire. Peut-être rêvait-elle de cet océan qu'elle aimait tant, songea Jonas.

Il laissa glisser sa main le long de son dos, suivant le relief de sa colonne vertébrale. Elle était à la fois si forte et si belle, si solide et si vulnérable…

Jonas sentit son désir s'éveiller et se répandre en lui. Comme si elle l'avait senti, Liz commença à reprendre lentement conscience. Elle émergeait progressivement du sommeil comme un plongeur remonte du fond de l'océan.

Il perçut d'abord la chaleur qui se répandait en elle, semblant répondre à la sienne. Puis, sans ouvrir les yeux encore, elle se pressa contre lui. Ses lèvres s'entrouvrirent comme un appel aux baisers.

Jonas y répondit sans hésiter et c'est alors qu'elle s'éveilla vraiment, répondant au contact de ses lèvres. Leurs langues se mêlèrent tandis que leurs mains se cherchaient fiévreusement.

Il n'y avait plus aucune gêne, plus aucune retenue entre eux. Et s'ils hésitaient toujours à formuler les sentiments qu'ils éprouvaient l'un pour l'autre, leurs corps, eux, n'avaient pas cette pudeur.

Les bras de Liz se nouèrent autour des épaules de Jonas et ils roulèrent sur le lit, enlacés. Elle commença à lui mordiller la lèvre, sachant très bien que cela ne ferait que décupler le désir évident qu'il avait d'elle.

Elle le connaissait assez bien, désormais, pour comprendre ce qu'il aimait et ce qui le rendait fou. Il y avait dans ce savoir quelque chose d'exaltant et de terriblement excitant. Quelque chose qui lui faisait un peu peur, aussi, comme tout ce qui lui démontrait un peu plus chaque jour combien ils étaient devenus proches l'un de l'autre.

Mais, en cet instant, l'envie impérieuse qu'elle avait de lui balayait toutes ces angoisses. Elle le repoussa fermement sur le dos et le fit entrer en elle. Il ferma les yeux et gémit, s'abandonnant à elle.

Elle commença à bouger lentement au-dessus de lui s'efforçant de résister au désir qu'elle avait de s'abandonner à la violence de la passion qui les habitait tous deux. Elle voulait prendre tout son temps, savourer l'inexorable montée de leur plaisir.

Il se redressa alors de façon à ce que ses lèvres puissent se poser sur l'un de ses seins. Elle sentit sa langue effleurer son mamelon, la faisant tressaillir de part en part. Puis ses mains se posèrent sur ses fesses, accompagnant chacun de ses mouvements.

Serrés l'un contre l'autre, ils s'étreignaient comme s'ils avaient peur de se perdre. Dans ces moments-là, leurs doutes et leurs peurs leur paraissaient irréels. Seule existait l'évidence absolue du besoin qu'ils avaient l'un de l'autre et la certitude que personne ne pourrait jamais leur offrir un bonheur aussi pur, aussi parfait.

Mais lorsque leur plaisir finit par les balayer comme deux fétus de paille emportés par le vent, lorsqu'ils retombèrent côte à côte sur le lit aux draps froissés, aucun d'eux n'osa avouer ce que leurs corps savaient déjà.

Qu'ils s'aimaient.

Qu'ils étaient faits l'un pour l'autre.

Que rien, jamais, ne pourrait les séparer.

Liz ne parvenait pas réellement à comprendre comment elle pouvait continuer à s'occuper de la boutique, à plaisanter avec ses clients, à vérifier le matériel stocké dans la réserve alors que son corps tout entier vibrait encore du délicieux souvenir de leur étreinte.

Pourtant, elle s'activait comme si de rien n'était, comme si Jonas ne l'attendait pas chez elle, prêt à l'entraîner une fois encore vers ce monde merveilleux auquel ils accédaient chaque fois qu'ils faisaient l'amour.

Son quotidien lui faisait l'effet d'une pâle illusion, d'une parodie risible de ce qu'avait été son existence durant de longues années. Elle accueillait les touristes, remplissait les formulaires, faisait sa comptabilité mais tout cela lui paraissait n'être qu'un jeu de masque un peu grotesque et dénué de sens.

Le fait d'avoir dû livrer à Morales la liste de ses clients n'arrangeait pas les choses. En agissant ainsi, elle avait eu l'impression de trahir ses clients. Comment auraient-ils pu se douter qu'en s'inscrivant à un simple cours de plongée, ils deviendraient suspects de complicité de meurtre et de trafic de drogue ?

Cela paraissait absurde, presque risible. Et, si cela se savait, cela risquait de mettre son entreprise en danger. L'idée de perdre tout ce pour quoi elle s'était battue lui faisait peur. Mais c'était moins pour elle-même que pour Faith.

Et elle ne pouvait s'empêcher d'en vouloir à Jonas qu'elle rendait partiellement responsable de cette situation. S'il n'avait pas insisté pour mener sa propre enquête, Morales ne l'aurait jamais contrainte à fournir ces documents.

Elle était donc perpétuellement déchirée entre l'amour et le désir qu'elle éprouvait et le ressentiment qu'il lui inspirait. Elle ne savait plus si elle devait remercier le Ciel de lui avoir permis de le rencontrer ou bien regretter amèrement le jour où elle avait fait sa connaissance.

Coupée en deux, elle s'efforçait pourtant de profiter de ce qu'il lui offrait. A ses côtés, elle prenait la mesure de tout ce qu'elle s'était refusé durant plus de dix ans. Elle redécouvrait les vertus de l'amour, l'exaltation sublime que pouvait procurer ce dangereux sentiment. Il avait ouvert en elle une boîte de Pandore qu'elle aurait été incapable de refermer, même si elle en avait eu envie.

— On peut dire que vous n'êtes pas facile à trouver ! s'exclama une voix vaguement familière.

Brusquement tirée de ses pensées, Liz releva les yeux du catalogue de scooters qu'elle avait depuis longtemps cessé d'étudier. Elle reconnut aussitôt le visage du client qui venait d'entrer dans la boutique et lui souriait d'un air cordial.

— Monsieur Trydent, fit-elle en se redressant. Je ne pensais pas que vous étiez toujours à Cozumel.

— Je ne prends des vacances qu'une fois par an, répondit-il. Alors j'aime en profiter au maximum.

Il s'approcha et posa deux verres en carton sur le comptoir.

— Je me suis dit que c'était le seul endroit où j'aurais une chance de boire en votre compagnie le verre que vous m'avez promis, expliqua-t-il.

Liz ne put s'empêcher de sourire, flattée par l'insistance dont il faisait preuve.

— C'est très gentil à vous, lui dit-elle. Je reconnais que j'ai été très prise, ces derniers temps.

— Sans blague ? ironisa-t-il. A en croire vos employés, vous passez votre temps sur le continent ou à bord de l'un de vos bateaux. Alors j'ai décidé que puisque la montagne ne venait pas à Mohamet, c'était à Mohamet de venir à la montagne. Et on dirait que j'ai eu de la chance, cette fois : apparemment, je suis le seul client.

— C'est l'heure du déjeuner, expliqua Liz. Les bateaux sont déjà partis et la plupart des touristes sont en train de déjeuner ou de faire la sieste.

— Ah, la vie dans les îles ! s'exclama Scott avec une pointe de malice.

— Exactement. Mais, dites-moi, est-ce que vous êtes retourné plonger ?

Scott prit un air accablé.

— J'ai eu le malheur de me laisser convaincre par M. Ambuckle de l'accompagner lors d'une de ses expéditions nocturnes avant qu'il ne rentre au Texas. Depuis, je suis bien décidé à ne plus plonger que dans la piscine de mon hôtel.

— La plongée de nuit est souvent une expérience éprouvante nerveusement, concéda Liz en riant.

— Vous avez le sens de l'euphémisme, vous !

Scott avala une gorgée du verre qu'il avait apporté.

— Que diriez-vous de dîner avec moi, ce soir ? suggéra-t-il alors.

— C'est très gentil, monsieur Trydent…

— Scott, lui rappela-t-il.

— C'est très gentil, Scott, mais j'ai un petit ami.

Ce n'était peut-être pas le terme le plus approprié mais elle jugea qu'étant donné les circonstances, il ferait bien l'affaire.

— Vous êtes sérieuse ? s'exclama Scott.

— Toujours, répondit-elle sans savoir si elle devait être amusée ou embarrassée par la déception qui se lisait dans son regard.

— C'est bien ma veine, soupira-t-il. En tout cas, je suis désolé de vous avoir importunée.

— Il n'y a pas de quoi. Je suis très flattée, au contraire.

Scott fit mine de se diriger vers la porte mais se ravisa brusquement.

— Dites, je crois que vous louez aussi des masques et des tubas.

— C'est exact.

— Est-ce que je pourrais y jeter un coup d'œil ?

— Bien sûr. Suivez-moi, je vais vous montrer ça.

Scott posa son verre et contourna le comptoir pour l'accompagner dans la réserve. Elle lui montra le présentoir où était accroché le matériel de plongée autonome.

— Vous croyez que cela peut suffire pour explorer le récif ? demanda-t-il.

— Certainement. Si vous voulez, je pourrai vous montrer sur une carte ceux qui ne sont pas trop profonds et auxquels vous pouvez accéder à la nage.

— A vrai dire, je pensais me rendre aux îles Mujeres.

— C'est un site magnifique, lui assura la jeune femme en réprimant un frisson.

Le souvenir de son accident de plongée était encore très frais dans sa mémoire et elle prenait soin de vérifier son équipement encore plus scrupuleusement qu'avant, chaque fois qu'elle plongeait.

— Si vous vous sentez une âme d'aventurier, il y a même certaines grottes sous-marines qui sont accessibles en plongée autonome.

— J'ai entendu dire que certaines étaient très profondes.

— C'est exact. Il y a là-bas un véritable dédale de galeries immergées. On pourrait passer des jours entiers à les explorer.

— Et des nuits… Je suppose que si un plongeur se rendait là-bas après la tombée du jour, il n'y aurait personne pour le déranger.

Liz fronça les sourcils, se demandant où il voulait en venir. Elle fut presque tentée d'appeler le policier qui se trouvait devant la boutique. Puis elle songea qu'elle était en train de devenir complètement paranoïaque. Scott n'avait vraiment rien d'un tueur ou d'un trafiquant de drogue.

— Je vous déconseille d'y aller de nuit, répondit-elle enfin. C'est un endroit dangereux.

— Le danger n'est pas forcément une mauvaise chose, répondit Scott. Surtout lorsqu'il peut s'avérer profitable...

Cette fois, Liz ne put retenir un frisson. Mais le sourire de Scott était si cordial qu'elle ne parvenait toujours pas à croire qu'il puisse être impliqué dans cette sombre histoire.

— Je ne vois pas ce que vous voulez dire, murmura-t-elle.

— Je crois que vous le comprenez très bien, au contraire. Ce que Jerry a volé à notre organisation et caché dans ce coffre à Acapulco n'était que le sommet de l'iceberg, Liz. Il y a beaucoup plus d'argent à se faire, croyez-moi.

Liz revit le couteau de Manchez plaqué contre sa gorge et sentit une sueur glacée couler entre ses omoplates.

— Jerry ne m'avait rien dit. Mais si je crie, un policier sera là avant même que vous ayez pu vous enfuir.

— C'est parfaitement inutile, assura Scott d'une voix aimable.

Il leva les mains comme pour lui prouver qu'il ne lui voulait aucun mal.

— Ceci n'est qu'une petite discussion entre un homme et une femme d'affaires. Tout ce que je veux savoir, c'est ce que vous a dit exactement Jerry avant de se mettre à dos ses propres employeurs.

Liz se força à maîtriser les tremblements convulsifs qui la parcouraient. Elle refusait de se laisser intimider.

Après tout, quelle arme Scott aurait-il bien pu cacher sous le T-shirt ou le short qu'il portait ? Se redressant, elle le regarda droit dans les yeux.

— Jerry ne m'a rien dit, lui dit-elle. C'est ce que j'ai essayé d'expliquer à votre ami lorsqu'il m'a mis son couteau sous la gorge. Cela n'a pas paru le satisfaire et il a saboté mon matériel de plongée.

— Mon associé manque parfois singulièrement de finesse, soupira tristement Scott. Mais je ne porte pas d'arme et je ne m'y connais pas suffisamment en équipement de plongée pour pouvoir saboter quoi que ce soit. Par contre, je vous connais, Liz. Je vous connais même très bien. Je sais que vous travaillez très dur du matin au soir et j'aimerais vous proposer un marché qui pourrait vous intéresser. Je vous l'ai dit : je suis un homme d'affaires.

Son attitude calme et raisonnable ne suffit pas à convaincre la jeune femme. Après tout, s'il appartenait à l'organisation à laquelle il faisait allusion, il s'était rendu complice de meurtre.

— Je ne suis pas Jerry ni Erika, l'avertit-elle durement. Tâchez de vous en souvenir. J'ignore en quoi consistent exactement vos affaires, monsieur Trydent, mais la police doit le savoir. Alors, vous pouvez effectivement me faire peur et peut-être même m'éliminer mais cela ne changera rien. Je ne suis pas celle dont vous devez vous méfier. Maintenant, sortez de ma boutique et laissez-moi tranquille !

Scott l'observa longuement puis secoua la tête.

— Vous vous méprenez sur mes intentions, Liz, lui dit-il. Je ne suis pas venu vous menacer mais vous faire une proposition commerciale. Maintenant que

Jerry n'est plus des nôtres, nous aurions grand besoin d'un plongeur expérimenté, de quelqu'un qui connaisse parfaitement les fonds de la région. J'ai été autorisé à vous proposer cinq mille dollars américains pour chaque plongée que vous effectuerez. Votre tâche sera simple : vous déposez un paquet au fond de l'eau et vous en récupérez un à la place. Vous me le donnez et je vous offre cinq mille dollars en échange. Vous plongerez ainsi une à deux fois par semaine, ce qui devrait rapidement vous permettre d'accumuler un petit pécule sans avoir à payer d'impôts, bien évidemment. Je suis certain que vous saurez en faire profiter votre fille.

— Je ne veux pas de votre argent, articula Liz, luttant contre la fureur qui montait en elle. Allez-vous-en !

Scott sourit et lui effleura la joue.

— Réfléchissez-y quand même. Je serai dans les parages, au cas où vous changeriez d'avis.

Il se détourna et quitta la boutique d'un pas léger. Liz le suivit des yeux. Au bout de quelques instants, elle rassembla ses affaires, ferma le magasin et alla trouver le policier qui faisait toujours le guet à l'extérieur.

— Je rentre à la maison, lui dit-elle. Appelez le capitaine Morales et dites-lui de venir me retrouver là-bas dans une demi-heure.

Sans attendre sa réponse, elle se dirigea à grands pas vers sa moto.

Quinze minutes plus tard, Liz arriva chez elle. Le trajet ne lui avait pas permis de se calmer et elle était toujours aussi folle de rage. Elle ne pouvait plus supporter cette situation. Car si Scott était venu la trouver de cette façon, qu'est-ce qui empêcherait Manchez ou n'importe quel autre tueur de l'assassiner ?

Le pire, c'est qu'il avait eu l'impudence de lui proposer un emploi. Elle aurait peut-être pu admettre une nouvelle tentative d'assassinat ou des menaces. Mais l'insolence avec laquelle il lui avait offert de prendre part au trafic de cocaïne dépassait les bornes.

Liz se sentait plongée en plein cauchemar. En réalité, c'était même pire que cela car elle savait pertinemment qu'elle ne se réveillerait pas. D'une façon ou d'une autre, il était temps que cela finisse.

Jonas et elle allaient devoir mettre un terme à ce cycle de violence et d'absurdité que Jerry avait initié. Il était mort, Erika était morte et cela n'avait rien changé. Les trafiquants continuaient à pratiquer leur petit commerce en toute impunité.

Liz entendit une voiture se garer dans l'allée de sa maison. Elle gagna la fenêtre et vit Jonas en sortir. En l'apercevant, elle sentit une brusque inquiétude l'envahir. Comment réagirait-il en apprenant qu'elle s'était retrouvée face à l'un des hommes qui étaient responsables de la mort de son frère ?

Ne déciderait-il pas dans un accès de colère de se mettre à la recherche de Scott et de lui faire payer ce crime ? Cela suffirait-il vraiment à mettre fin à toute cette absurdité ? Liz en doutait. Scott Trydent serait certainement remplacé par un autre truand qui déciderait sans aucun doute de se débarrasser d'eux une fois pour toutes.

Comment pouvait-elle éviter cela et faire en sorte de retrouver une vie normale ? Incapable de répondre à cette question angoissante, elle se porta à la rencontre de Jonas. Dès qu'il la vit, il comprit que quelque chose n'allait pas. Aussitôt, son sourire disparut, cédant place à l'inquiétude.

— Qu'est-ce que tu fais à la maison ? demanda-t-il. Je suis passé à la boutique mais elle était fermée…

Liz le serra dans ses bras, rassurée par sa simple présence.

— Morales ne devrait pas tarder à arriver, lui dit-elle.

— Que s'est-il passé ? s'enquit Jonas d'un ton alarmé. Est-ce qu'on t'a encore attaquée ? Tu n'es pas blessée ?

— Non, rassure-toi, je vais bien.

— Dis-moi ce qui t'est arrivé, alors.

Par la porte entrouverte, Liz vit une deuxième voiture se garer derrière celle de Jonas.

— Voilà Morales. Attendons qu'il soit là et je vous raconterai ce qui s'est passé.

Une fois de plus, elle n'avait pas vraiment le choix, se dit-elle. Pour le meilleur ou pour le pire, elle allait livrer aux deux hommes le nom de l'un des trafiquants du gang. Elle allait leur répéter mot pour mot ce qu'il lui avait dit.

Ils auraient un nom, un visage, une adresse, peut-être. C'était ce qu'ils voulaient, chacun pour des raisons qui lui étaient propres. Quant à elle, elle se retrouverait encore un peu plus impliquée dans cette enquête.

— Mademoiselle Palmer, la salua Morales en pénétrant dans la maison.

Il adressa un petit signe de tête à Jonas et tous deux la suivirent jusqu'au salon. Là, elle leur fit signe de prendre place sur le canapé. Elle-même préféra rester debout.

— Capitaine, j'ai des informations pour vous,

déclara-t-elle. Il y a moins d'une heure, un Américain du nom de Scott Trydent a pris contact avec moi. Il m'a proposé de remplacer Jerry et de participer au trafic de cocaïne. Il m'a offert cinq mille dollars par livraison.

Si cette information surprit Morales, il se garda bien de le montrer.

— Aviez-vous déjà eu affaire à cet homme ? demanda-t-il gravement.

— Oui. Il avait participé à l'une des formations à la plongée. Je l'avais trouvé plutôt sympathique. Aujourd'hui, il est passé à la boutique pour discuter avec moi. Il pensait que Jerry m'avait parlé de l'opération à laquelle il prenait part. Il était au courant de l'existence du coffre-fort et de l'argent qu'il contenait. On aurait vraiment dit qu'il avait espionné mes moindres faits et gestes au cours de ces dernières semaines.

Liz passa nerveusement la main dans ses cheveux. Elle n'osait même pas regarder Jonas, de peur de lire dans ses yeux cette soif de vengeance qu'elle connaissait si bien.

— Il m'a dit que je pouvais reprendre le travail de Jerry, poursuivit-elle. Il est également au courant de l'existence de ma fille.

— Pourriez-vous l'identifier ? demanda Morales.

— Bien sûr. Par contre, j'ignore si c'est lui qui a tué Jerry Sharpe.

Elle jeta enfin un coup d'œil à Jonas. Mais son visage était aussi lisse et indéchiffrable que celui d'une statue et son regard ne trahissait aucune émotion.

— Je vous en prie, mademoiselle Palmer, asseyez-vous.

Liz s'exécuta.

— Est-ce que vous allez l'arrêter ? demanda-t-elle, anxieuse. Il fait partie du réseau de trafiquants et il était au courant du meurtre de Jerry...

— Mademoiselle Palmer, soupira Morales. Nous avons déjà beaucoup de suspects. Les autorités mexi-caines et américaines coopèrent actuellement pour démanteler ce réseau. Les noms que M. Sharpe et vous avez mentionnés au commissariat ne me sont pas inconnus. Malheureusement, il nous en manque un : celui de la personne qui se trouve à la tête de ce gang. C'est certainement lui qui a ordonné que Jerry soit tué. Et c'est lui que nous voulons arrêter en priorité. Si nous arrêtons ce Trydent ou n'importe quel autre homme de paille, il reconstruira son organisation et nous aurons perdu notre temps. Il nous faut ce nom, mademoiselle Palmer. Et des preuves de son implication.

— Je ne comprends pas, murmura-t-elle. Etes-vous en train de me dire que vous comptez laisser Trydent s'en tirer ? Il trouvera rapidement quelqu'un d'autre pour effectuer les livraisons, vous savez...

— Pas si vous acceptez la proposition qu'il vous a faite, objecta Morales.

— Il n'en est pas question, intervint alors Jonas.

Il avait parlé d'une voix si calme, si définitive, que Liz sentit un frisson la parcourir. Se tournant vers lui, elle le vit allumer une cigarette. Ses mains ne trem-blaient pas et il paraissait parfaitement décontracté. Il inspira une bouffée de fumée et la recracha lentement en direction du plafond. Finalement, il fixa Morales droit dans les yeux.

— Allez vous faire foutre, lui dit-il posément.

— Mlle Palmer est libre de me le dire elle-même, si

c'est ce qu'elle pense, répliqua le policier sans paraître se formaliser le moins du monde de ce manque d'égards.

— Il est hors de question que vous l'utilisiez de cette façon, répéta Jonas. Si vous voulez que quelqu'un infiltre ce réseau, je suis prêt à le faire.

Morales l'étudia longuement. Il aurait aimé pouvoir accepter l'offre de Jonas mais c'était impossible, bien sûr.

— Ce n'est pas à vous que je l'ai proposé, déclara-t-il d'une voix égale.

— Attendez une minute ! s'exclama Liz, sidérée. Etes-vous en train de me dire que vous voulez que j'accepte le travail que me propose Trydent ? Je ne vois pas à quoi cela vous avancerait.

— Vous nous serviriez d'appât, expliqua Morales sans se démonter. Cette enquête est sur le point d'aboutir. Nous ne voudrions pas que le cartel change la localisation de ses points de livraison au dernier moment. Si tout a l'air de fonctionner normalement, ils n'auront aucune raison de le faire. Et le seul moyen de les rassurer vraiment, c'est que vous acceptiez leur proposition.

— Mais pourquoi moi ? protesta-t-elle.

— Parce que, jusqu'ici, vous avez été la seule inconnue, tant aux yeux du cartel que de la police.

— Je ne comprends pas, balbutia Liz.

— C'est pourtant simple. Jerry Sharpe vivait chez vous. Il travaillait pour vous. Et il avait la réputation d'être un homme à femmes. Ni le cartel ni la police ne pouvaient donc deviner la nature de vos relations ni ce que vous saviez vraiment. Vous pouviez aussi bien être un témoin malheureux qu'une complice de Jerry.

— Dois-je comprendre que vous m'avez suspectée,

capitaine ? demanda Liz d'une voix où perçait une colère difficilement contenue.

— En effet, répondit-il très calmement. C'est l'une des raisons pour lesquelles je vous ai imposé cette escorte policière permanente.

— Si j'étais effectivement complice de Jerry, je pourrais jouer sur les deux tableaux et accepter de travailler pour Trydent avant de prendre la fuite avec l'argent de la drogue. Y avez-vous réfléchi, capitaine ?

— Tout à fait. C'est d'ailleurs exactement ce que nous voulons que vous fassiez.

— Très malin, acquiesça Jonas d'une voix vibrante de rage.

Il avait beaucoup de mal à se retenir d'infliger à Morales une correction en bonne et due forme. Jamais il n'aurait imaginé que le commissaire de Cozumel puisse faire preuve d'un tel cynisme.

— Vous voulez que Liz les double et s'attire les foudres de l'organisation. Et vous comptez profiter du chaos qu'elle aura créé pour identifier et appréhender ce fameux chef. Ce que vous passez sous silence, capitaine, c'est qu'entre-temps, ils essaieront d'éliminer Liz comme ils ont éliminé Jerry.

— Sauf que, contrairement à votre frère, Mlle Palmer sera sous la protection de la police. Ensuite, si tout se passe bien, tous les membres du cartel se retrouveront sous les verrous. Les hommes qui ont tué votre frère seront jugés et condamnés. C'est bien ce que vous vouliez, non ?

— Pas si c'est au prix de la sécurité de Liz. Vous n'avez qu'à utiliser l'un de vos propres hommes, Morales !

— Cela prendrait des mois, répondit ce dernier.

Et, d'ici là, le réseau aura certainement réorganisé ses modes d'approvisionnement.

— Je vais le faire, déclara Liz alors que les deux hommes se mesuraient du regard.

— Tu n'es pas sérieuse ! protesta vivement Jonas.

— Si. Ma fille sera en vacances dans deux semaines. Si ces hommes sont toujours en liberté à ce moment-là, il n'est pas question qu'elle rentre à Cozumel.

— Vous n'avez qu'à aller ailleurs, toutes les deux, suggéra Jonas.

— Où ça ? répliqua Liz. Où pourrai-je être vraiment certaine que le cartel ne nous retrouvera pas ? Je ne peux pas continuer à fuir éternellement, Jonas. C'est toi qui me l'as dit, le jour où nous nous sommes rencontrés : que je le veuille ou non, je suis impliquée. Je n'y peux rien. Par contre, je peux aider la police à faire tomber ces trafiquants une fois pour toutes.

Jonas savait qu'elle avait raison. C'était la meilleure solution. Il l'avait compris à l'instant même où Morales leur avait exposé son plan. Mais il avait terriblement peur pour elle.

— Tu pourrais te faire tuer, lui dit-il.

— Qu'est-ce que cela change ? soupira Liz. Jusqu'ici, je ne leur avais rien fait et ils ont déjà essayé de m'assassiner à deux reprises. Je t'en prie, Jonas, ne rends pas les choses encore plus difficiles…

Il soupira, comprenant qu'il était pris au piège de ses propres contradictions. Les deux qualités qu'il admirait le plus chez Liz étaient son courage et sa force de caractère. Comment aurait-il pu lui demander de les trahir ?

Un sentiment d'absurdité l'envahit et il serra les

poings. En silence, il traversa la pièce pour aller serrer la jeune femme dans ses bras. Ses cheveux avaient l'odeur de l'été, songea-t-il tristement. Et avant que celui-ci ne s'achève, ils seraient libres.

Ou ils mourraient ensemble.

— J'irai avec elle, dit-il à Morales.

— Ce n'est pas possible, soupira le commissaire.

— Alors je ferai en sorte que cela le devienne.

Chapitre 11

Jamais Liz n'avait eu aussi peur de sa vie. Chaque jour, elle allait travailler, s'attendant à tout moment à ce que Scott Trydent prenne contact avec elle. Chaque soir, elle rentrait chez elle et attendait que le téléphone sonne.

Jonas restait silencieux, la plupart du temps. Elle ignorait ce qu'il faisait de ses journées mais elle sentait qu'il préparait quelque chose. Et cela la terrifiait.

Au bout de trois jours, elle se sentait si tendue qu'elle craignait à tout moment de céder à la pression. Jamais elle n'aurait cru qu'une telle chose soit possible. Après tout, elle avait toujours su se montrer forte devant les épreuves que la vie lui avait imposées.

L'ambiance décontractée qui régnait sur l'île lui semblait de plus en plus surréaliste. Les touristes bronzaient sur la plage, mangeaient des glaces, se promenaient en amoureux sans avoir conscience que sous son aspect rieur, Cozumel cachait de ténébreux secrets.

Liz en venait à se demander si elle pourrait un jour renouer avec une vie normale, si elle cesserait de voir dans chaque personne qu'elle croisait un tueur ou un trafiquant de drogue potentiel.

— Que diriez-vous d'aller boire un verre ?

Liz était en train de fermer la boutique lorsque Scott l'aborda enfin. Elle s'était préparée à cette rencontre, avait répété chacun de ses gestes, chacune de ses paroles. Mais, maintenant que le moment était venu, elle se sentait gagnée par une irrépressible panique.

Des frémissements couraient sur sa peau. Ses paumes étaient moites et une sueur glacée coulait dans son dos. Quant à son cœur, il battait si fort qu'elle craignit un instant de succomber à une attaque cardiaque. Faisant appel à toute sa volonté, elle se força à dominer son angoisse. Elle n'avait pas droit à l'erreur.

— Je commençais à croire que vous ne reviendriez jamais, remarqua-t-elle en se tournant vers Scott.

— Je vous avais dit que je resterais dans les parages. Je sais que les gens ont souvent besoin de quelques jours pour comprendre où se trouve leur intérêt.

Liz n'avait jamais fait de théâtre, mais elle allait devoir jouer le rôle de sa vie. S'obligeant à respirer profondément, elle finit de fermer sa boutique et rejoignit Scott.

— Que diriez-vous du bar qui se trouve sur la plage ? demanda-t-elle. C'est un endroit public.

— Ça me convient parfaitement, acquiesça-t-il.

Liz hocha la tête et se mit en marche. Scott lui emboîta le pas.

— Vous étiez plus sympathique, la dernière fois, remarqua-t-il.

— Vous étiez l'un de mes clients, la dernière fois, lui rappela-t-elle. Maintenant, nous sommes associés.

— Je vois que vous avez tout compris, répliqua-t-il en souriant malicieusement.

— Disons que j'ai besoin d'argent et que vous avez besoin d'un plongeur.

Ils s'installèrent sur la terrasse du bar. Quelques instants plus tard, un homme s'assit à une table libre et déplia son journal. Ce devait être l'un des policiers de Morales, songea Liz. Rassurée, elle se concentra sur Scott.

Elle savait parfaitement ce qu'elle allait lui dire et comment elle allait le faire. Elle savait que le serveur qui s'occuperait d'eux était un policier en civil et qu'il était armé.

— Comme je vous l'ai dit la dernière fois, commença-t-elle, Jerry ne m'a pas dit grand-chose. Il a juste mentionné la façon dont il effectuait l'échange et l'argent qu'il touchait pour cela.

— C'était un excellent plongeur.

— Je suis meilleure que lui, déclara posément Liz.

— C'est ce que j'ai entendu dire, acquiesça Scott.

La jeune femme se figea alors. Un homme venait de les rejoindre à leur table. Il avait le visage grêlé et portait au poignet un fin bracelet d'argent.

— Liz Palmer, je vous présente Pablo Manchez, fit Scott avec un petit sourire. Je crois que vous vous êtes déjà rencontrés.

— *Señorita,* dit Manchez en serrant la main de Liz.

— Vous feriez mieux de dire à votre ami de la laisser tranquille, coupa Jonas en s'installant tranquillement sur le dernier siège libre. Pourquoi ne me présentes-tu pas à ces messieurs, Liz ?

Celle-ci se contenta de l'observer fixement. Il sourit d'un air décontracté et croisa les mains derrière sa nuque.

— Je suis Jonas Sharpe. Liz et moi sommes partenaires.

Il se tourna vers Manchez et le dévisagea attentivement. C'était l'homme qu'il était venu chercher à Cozumel, celui qu'il s'était juré de tuer. Il sentit une rage glacée monter en lui mais il la maîtrisa aussitôt. Le moment n'était pas encore venu.

— Je crois que vous connaissiez mon frère, reprit-il d'un ton aimable.

Manchez lâcha la main de Liz et l'observa.

— Votre frère était stupide et trop gourmand, déclara-t-il.

Liz retint son souffle, mais Jonas se contenta de sortir ses cigarettes et d'en allumer une.

— Moi aussi, je suis gourmand, répondit-il enfin. Mais pas stupide. C'est pour cela que je vous ai cherché.

Il offrit une cigarette à Manchez qui la prit et coupa le filtre avant de l'allumer. C'est alors que Liz remarqua ses mains. Elles étaient longues et fines comme celles d'un pianiste. Des mains magnifiques, songea-t-elle en frissonnant.

— Et maintenant que vous m'avez trouvé ? demanda Manchez.

— Je crois que vous avez besoin d'un plongeur, n'est-ce pas ?

— C'est très gentil, mais nous en avons déjà un, lui répondit Scott.

— Non, vous en avez deux. Liz et moi travaillons ensemble. N'est-ce pas, chérie ?

Elle comprit qu'elle n'avait guère le choix. Si elle ne jouait pas le jeu, Scott se douterait de quelque chose et mettrait un terme à leurs négociations.

— C'est vrai, acquiesça-t-elle.

— Nous n'avons pas besoin de deux plongeurs, déclara Manchez en faisant mine de se lever.

— Je crois que si, répondit Jonas en souriant. Nous savons déjà pas mal de choses au sujet de votre organisation. Jerry n'était pas très doué pour garder un secret. Liz et moi sommes beaucoup plus discrets. Et nous ne sommes pas plus chers : nous nous contenterons des cinq mille dollars par livraison que vous avez proposés.

— Dans ce cas, je ne vois pas d'inconvénient à ce que vous soyez deux, répondit Scott en faisant signe à Manchez de se rasseoir. Encore que je n'en voie pas l'intérêt pour vous, ajouta-t-il à l'intention de Liz.

— Considérez Jonas comme mon garde du corps, improvisa-t-elle. Je ne tiens pas à finir comme Jerry.

— Je vois, opina Scott. Très bien, passons aux choses concrètes. Demain soir, à 23 heures, allez à votre boutique. A l'intérieur, vous trouverez une valise étanche. Elle sera fermée à clé.

— Le magasin l'est aussi, remarqua Liz. Comment comptez-vous l'y déposer ?

— Je n'ai pas eu de problème pour entrer, la dernière fois, répondit Manchez en soufflant un nuage de fumée vers le ciel.

— Prenez la valise. Des coordonnées seront attachées à la poignée. Déposez-la à l'endroit indiqué. Ensuite, éloignez-vous et attendez une heure. Revenez au même endroit et replongez. Une nouvelle valise vous attendra. Vous n'aurez qu'à la ramener à la boutique et l'y laisser.

— Ça semble simple, remarqua Jonas. Mais quand touchons-nous notre paie ?

— Après.

— Je veux la moitié d'avance, déclara Liz. S'il n'y a pas deux mille cinq cents dollars à côté de la première valise, je ne plonge pas.

— Vous n'êtes pas aussi confiants que Jerry, observa Scott.

— Voyez où ça l'a mené, répliqua durement Liz.

— Contentez-vous de suivre les règles, intervint Manchez.

— Qui les fixe ? demanda Jonas.

— Vous n'avez pas à vous inquiéter de ça, lui assura Manchez. L'essentiel, c'est que lui sait qui vous êtes.

— Ne vous en faites pas, dit Scott d'un ton rassurant. Pour une plongeuse aussi expérimentée que vous, c'est une promenade de santé. Je suis certain que tout marchera comme sur des roulettes !

Il se leva, imité par Manchez.

— Tâchez de ne pas devenir trop gourmand, frère de Jerry, lança ce dernier. *¡Adiós, señorita !*

Liz sourit aux deux hommes et attendit qu'ils soient hors de vue pour se tourner vers Jonas.

— Mais qu'est-ce qui t'a pris ? s'exclama-t-elle, furieuse. Tu n'étais pas censé participer à ce rendez-vous. Morales a dit...

— Qu'il aille au diable ! l'interrompit Jonas.

Il écrasa sa cigarette.

— Est-ce que Manchez est l'homme qui t'a attaquée ?

— Je t'ai déjà dit que je ne l'avais pas vu.

— Est-ce que c'était lui ? insista Jonas.

Une fois de plus, son regard avait cette expression glacée qui la mettait si mal à l'aise. De toute façon, songea-t-elle, il n'avait pas besoin de sa confirmation pour deviner la vérité.

— Ecoute, Jonas, je tiens autant que toi à ce que tout cela se termine. Mais je ne veux pas me venger. Quant à toi, tu devais me laisser rencontrer Scott en tête à tête.

— Et alors ? Il est venu accompagné. Pourquoi pas toi ?

— Tu sais très bien que tu aurais pu tout faire rater ! s'exclama-t-elle. D'ailleurs, rien ne dit que ce n'est pas le cas. Ils vont peut-être décider de trouver quelqu'un d'autre.

— C'est impossible, répondit Jonas avec assurance. Ils doivent impérativement savoir si nous sommes de leur côté ou de celui de la police.

— Comment puis-je savoir que tu ne te sers pas de moi simplement pour accomplir ta vengeance ? lui demanda Liz gravement.

— Tu ne peux pas en être sûre, reconnut Jonas d'un air sombre. D'autant que j'ai effectivement voulu le faire. Lorsque je suis venu chez toi, la première fois, je voulais t'utiliser pour remonter jusqu'au tueur de Jerry. Je n'aurais pas hésité à te sacrifier ou à te forcer la main pour parvenir jusqu'à lui. Je ne suis pas le seul, d'ailleurs : Morales aussi se sert de toi. Et Jerry s'est servi de toi également.

— Et maintenant ? l'interrogea-t-elle en le regardant droit dans les yeux.

Jonas ne répondit pas immédiatement. Dans le regard de Liz, il percevait du doute et de la défiance. Il tendit la main vers elle et la posa sur son cou. Sous ses doigts, il sentait son pouls qui battait la chamade. L'attirant contre lui, il l'embrassa avec passion, presque avec rage. Finalement, il s'écarta d'elle.

— Maintenant, articula-t-il d'une voix rendue rauque par les émotions contradictoires qui l'habitaient, plus personne ne te fera jamais de mal. Moi moins que tout autre…

Liz avait l'impression que cette journée ne finirait jamais. Elle alla travailler comme à son habitude mais les heures paraissaient s'écouler au ralenti. Morales avait positionné ses hommes sur la plage. Ils s'étaient mêlés aux vacanciers et surveillaient la boutique.

Tous les bateaux sortirent en mer, revinrent vers midi avant de repartir, chargés de touristes ravis. Liz resta au magasin et, pour s'occuper, contrôla l'intégralité de l'équipement.

Elle accueillit aussi quelques clients, loua des combinaisons, classa ses factures, boucla sa comptabilité en retard… Jamais elle n'avait été aussi active. Mais plus elle travaillait, plus elle avait l'impression que le soir ne viendrait pas.

A maintes reprises, elle fut tentée d'appeler Morales pour lui dire qu'elle renonçait. Chaque fois, elle se traita de lâche et se répéta que, tant que la police n'aurait pas arrêté tout le cartel, elle ne reverrait pas sa fille. Cela lui redonnait un peu de courage.

Enfin, le soleil commença à décliner dans le ciel. Les bateaux rentrèrent au port et Liz aida au déchargement. Luis et elle vérifièrent tout l'équipement qui avait été utilisé durant la journée.

Puis elle put enfin fermer la boutique comme si tout cela n'était pas une gigantesque mise en scène, comme si Manchez n'allait pas crocheter la serrure, quelques heures plus tard. Alors qu'elle se dirigeait vers sa moto, elle fut rejointe par Jonas.

— Il n'est pas trop tard pour changer d'avis, lui dit-il.

Elle haussa les épaules, jugeant préférable de ne pas répondre. Ils avaient déjà discuté de tout cela des centaines de fois et il ne restait plus rien à dire. Liz laissa errer son regard sur le paysage familier qui les entourait.

C'était son île, sa prison. Elle s'y était cloîtrée dix ans auparavant et il avait fallu sa rencontre avec Jonas pour qu'elle prenne conscience du prix qu'elle payait pour une faute qu'elle n'avait même pas commise.

— Rentrons, soupira-t-elle.

Elle enfourcha sa moto et Jonas monta derrière elle. Durant le trajet, ils ne parlèrent pas, perdus dans leurs pensées respectives.

Liz passait en revue toutes les instructions de Morales. Après avoir accusé Jonas de vouloir saboter son enquête et l'avoir menacé de l'arrêter pour entrave à la justice, le commissaire avait fini par admettre à contrecœur qu'ils n'avaient d'autre choix que de jouer le jeu selon les nouvelles règles établies par ce dernier.

Il les avait briefés durant des heures, leur répétant inlassablement ce qu'ils étaient censés faire. Ils commenceraient par effectuer l'échange comme prévu mais, au lieu de remettre la valise pleine d'argent dans la boutique, ils la confieraient à la police. Ensuite, ils n'auraient plus qu'à attendre que le cartel réagisse. Durant tout ce temps, Liz et Jonas seraient constamment surveillés par des dizaines de policiers en civil prêts à intervenir à la moindre alerte.

Cette perspective rendait Liz malade.

Lorsqu'ils se garèrent devant chez elle, elle repéra l'un des hommes de Morales qui promenait un chien et un autre qui repeignait le porche de sa voisine. Liz s'efforça de ne pas les regarder.

— Je vais te préparer quelque chose à manger et ensuite, tu iras faire une sieste, lui dit Jonas lorsqu'ils pénétrèrent dans la maison.

— Je vais me contenter de la sieste. Je suis incapable d'avaler quoi que ce soit.

— D'accord, acquiesça-t-il en refermant la porte à double tour.

Il l'accompagna jusqu'à sa chambre et ferma les volets.

— Est-ce que tu as besoin de quoi de quelque chose ? demanda-t-il.

— Est-ce que tu pourrais t'allonger à côté de moi ?

Jonas la rejoignit et tous deux se couchèrent sur le lit sans même se déshabiller. Liz se blottit contre lui. Elle se sentait frigorifiée.

— Jonas ? murmura-t-elle au bout de quelques instants.

— Oui ?

— Après ce soir… Lorsque tout sera fini, est-ce que tu me serreras encore dans tes bras comme cela ? demanda-t-elle d'une petite voix.

Il posa doucement ses lèvres sur les cheveux de la jeune femme. Jamais il ne s'était senti aussi amoureux d'elle. Mais il était certain que, s'il le lui avouait, elle prendrait peur.

— Aussi longtemps que tu le voudras, lui promit-il. Dors, maintenant.

Liz ferma les yeux et s'endormit en souriant.

*
* *

La valise leur parut petite. Elle avait la taille d'un attaché-case classique. En fait, elle paraissait si anodine, posée au milieu de la boutique, que Liz se sentit presque déçue. Comment un objet si innocent en apparence pouvait-il être source de tant d'angoisse et de morts ?

Sur la valise était posée une épaisse enveloppe. Elle contenait un morceau de papier sur lequel étaient inscrites des coordonnées ainsi que deux mille cinq cents dollars en billets de cinquante dollars.

— Ils ont respecté leur part du marché, constata Jonas.

Liz glissa l'enveloppe dans l'un des tiroirs du bureau.

— Si les policiers me laissent garder ça, cela devrait financer l'achat de mes scooters des mers, commenta-t-elle avec un pâle sourire.

Jonas l'observa attentivement. Il savait qu'elle aurait préféré agir seule. Elle n'aimait pas l'idée de devoir se reposer sur quelqu'un d'autre. Mais il se jura qu'il finirait par lui apprendre à le faire.

— A quoi correspondent les coordonnées ? demanda-t-il.

— Ce sont les mêmes que celles qui figuraient dans le carnet de Jerry, répondit-elle.

Jonas hocha la tête et ils allèrent chercher la combinaison de plongée de la jeune femme. Liz se sentait étonnamment calme. Elle savait qu'ils étaient surveillés de près par Morales et ses hommes. Elle se doutait que Manchez se trouvait dans les parages, lui aussi.

Jonas et elle gardèrent donc le silence. Ils chargèrent leur équipement sur le *Sans-Pays* et larguèrent les amarres. Quelques minutes plus tard, ils sortaient de la baie et s'éloignaient à vive allure en direction des îles Mujeres.

— Tout sera peut-être bientôt fini, murmura-t-elle enfin.

— Espérons-le, acquiesça Jonas.

Ils se turent de nouveau. Liz rassembla son courage pour poser la question qui lui brûlait les lèvres.

— Jonas, que comptes-tu faire, exactement ?

Il comprit aussitôt ce qu'elle voulait dire mais ne répondit pas immédiatement. Il prit le temps d'allumer une cigarette et d'en tirer quelques bouffées.

— Je ferai ce que j'ai à faire, répondit-il.

Liz sentit un goût de métal envahir sa bouche. C'était celui de la terreur. Mais, cette fois, ce n'était plus pour elle qu'elle avait peur.

— Manchez a tué ton frère, reprit-elle d'une voix étranglée.

Jonas ne la regardait pas. Il gardait les yeux fixés sur la mer qui était plus noire encore que le ciel. Seul le bruit du moteur venait perturber la chape de silence qui pesait sur ce paysage inquiétant.

— Manchez n'était que la main. Celui qui m'intéresse, c'est celui qui a commandité la mort de Jerry.

— Est-ce que tu le tueras ?

Lentement, Jonas se tourna vers Liz. Elle avait posé la question d'une voix parfaitement calme, mais ses yeux trahissaient l'angoisse qui l'habitait. Ils le suppliaient de ne pas laisser sa colère prendre le dessus.

— Cela ne te concerne pas, répondit-il enfin.

Cette phrase blessa Liz plus qu'elle ne l'aurait imaginé.

Plusieurs secondes s'écoulèrent avant qu'elle ne trouve le courage de parler.

— Peut-être pas, concéda-t-elle. Mais si tu laisses la haine et la rancœur guider ta main et tes pensées, tu ne parviendras jamais à t'en libérer. Manchez mourra. Cela ne ramènera pas Jerry à la vie. Et toi, tu ne vaudras guère mieux qu'eux.

— Je ne suis pas venu jusqu'ici pour voir Manchez s'en tirer à bon compte, déclara froidement Jonas. Il ne tue pas seulement pour l'argent. Il aime cela. Je l'ai lu dans ses yeux…

Liz ne pouvait prétendre le contraire. Mais ce n'était pas Manchez qu'elle essayait de sauver.

— Te souviens-tu de ce que tu m'as dit un jour ? Que tout homme avait le droit d'être défendu.

Jonas se le rappelait parfaitement. Il se rappelait chaque détail de son ancienne vie, chaque valeur sur laquelle elle s'était fondée. Il se rappelait aussi le corps sans vie de Jerry étendu sur le marbre de la morgue.

— Cela n'a rien à voir, lâcha-t-il.

— Parce que, cette fois, c'est toi qui es concerné ?

— Jerry était mon frère.

— Et il est mort, insista Liz rageusement.

Elle prit une profonde inspiration, s'efforçant de chasser le mélange de colère et d'impuissance qui l'habitait.

— Je suis désolée, soupira-t-elle. Mais c'est la vérité. Jerry est mort et si tu vas jusqu'au bout de ta logique, une partie de toi mourra aussi.

Elle n'osa pas lui avouer qu'il tuerait aussi une partie d'elle-même.

— N'as-tu plus confiance en la justice ?

Jonas jeta sa cigarette par-dessus bord. Elle traça un arc de feu avant de s'abîmer dans les eaux sombres.

— La justice ? répéta-t-il d'un ton méprisant. J'ai joué avec pendant des années. Comment pourrais-je croire en elle ?

Elle aurait voulu l'arracher au gouffre dans lequel il était en train de basculer mais elle ignorait comment s'y prendre. Quoi qu'il arrive, elle resterait à ses côtés. Pour le meilleur et pour le pire…

— Dans ce cas, conclut-elle, Je n'ai plus qu'à m'en remettre à toi.

Jonas la contempla avec étonnement. Jamais il ne l'aurait crue capable de dire une chose pareille. Plus touché qu'il n'aurait voulu l'admettre, il se rapprocha d'elle et la serra dans ses bras.

— Le feras-tu vraiment ? demanda-t-il.

— Oui, répondit-elle sans hésiter.

Il se pencha vers elle et l'embrassa dans le cou. Il fut brusquement tenté de lui demander de mettre le cap au large et de les emmener loin de là. Mais cela ne servirait à rien, bien sûr. Liz le lui avait clairement fait comprendre : fuir n'était jamais la bonne solution.

Ils restèrent donc enlacés, immobiles, alors que la masse sombre des îles Mujeres se rapprochait lentement.

— Si tu es prête à me faire confiance, que la fête commence, déclara-t-il enfin avec une pointe d'auto-dérision.

Il souleva le coussin qui recouvrait l'un des sièges, révélant une tenue de plongée.

— Qu'est-ce que tu fais ? s'étonna Liz.

— J'ai demandé à Luis de la cacher là en prévision de ce soir.

— Pourquoi ? Il est inutile que nous descendions tous les deux.

— C'est exact. C'est moi qui vais plonger. Toi, tu restes sur le bateau.

Liz serra les dents. Etant donné les circonstances, il ne servait à rien de se mettre en colère.

— Tout a déjà été arrangé, Jonas…

— Il n'est jamais trop tard pour changer son fusil d'épaule, répliqua-t-il en commençant à revêtir sa combinaison. Je refuse de te laisser courir des risques supplémentaires.

— C'est absurde, protesta-t-elle. Je suis meilleure plongeuse que toi. Et je connais mieux les fonds de la région. Tu n'es jamais descendu ici de nuit. Moi, si.

— Il faut un début à tout.

— Ecoute, ce n'est pas en te conduisant en mâle protecteur que tu faciliteras les choses.

Jonas éclata de rire.

— Dommage, répliqua-t-il, parce que c'est exactement ce que je compte faire.

— J'ai dit à Manchez et à Trydent que je descendrais.

— Et alors ? Qu'en sauront-ils ? D'ailleurs, je te rappelle que ce sont des trafiquants de drogue, pas des clients que tu es censée impressionner…

— Jonas, je ne suis vraiment pas d'humeur à plaisanter ! s'exclama Liz, furieuse.

Jonas finit d'ajuster sa ceinture lestée et son poignard de plongée.

— Je peux le comprendre, acquiesça-t-il. Et je peux comprendre que tu n'aies pas envie d'entendre ce que je m'apprête à te dire. Mais je vais le faire quand même. Je tiens beaucoup à toi, Liz. Enormément.

Il lui souleva doucement le menton et lui sourit.

— Mon frère t'a entraînée dans cette histoire parce qu'il ne s'est jamais soucié le moins du monde des conséquences que ses actes pouvaient avoir sur la vie des autres. Je n'ai pas arrangé les choses en ne pensant qu'à ma vengeance. Mais maintenant, je pense à toi, à nous. Alors je ne veux pas que tu descendes. Et si je dois t'attacher à la barre pour m'assurer que tu resteras sur ce bateau, je n'hésiterai pas à le faire !

— Moi non plus, je ne veux pas que tu y ailles ! s'exclama-t-elle en lui martelant la poitrine de coups de poing rageurs. Si j'étais en bas, je ne penserais qu'au meilleur moyen de m'en sortir. Mais si je reste ici, je ne cesserai de penser à ce qui pourrait t'arriver.

— Tu n'as qu'à me chronométrer. Cela t'aidera à passer le temps, suggéra-t-il. Maintenant, aide-moi à installer ces bouteilles.

Liz hésita encore quelques instants. Mais elle savait que Jonas ne cèderait jamais. Il était même capable de tenir parole et de l'attacher avant de plonger. Résignée, elle l'aida donc à ajuster ses bouteilles.

— Je crois que je ne suis pas encore très douée pour laisser les gens me protéger, murmura-t-elle avec un pâle sourire.

— C'est une question d'entraînement, répondit Jonas avant de déposer un petit baiser sur ses lèvres.

— Lorsque tu seras sous l'eau, oriente-toi au nord-est, lui conseilla-t-elle. La grotte est à quatre-vingts pieds.

Elle lui tendit le harpon qu'elle avait pris soin d'emporter.

— Fais attention aux requins, ajouta-t-elle.

Jonas hocha la tête et se mit à l'eau. Lorsqu'il y

fut entré, Liz lui tendit la valise étanche. Quelques secondes plus tard, il avait entièrement disparu. Elle ferma les yeux et tenta d'imaginer sa progression dans cet océan de ténèbres.

Pour s'orienter, il serait entièrement dépendant de son profondimètre et de son compas. Pour se déplacer, il devrait se contenter d'un fin pinceau de lumière. Autour de lui, rôderaient les prédateurs nocturnes des profondeurs : pieuvres, murènes, barracudas, requins…

Liz rouvrit les yeux, s'efforçant de chasser ces pensées terrifiantes. Elle aurait dû le forcer à la laisser descendre. Mais comment s'y serait-elle prise ? Il était bien plus fort qu'elle et n'aurait pas hésité à se servir de cet avantage.

Nerveusement, elle commença à faire les cent pas sur le pont du bateau. Il avait plongé à sa place pour la protéger. Il était parti parce qu'il tenait à elle. Brusquement, elle entreprit de se frictionner vigou-reusement les bras pour se défaire des frissons qui la parcouraient de part en part.

Etait-ce vraiment ce que l'on était censé éprouver quand quelqu'un tenait à soi ? Etait-on condamné à attendre dans l'angoisse sans pouvoir rien faire ? Elle détestait se sentir réduite à l'impuissance et à la passivité.

Et pourtant, il y avait quelque chose d'exaltant dans le fait qu'un homme puisse tenir à elle. Pas n'importe quel homme. Jonas. Finalement, elle se résigna à s'asseoir et garda les yeux rivés sur les aiguilles fluorescentes de sa montre qui paraissaient se mouvoir au ralenti.

Après ce qui lui parut une éternité, elle sentit le bateau gîter légèrement tandis que Jonas se hissait le long de l'échelle de coupée. Folle de soulagement, elle se précipita pour l'aider.

— La prochaine fois, c'est moi qui descends ! s'exclama-t-elle.

— Pas question, déclara Jonas en montant à bord.

Il retira sa lampe et ses bouteilles et, avant qu'elle ait eu le temps d'argumenter, il l'attira à lui et la serra dans ses bras.

— Nous n'avons qu'une heure, lui murmura-t-il à l'oreille. Est-ce que tu veux la perdre en te disputant avec moi ?

Il était trempé et glacé mais Liz s'en moquait éperdument. Elle était bien trop heureuse de le revoir.

— Je n'aime pas les hommes autoritaires, dit-elle pourtant avec une petite moue boudeuse.

— La prochaine fois, ce sera à ton tour de l'être, lui dit-il.

Jonas jeta un coup d'œil à sa montre.

— Nous ferions bien d'y aller. J'imagine que les acheteurs ne vont pas tarder à arriver.

Liz hocha la tête et gagna la barre. Elle démarra et reprit la direction de la côte.

— Tu sais, j'avais oublié ce que l'on ressentait en plongeant de nuit, lui dit Jonas en lui enlaçant la taille. C'est fabuleux ! J'ai vu une pieuvre géante qui m'a fichu une peur bleue. Elle devait bien faire deux mètres de long !

— Il y en a même de plus grosses, acquiesça Liz en posant la tête sur son épaule.

Elle commençait tout juste à se détendre.

— Une fois, alors que je nageais avec mon père, nous en avons vu une qui mesurait presque quatre mètres.

— Cela ne t'a pas fait peur ?

— Je ne me suis pas vraiment rendu compte du danger, avoua-t-elle. J'étais fascinée. Je me suis approchée pour toucher ses tentacules. Mon père m'a passé un sacré savon lorsque nous sommes revenus à la surface.

— J'imagine que tu ferais la même chose avec Faith, remarqua Jonas.

— Je crois que je serais très fière d'elle, répondit-elle. Mais qu'elle aurait quand même droit à un sermon de vingt minutes sur les dangers de la mer, ajouta-t-elle en riant.

Pour la première fois depuis qu'ils avaient quitté Cozumel, Jonas remarqua les étoiles qui brillaient dans le ciel. On en voyait des centaines, si brillantes qu'elles lui faisaient penser à de petits vers luisants.

— Parle-moi de ta fille, demanda-t-il à Liz.

— Ne demande jamais cela à une mère ! Elles peuvent parler de leurs enfants pendant des jours entiers.

— Je t'écoute, insista-t-il en passant un bras autour de ses épaules. Dis-moi comment elle est.

Liz ferma les yeux et sourit. Penser à Faith lui faisait du bien. Elle commença à parler et Jonas l'écouta attentivement. Il n'avait aucun mal à imaginer la petite fille qu'elle décrivait. Il percevait tout le bonheur qu'elle inspirait à sa mère et réalisa combien celle-ci était fière d'elle.

Peu à peu, le portrait qu'il avait vu dans la chambre de Liz prenait vie. Elle aimait l'école parce qu'il y avait beaucoup de gens à y rencontrer et beaucoup de choses à y apprendre. Elle parlait deux langues, aimait le basket-ball et détestait cordialement les légumes.

— Elle a toujours été d'un bon naturel, expliqua Liz.

Mais c'est loin d'être un ange ! Elle est têtue comme une mule et, lorsqu'elle se fâche, elle peut se mettre dans tous ses états. Elle veut toujours tout faire toute seule. Je me souviens que, lorsqu'elle avait deux ans, elle se mettait en colère parce que je voulais l'aider à descendre l'escalier.

— Tout cela me rappelle quelqu'un, ironisa Jonas.

— Il faut croire que toutes les filles de ma famille ont un caractère insupportable, répondit Liz en souriant. Depuis combien de temps avons-nous quitté le site ?

Jonas consulta sa montre.

— Une demi-heure. Je crois que tu peux faire demi-tour, à présent. Les clients doivent avoir eu le temps de procéder à l'échange des valises.

Liz vira de bord et remit le cap sur les îles Mujeres. Jusqu'à présent, tout se déroulait conformément au plan de Morales. Ils lui remettraient bientôt la valise pleine d'argent et n'auraient plus qu'à attendre que la police arrête tous les membres du cartel.

Rassérénée par cette pensée, Liz songea qu'avec un peu de chance, Jonas n'aurait jamais l'occasion de croiser Manchez et ne serait donc pas tenté de le tuer.

Ils continuèrent à discuter de Faith et parvinrent enfin à leur destination. Si un bateau était passé pour récupérer la drogue, il avait depuis longtemps disparu. Une fois de plus, Jonas enfila sa tenue de plongée. Il prit la lampe et le harpon et se dirigea vers l'échelle.

Après une infime hésitation, Liz lui courut après et l'embrassa avant qu'il ne soit entièrement immergé.

— Reviens vite, lui dit-elle. Ensuite, nous rentrerons à la maison et nous ferons l'amour toute la nuit. D'accord ?

— C'est malin d'attendre que je sois plongé jusqu'au cou dans l'eau glacée pour me dire des choses pareilles ! s'exclama Jonas.

Il lui décocha un dernier sourire, ajusta son masque et disparut sous l'eau. Liz se remit à faire nerveusement les cent pas, regrettant de ne pas avoir pensé à emporter du café. Elle essaya de se concentrer sur cette idée et se prit à imaginer la tasse brûlante qu'elle boirait à son retour.

Elle pensa alors la façon dont Jonas et elle feraient l'amour et sentit son désir s'éveiller malgré elle. Mais ces images délicieuses disparurent brusquement, balayées par un bourdonnement anormal.

Liz scruta les alentours et repéra un petit Zodiac qui arrivait dans sa direction à vive allure. Il devait venir des îles Mujeres toutes proches. Plissant les yeux, elle essaya de distinguer l'homme qui se trouvait à l'intérieur.

Bientôt, il fut assez prêt pour qu'aucun doute ne soit possible. Un frisson glacial lui parcourut l'échine. Mais Manchez était seul et il lui adressa un signe amical de la main.

Elle se détendit légèrement et se demanda ce qu'il pouvait bien faire là. Y avait-il eu un changement de dernière minute ? Les clients des trafiquants avaient-ils dû renoncer à venir chercher la valise que Jonas avait déposée une heure auparavant ? Dans ce cas, cela signifierait qu'il était redescendu pour rien.

Manchez ralentit et rangea son Zodiac le long de la coque du *Sans-Pays*.

— ¡ *Hola, señorita !* s'exclama-t-il. *Buenas noches.*

Un peu nerveuse, Liz le regarda monter à bord.

— Que se passe-t-il ? lui demanda-t-elle. Est-ce qu'il y a un changement de programme ?

— On peut dire ça comme ça, acquiesça Manchez en souriant.

D'un geste fluide, il dégaina le revolver qui se trouvait à son côté.

— Mais qu'est-ce que vous faites ? s'exclama Liz en s'efforçant d'adopter un ton furieux.

En réalité, elle était terrifiée.

— Nous avions un accord, lui rappela-t-elle.

— Vous ne pensiez tout de même pas que le patron allait oublier les trois cent mille dollars que votre petit ami lui a volés ? ricana Manchez.

— Jerry n'était pas mon petit ami. Et je vous ai dit que j'ignorais où se trouvait cet argent !

— Cela va peut-être vous surprendre, mais je vous crois. D'après mes informateurs, la police a réussi à mettre la main sur cet argent. Jerry l'avait planqué dans un coffre à Acapulco.

— Alors pourquoi me menacez-vous ?

— Ça n'a rien de personnel. Le patron pense que Sharpe et vous n'êtes pas fiables. Il a décidé de faire d'une pierre deux coups : réaliser un dernier échange aux *Islas* Mujeres et se débarrasser de vous. Mais je vous rassure : il m'a expressément demandé de faire ça vite et bien.

— S'il continue à tuer tous ses plongeurs, votre patron ne trouvera plus personne pour aller récupérer son argent, objecta Liz avec l'énergie du désespoir.

— Aucune importance. Nous avons terminé à Cozumel. Lorsque votre ami ramènera la valise, j'irai prendre une retraite dorée à Merida. Là-bas, j'aurai la belle vie. Et vous, vous servirez de repas aux requins.

Liz ne put réprimer un frisson. Elle savait pertinemment que Manchez n'hésiterait pas à mettre ses menaces à exécution et s'efforçait vainement de trouver un moyen de lui échapper.

— Je ne comprends pas, lui dit-elle pour gagner du temps. Si votre patron ne veut plus travailler à Cozumel, pourquoi tient-il tant à se débarrasser de nous ?

— Clancy n'aime pas laisser de traces derrière lui, répondit Manchez. C'est une sage politique.

Liz se rappela que David Merriworth avait fait allusion à ce Clancy. Discrètement, elle jeta un coup d'œil à sa montre et calcula le temps que Jonas avait déjà passé sous l'eau.

— C'est vous qui avez tué Erika ? demanda-t-elle.

— Elle posait trop de questions, tout comme vous. Je n'aime pas les gens trop bavards.

Manchez leva son arme. Mais, alors qu'il s'apprêtait à tirer, une lueur aveuglante envahit le pont. Manchez protégea ses yeux et Liz en profita pour se jeter à l'eau sans même chercher à comprendre d'où provenait cette brusque illumination.

Elle nagea pour s'enfoncer rapidement et échapper ainsi à la vue de Manchez. Au dessus d'elle, elle voyait des lumières balayer la surface de l'eau en tous sens. Plissant les yeux, elle sonda les profondeurs à la recherche de Jonas. Il ne tarderait probablement pas à remonter et il fallait absolument qu'elle trouve un moyen de l'avertir du danger.

Malheureusement, sans équipement, elle ne pourrait pas tenir très longtemps. Elle se glissa sous la coque du bateau, aussi près que possible de l'échelle. L'air commençait à lui manquer et elle lutta contre l'angoisse qui l'étreignait. Alors qu'elle était sur le point d'abandonner, elle vit une faible lueur, juste en dessous d'elle.

Lorsque Jonas aperçut Liz, il sentit son cœur s'arrêter de battre un instant avant de repartir à toute allure. Accrochée à l'étrave du bateau, elle ressemblait à un fantôme flottant entre deux eaux.

Ses longs cheveux blonds formaient un halo autour de son visage d'une pâleur mortelle. Il crut un instant qu'elle était morte mais la vit agiter la main et nagea vers elle.

Avant même de l'atteindre, il arracha l'embout de son détendeur. Elle s'en empara et aspira de grandes goulées d'air. Il sentait sa peur, presque palpable.

Agrippant Liz de son bras gauche et serrant son harpon dans sa main droite, il nagea aussi vite qu'il le put pour émerger en dehors du cercle de lumière qui se dessinait à la surface de l'eau. Presque immédiatement, un projecteur l'aveugla.

— Monsieur Sharpe ! cria la voix de Morales. Mademoiselle Palmer ! Ne vous en faites pas, nous avons la situation bien en main.

Liz se rendit compte alors que Manchez, qui se trouvait toujours sur le *Sans-Pays*, avait été appréhendé et menotté par deux policiers. Le bateau de ces derniers se tenait à quelques encablures de là et Morales était penché par-dessus le bastingage.

— Etes-vous blessés ? demanda-t-il.

— Non, tout va bien ! lui répondit Liz, si soulagée par la tournure que venaient de prendre les événements qu'elle ne pouvait retenir ses larmes.

— Pouvez-vous remonter sur votre bateau et nous suivre jusqu'à Cozumel ? questionna encore Morales.

— Pas de problème, répondit-elle en se mettant à nager vigoureusement vers l'échelle de coupée de sa propre embarcation.

Mais Jonas, qui était équipé de palmes, la dépassa et parvint au bateau avant elle. Tandis qu'il commençait à gravir les barreaux, elle se rendit compte avec angoisse qu'il tenait toujours son harpon à la main.

— Jonas, non ! s'exclama-t-elle.

Elle se hissa à son tour à bord du *Sans-Pays*, glacée jusqu'aux os. Pourtant, elle trouva la force de se redresser.

— Jonas, je t'en prie, ne fais pas ça !

Mais il l'entendait à peine. Toutes ses émotions se concentraient exclusivement sur l'homme qui se trouvait à moins d'un mètre de lui. Leurs regards étaient rivés l'un à l'autre. Jonas vit Manchez pâlir brusquement mais il n'en tira aucun plaisir.

La pièce qu'il portait autour du cou cliqueta douce-ment contre son détendeur, lui rappelant celle que portait son frère. Il était arrivé au bout de sa route et se trouvait face à l'homme qui avait tué Jerry. Lentement, il leva son harpon.

Les deux policiers portèrent leurs mains à leurs armes mais ils ne furent pas assez rapides. La flèche s'envola à une vitesse foudroyante tandis que Liz poussait un cri d'effroi. Elle vint se planter dans le pont du bateau, juste aux pieds de Manchez.

Celui-ci éclata de rire et défia Jonas des yeux.

— Je reviendrai, *amigo*. Tôt ou tard, je te retrou-verai, lui promit-il.

Jonas lui sourit d'un air méprisant.

— Et moi, je t'attendrai, *amigo*, répondit-il d'une voix très douce.

C'était bel et bien fini.

Telle fut la première pensée de Liz lorsqu'elle s'éveilla dans son lit, le lendemain matin. La nuit précédente lui apparaissait à présent comme un mauvais rêve, mais elle avait marqué la fin d'un cauchemar bien pire encore.

Elle était saine et sauve. Le trafic de drogue était démantelé. Manchez était sous les verrous. Et Jonas avait renoncé à assouvir sa vengeance.

Evidemment, il était entré dans une colère noire en apprenant que Morales et ses hommes avaient failli intervenir trop tard pour sauver Liz des griffes de Manchez.

Mais les policiers venaient d'arraisonner le navire des trafiquants juste après qu'ils aient récupéré la drogue dans la grotte et cela leur avait fait perdre un temps précieux. De plus, leur avait expliqué Morales, ils n'avaient aucune raison de supposer que Manchez se trouverait sur les lieux.

L'essentiel, songea-t-elle, c'était que ce dernier allait croupir en prison pendant plusieurs années. Il avait avoué devant elle le meurtre de Jerry et celui d'Erika et elle se ferait un plaisir d'aller témoigner contre lui à son procès.

En attendant, elle était bien décidée à goûter autant qu'elle le pouvait à la vie banale et sans histoire qu'elle était sur le point de retrouver.

En souriant, elle se pressa contre Jonas et découvrit

que celui-ci était déjà réveillé. Il l'attira contre lui et l'embrassa langoureusement.

— Que dirais-tu de rester au lit jusqu'à midi, histoire de battre ton record ? suggéra-t-il.

— Je ne peux pas, il faut…

— Que tu t'occupes de ton entreprise, je sais, acquiesça-t-il en riant.

— Exactement. Et pour la première fois depuis des semaines, je vais pouvoir le faire sans passer mon temps à me demander si quelqu'un ne va pas chercher à m'assassiner dans ma propre boutique ! Je suis si heureuse !

Elle le serra dans ses bras dans un élan de tendresse qui ne lui était pas familier.

— Assez heureuse pour accepter une demande en mariage ? lui demanda Jonas.

Elle se figea brusquement puis s'écarta légèrement de lui.

— Qu'est-ce que tu dis ? articula-t-elle avec difficulté.

— Je veux t'épouser. Je veux passer ma vie avec toi.

Liz resta sans voix. Elle ne parvenait pas vraiment à prendre la mesure de ce qu'il était en train de lui dire. Et pourtant, son cœur la poussait à dire oui, à accepter sans condition cette proposition insensée.

Mais Liz n'avait jamais laissé son cœur gouverner sa vie et elle recula, terrifiée.

— Je ne peux pas, murmura-t-elle enfin.

Elle fit mine de sortir du lit mais il la retint malgré la souffrance qui le transperçait de part en part. Il s'était un peu attendu à cette réponse mais n'avait pas prévu à quel point elle lui ferait mal.

— Pourquoi ? se força-t-il à demander.

— Jonas, nous sommes trop différents, soupira-t-elle. Nos vies n'ont absolument aucun rapport…

— Pas depuis quelques semaines, objecta-t-il.

Il lui prit les mains et les serra dans les siennes.

— Rien ne nous empêche de continuer comme cela…

— Tu te trompes. Il te suffira de quelques semaines à Philadelphie pour t'en apercevoir. Ta vie est là-bas et la mienne est ici. Notre rencontre n'était qu'un improbable accident.

Jonas sentit bouillonner en lui cette colère qui l'envahissait si souvent lorsqu'il se trouvait à ses côtés.

— Pourquoi est-ce que tu fais ça ? lui demanda-t-il en s'efforçant de la dominer. Pourquoi faut-il toujours que tu refuses ce que l'on te donne ? Je t'aime, Liz.

— Ne dis pas ça ! protesta-t-elle vivement.

Elle luttait de toutes ces forces pour ne pas succomber à la tentation, pour ne pas envoyer au diable toute prudence et accepter ce qu'il lui offrait.

Jonas la sentit se refermer sur elle-même. C'était une impression presque physique et il comprit que sa colère se changeait en panique. Puis une détermination inébranlable succéda à ces deux sentiments.

— Si, je le dirai, répondit-il posément. Je le dirai encore et encore jusqu'à ce qu'un jour, tu finisses par l'entendre. Jusqu'à ce que tu me croies. Penses-tu que toutes les nuits que nous avons passées ensemble n'ont été qu'un jeu, pour moi ? Une façon de m'occuper en attendant de rentrer chez moi ? Est-ce ce que tu as ressenti, chaque fois que nous faisions l'amour ? A moins que tu ne ressentes plus rien du tout…

— Je ne me fie plus à ce que je ressens, répondit-elle, blessée. Je l'ai fait une fois et cela m'a brisé le cœur.

— Bon sang, Liz ! Tu n'étais qu'une enfant !

Elle secoua la tête et il lui attrapa les poignets, lui jetant un regard apitoyé.

— Tu peux répéter le contraire tant que tu voudras, mais c'est la vérité. Tu étais une gamine de dix-sept ans qui ne connaissait rien à la vie. Tu es tombée amoureuse et tu as été trahie. La belle affaire ! Crois-tu donc être la seule ? C'est arrivé à des tas de gens. Ils se sont cassé la figure et ils ont eu mal. Mais ils ont fini par se relever et ils ont tenté leur chance jusqu'à trouver ce qu'ils cherchaient. C'est le prix à payer pour être en vie.

Jonas étouffa un juron.

— C'est absurde ! s'exclama-t-il. Tu es belle, intelligente, plus forte que la plupart des gens que je connais. Et pourtant, tu as pris le voile à dix-huit ans. Tu t'es coupée volontairement du monde des vivants et tu es obsédée par le fantôme d'un homme qui ne se souvient probablement même plus que tu existes…

— Peut-être, l'interrompit Liz, blessée par l'impitoyable pertinence de son analyse.

Il semblait avoir décelé chacune de ses failles, mis au jour chacun de ses doutes. Et voilà qu'il les lui assenait comme autant de traits acérés qui la transperçaient jusqu'au plus profond de son âme. C'était terriblement cruel et implacablement juste.

— Peut-être, répéta-t-elle d'une voix tremblante. Tu as sans doute raison. J'ai peur de toi. Je suis terrifiée parce que tu me donnes envie de quelque chose que je ne peux pas avoir. Je ne me marierai pas avec toi, Jonas, parce que même si je ne suis pas heureuse, j'ai trouvé une forme de paix que je ne veux pas mettre en danger. Et je ne veux pas non plus risquer la vie de ma fille sur un coup de tête, sur un simple pari.

Jonas libéra brusquement ses poignets et elle s'écarta de lui, les larmes aux yeux. Mais au-delà de ses pleurs, il lisait tout ce qu'il avait voulu savoir et une étincelle d'espoir se raviva dans sa poitrine.

— Ce n'est pas fini, tu sais, lui dit-il d'une voix très douce.

Elle le regarda d'un air incertain et, dans ses yeux, elle lut une compassion qui la bouleversa.

— Tu n'avais encore jamais rencontré un homme aussi têtu que toi, reprit-il. Mais je te promets que ceci n'est qu'un début. Même le rocher le plus dur finit par céder devant les assauts de la mer.

Le sourire qu'il arborait la prit de court. Elle ne savait plus que penser et ne pouvait faire confiance à ses propres sentiments qui la trahissaient.

— Je dois aller travailler, lui dit-elle piteusement.

C'était une fuite lamentable et tous deux le savaient. Mais Jonas ne chercha pas à en tirer parti.

— Habille-toi. Je vais te conduire à la boutique.

Liz s'exécuta, trop désarçonnée par son attitude pour pouvoir deviner ce qu'il avait en tête. La seule chose qu'elle savait, c'était qu'elle l'aimait et que cela la terrifiait.

Elle avait presque envie qu'il disparaisse, qu'il réintègre son monde et la laisse seule avec ses larmes et son chagrin. Cela, au moins, elle savait le gérer. Et, qui sait ? Avec le temps, il comprendrait peut-être qu'elle lui avait évité de commettre une erreur qu'il aurait passé sa vie entière à regretter.

Quant à elle, elle savait déjà qu'elle penserait toujours à lui…

Lorsqu'ils atteignirent enfin le magasin de Liz, celle-ci avait retrouvé un semblant de maîtrise de soi. Jonas insista pour l'accompagner jusqu'à la boutique.

— Que comptes-tu faire, aujourd'hui ? lui demanda-t-elle brusquement.

— Je compte trouver un endroit ensoleillé, m'y asseoir et ne rien faire du tout, répondit-il.

— Rien du tout ? répéta-t-elle, incrédule. De toute la journée ?

— C'est ce que l'on appelle prendre un jour de congé et se détendre. Si on en prend plusieurs, le terme généralement employé est « vacances ». J'étais justement censé en prendre à Paris lorsque j'ai appris la mort de Jerry.

Liz n'avait aucun mal à l'imaginer flânant sur les bords de Seine ou déjeunant dans une brasserie parisienne.

— Si tu t'ennuies, je suis certaine que je peux te trouver du travail à bord de l'un des bateaux, remarqua-t-elle.

— Non merci, répondit-il en riant. J'ai eu mon compte de plongée sous-marine pour l'instant.

Il se dirigea vers le restaurant de la plage qui louait des chaises longues et Liz le suivit des yeux, un peu interloquée. Puis elle avisa la présence de Miguel.

— Bonjour, dit-elle en souriant. Tu es en avance.

— Je suis venu avec Luis, expliqua-t-il. Il est en train d'inspecter le bateau de plongée. Apparemment, un groupe ne devrait pas tarder à arriver.

— C'est vrai, acquiesça-t-elle. Pourquoi n'irais-tu pas lui donner un coup de main ? Je m'occupe de la boutique.

— Pas de problème. Ah, au fait, il y avait deux personnes qui semblaient s'intéresser au bateau de pêche. Peut-être veulent-ils faire une sortie en mer.

— Je vais les voir tout de suite.

Miguel hocha la tête et disparut. Liz se dirigea vers Jonas qui avait installé sa chaise longue sur la plage, non loin de la boutique.

— Est-ce que tu pourrais garder un œil sur le magasin ? lui demanda-t-elle. Je dois aller m'occuper de deux clients potentiels pour le *Sans-Pays*.

Jonas releva ses lunettes de soleil et l'observa d'un air malicieux.

— Combien paies-tu de l'heure ? demanda-t-il.

— Je pourrais préparer le dîner de ce soir, suggéra-t-elle.

— Très bien, acquiesça-t-il en se levant pour se diriger vers la boutique. Prends tout le temps qu'il te faudra.

Liz ne put s'empêcher de rire. Elle remonta d'un pas léger le ponton, inspirant à pleins poumons l'air frais du large. L'idée de monter une partie de pêche ne lui déplaisait pas. Elle se rappela alors le poisson que Jonas avait attrapé lors de leur sortie en mer et se demanda ce qu'il avait bien pu en faire.

Comme elle approchait du *Sans-Pays*, elle découvrit l'identité de son client.

— Monsieur Ambuckle ! s'exclama-t-elle, ravie. Je ne savais pas que vous étiez déjà de retour. Vous êtes venu passer le week-end ?

— Exact ! répondit-il en mâchouillant son éternel

cigare. Il y a des jours comme celui-ci où je ne tiens pas en place !

— Alors vous avez décidé de vous offrir une partie de pêche en haute mer ?

— Oui. Comme je le disais à mon associé ici présent, je ne m'intéresse qu'aux très gros poissons.

L'associé en question portait un panama et tournait le dos à Liz. Mais, lorsqu'il se retourna, elle reconnut avec horreur Scott Trydent.

— C'est vrai, Clancy, dit-il en souriant à Ambuckle.

Liz fit mine de s'enfuir mais ce dernier lui agrippa le poignet.

— Ne partez pas comme ça, ma jolie, protesta Clancy Ambuckle d'un air gentiment réprobateur.

Scott écarta légèrement le pan de sa veste, révélant un holster qui contenait un pistolet automatique de gros calibre.

— Vous allez nous emmener faire une petite balade en mer, reprit-il. Il y a des tas de choses dont j'aimerais que nous discutions.

Liz commençait à peine à revenir de sa stupeur. Jamais elle n'aurait imaginé qu'Ambuckle puisse être le chef d'un réseau de trafiquants de drogue.

— Depuis combien de temps utilisez-vous mon magasin pour vos sales magouilles ? s'emporta-t-elle.

— Deux ans, environ, répondit Ambuckle d'un ton badin. J'ai trouvé qu'il était idéalement situé pour servir mes intérêts. Bien sûr, le transport dure un peu plus longtemps en passant par Cozumel, mais c'est beaucoup plus sûr que d'utiliser les filières traditionnelles.

— Vous êtes donc l'homme que la police cherche partout…

— Un homme d'affaires incompris, c'est tout ce que je suis, répondit Ambuckle en riant. Mais montons plutôt à bord.

— Je vous signale que la police surveille le magasin, mentit Liz.

— Allons donc, ce brave Morales a attrapé ce vilain Pablo. Si seulement il savait combien il m'a rendu service…

Liz fronça les sourcils.

— Pablo a commis l'erreur de vouloir me doubler, expliqua Ambuckle. Apparemment, il avait l'intention de s'emparer de la valise que vous étiez chargée de récupérer.

Cela n'avait aucun sens, songea Liz. Manchez semblait bien décidé à exécuter à la lettre les ordres qu'il avait reçus.

— Heureusement, reprit Ambuckle, le précieux M. Trydent a découvert ses projets. Pour le récompenser, je l'ai immédiatement promu. Comme vous le voyez, mon organisation sait reconnaître les mérites de chacun.

— Comme ceux de Jerry, par exemple ? répliqua Liz, partagée entre colère et terreur.

— Jerry Sharpe m'avait volé une somme conséquente, répondit Ambuckle en se rembrunissant. J'ai chargé Manchez de nous en débarrasser. C'est amusant, d'ailleurs : pendant un certain temps, j'ai songé à vous proposer le poste. J'aurais peut-être mieux fait de suivre mon instinct au lieu d'engager ce sale voleur. Mais ma femme vous aime beaucoup et je ne voulais pas courir le risque de lui faire de la peine…

— Votre femme sait-elle que vous êtes un trafiquant de drogue qui n'hésite pas à tuer tous ceux qui se dressent en travers de sa route ?

— Non. Elle est convaincue que je suis trader à la Bourse. Ma chère épouse ne saurait même pas faire la différence entre de la cocaïne et du sucre en poudre. J'ai toujours pensé qu'il fallait savoir séparer les affaires et la vie de famille. En tout cas, la pauvre sera effondrée d'apprendre que vous êtes morte dans un accident…

Ambuckle essaya d'entraîner la jeune femme en direction du *Sans-Pays* mais celle-ci, comprenant qu'elle n'en redescendrait jamais vivante, parvint à s'échapper. Elle s'élança en avant mais Ambuckle fut plus rapide et, d'un violent coup d'épaule, il la plaqua au sol.

— Bon sang, Liz, vous n'êtes vraiment pas raisonnable ! J'ai pourtant tout fait pour essayer de vous décourager. Lorsque j'ai trafiqué vos bouteilles, j'ai cru que cela suffirait. Mais il a fallu que vous vous entêtiez. C'est dommage, parce que je vous ai toujours appréciée en tant qu'individu. Mais les affaires sont les affaires, j'en ai peur.

En soupirant, il se tourna vers Scott.

— Puisque vous avez pris la relève de Pablo, vous savez sans doute comment régler ce genre de problème ?

— Certainement, lui assura Scott.

Il sortit son revolver, les yeux braqués sur Liz qui comprit que sa dernière heure était venue. Elle prit une profonde inspiration et vit le canon de l'arme pointer dans sa direction. Puis, brusquement, Scott pivota sur lui-même pour mettre en joue Ambuckle.

— Vous êtes en état d'arrestation, s'écria-t-il en brandissant le badge qu'il venait de sortir de sa poche.

Vous avez le droit de garder le silence. Tout ce que vous direz pourra être retenu contre vous…

Liz n'entendit pas le reste. Le visage enfoui entre ses mains, elle ne tenta même pas de retenir ses larmes de soulagement.

Chapitre 12

— J'exige de savoir ce qui s'est passé exactement ! s'exclama Jonas, hors de lui.

Ils se trouvaient tous dans le bureau de Morales qui semblait considérer cet accès de colère avec son détachement habituel.

Les doigts de Jonas se crispèrent sur le dossier de la chaise de Liz derrière laquelle il se tenait debout. Il était bien décidé à frapper la première personne qui s'approcherait d'elle, quitte à poser des questions après coup.

Il avait déjà envoyé au tapis l'un des policiers qui avaient tenté de le retenir lorsqu'il avait aperçu Liz sur le ponton aux côtés de Scott. Il avait fallu trois hommes pour le ceinturer et l'empêcher de gâcher ce que Morales venait de qualifier de coup de maître.

— Je pense qu'il vaudrait mieux que votre compatriote vous explique lui-même ce qui s'est passé, déclara le commissaire en allumant l'un des cigares qu'il conservait pour ce genre de grandes occasions.

— Je suis l'agent spécial Donald Scott, expliqua l'homme qu'ils connaissaient jusqu'alors sous le nom de Scott Trydent.

Il était perché sur un coin du bureau de Morales

et le policier mexicain tolérait avec résignation cette décontraction typiquement nord-américaine.

— Je suis désolé d'avoir dû vous mentir, Liz, reprit Scott d'une voix calme et posée qui dissimulait mal sa satisfaction.

Il avala une gorgée de café et se tourna vers Jonas. Le regard noir que lui lança ce dernier était de mauvais augure, mais Donald Scott faisait partie de ces gens qui considéraient que la fin justifiait les moyens.

— Cela fait trois ans que je suis sur la piste de ce salopard, reprit-il. Deux agents s'étaient déjà infiltrés au sein de l'organisation avant moi. L'un d'eux y a laissé la vie et l'autre a dû s'enfuir lorsque le cartel a découvert sa véritable identité. J'ai décidé de prendre mon temps et de me hisser lentement jusqu'au chef du cartel. Il m'a fallu trois ans pour comprendre qu'il s'agissait d'Ambuckle. Ce type est retors et la prudence dont il faisait preuve frisait la paranoïa. Au cours des huit derniers mois, j'ai travaillé avec Manchez. C'était l'un des rares membres du cartel à être en relation directe avec Ambuckle.

— Vous vous êtes servi de Liz ! s'exclama Jonas. Vous avez sciemment mis sa vie en danger !

— Le problème, soupira Scott, c'est que nous avons longtemps pensé qu'elle était impliquée. Nous savions que son magasin servait de plaque tournante au trafic et nous savions que c'était une plongeuse exceptionnelle. A vrai dire, nous avons même envisagé le fait qu'elle pouvait être à la tête de la branche du cartel qui gérait cette région.

— C'est parfaitement ridicule ! répliqua Liz, furieuse.

— Pas tant que cela. Après tout, vous avez subitement quitté les Etats-Unis, il y a dix ans, et vous n'y êtes jamais retournée. Vous aviez les contacts et les moyens nécessaires. Et vous faisiez en sorte d'éloigner votre fille pendant la plus grande partie de l'année.

— Je ne vois pas en quoi cela vous regarde !

— Tout nous regarde, quand il s'agit de démanteler ce genre d'organisation, répondit Scott. Lorsque vous avez engagé Jerry Sharpe et que vous lui avez loué une chambre, nos soupçons s'en sont trouvés renforcés. Lui prétendait que vous n'aviez rien à voir avec le cartel, mais nous ne l'utilisions pas pour qu'il ait des idées.

Liz sentit la main de Jonas se crisper sur son épaule.

— Vous l'utilisiez ? répéta-t-elle. De quelle façon ?

— J'ai contacté personnellement Jerry Sharpe à La Nouvelle-Orléans. C'était un arnaqueur professionnel, mais il ne manquait ni de style ni d'intelligence.

Scott avala une nouvelle gorgée de café avant de poursuivre.

— Nous lui avons proposé un marché. S'il parvenait à infiltrer le cartel et à nous fournir des informations utiles, nous passerions l'éponge sur un certain nombre de magouilles auxquelles il se trouvait mêlé. J'aimais bien votre frère. Vraiment. S'il avait été capable de renoncer à ce tempérament d'éternel rebelle, il aurait sans doute pu devenir un excellent enquêteur...

— Etes-vous en train de dire que Jerry travaillait pour vous ? articula Jonas, submergé par un flot d'émotions contradictoires.

Il lui avait fallu des semaines pour admettre que son frère ait pu trahir ses idéaux les plus chers, et voilà qu'il apprenait brusquement qu'il n'en était rien.

— C'est exact, acquiesça Scott en s'allumant une

cigarette. Et j'aimais bien sa façon de voir les choses. Il parvenait toujours à vous faire oublier les aspects les plus sombres de la réalité. Pour lui, le monde était une fête permanente où il aimait jouer les pique-assiettes...

C'était sans doute la meilleure description que l'on puisse faire de Jerry, songea tristement Jonas. Il se dirigea vers la fenêtre et contempla les bateaux amarrés sur le port qui tanguaient doucement au gré des vagues. Il aperçut un groupe d'enfants qui jouaient dans le square. La scène ressemblait à s'y méprendre à celle qu'il avait observée le jour de son arrivée à Cozumel.

— Que s'est-il passé ? demanda-t-il enfin.

— Eh bien, Jerry avait du mal à obéir aux ordres. Il voulait faire bouger les choses trop rapidement. Il m'a dit une fois qu'il avait quelque chose à se prouver, à lui et à l'autre part de lui-même. La meilleure part, a-t-il précisé en riant.

Cette fois, Jonas fut incapable de retenir les larmes qui lui brouillaient les yeux. Percevant sa détresse, Liz le rejoignit et le prit par le bras.

— Continuez, articula-t-il.

— Il s'est mis en tête de monter une arnaque à sa façon. Il voulait voler l'argent de l'un des chargements. Evidemment, il l'a fait sans me consulter. Lorsqu'il m'a appelé, il avait déjà mis son plan à exécution. Il espérait ainsi faire sortir de l'ombre le chef du cartel. Je lui ai dit de se planquer. Nous voulions le ramener aux Etats-Unis et lui fournir une nouvelle identité, mais il n'a rien voulu entendre. Il est revenu à Cozumel et a voulu discuter lui-même avec Manchez. Je ne l'ai appris qu'après mais, même si je l'avais su, je ne sais pas si j'aurais pu l'en empêcher. Nous n'aimons pas perdre des civils dans ce genre de mission. Et je déteste perdre des amis.

La colère qu'avait initialement éprouvée Jonas commençait à refluer lentement. Ce que décrivait Scott était typique de Jerry. Il avait certainement dû considérer toute cette affaire comme une sorte de jeu de rôle, grandeur nature, une gigantesque aventure pleine de rebondissements.

— Nous avons alors reçu l'ordre de mettre la pression sur Liz, reprit Scott. Le cartel en avait aussi après elle. Ce n'est qu'après votre voyage à Acapulco que nous avons compris que vous n'étiez pas impliquée, ajouta-t-il à l'intention de la jeune femme. Nous avons dû changer nos plans et, de suspecte, vous êtes devenue appât.

— Lorsque je suis venue vous voir, vous ne m'avez rien dit, remarqua Liz en tournant vers Morales un regard accusateur.

— Je n'ai eu connaissance qu'hier de l'identité réelle de l'agent Scott, déclara le commissaire. Tout ce que je savais, c'est que la DEA avait un homme à l'intérieur du cartel et qu'ils avaient besoin de se servir de vous.

— Vous étiez protégée, la rassura Scott. Vous étiez constamment gardée par les hommes de Morales et par les miens. Evidemment, votre présence a un peu compliqué les choses, ajouta-t-il à l'intention de Jonas. Vous faisiez monter dangereusement la pression. En fait, je pense que Jerry et vous ne vous ressembliez pas seulement sur le plan physique...

— C'est bien possible, concéda Jonas en serrant inconsciemment la pièce qui pendait à son cou.

— En tout cas, il me fallait trouver un nouveau moyen d'approcher le chef du cartel. C'est là que j'ai eu une idée. Le plus proche de lui était Manchez. Il me fallait donc le retirer de la partie et faire en sorte d'être son successeur logique. Pendant ce temps, Ambuckle devenait nerveux : il sentait que vous approchiez un peu trop du cœur de la toile. Il a demandé à Manchez de vous éliminer tous les deux. L'idée était de faire croire que vous vous étiez disputés et entretués au sujet de l'argent de la drogue. Avec un peu de chance, vous seriez accusés d'être les principaux responsables du trafic dans la région. Evidemment, nous ne pouvions pas laisser agir Manchez. J'ai donc décidé de faire d'une pierre trois coups : nous coffrions Manchez en flagrant délit, nous arraisonnions les acheteurs de la drogue et je profitais du chaos ambiant pour annoncer à Merriworth que Manchez avait essayé de doubler Clancy et de garder l'argent du deal pour lui. Tout a marché plus ou moins comme prévu et j'ai été désigné comme bras droit de Clancy. Après trois ans, j'avais enfin découvert le chef du cartel.

— Alors vous saviez que c'était lui et vous l'avez quand même mené jusqu'à moi ! s'exclama Liz, choquée.

Rétrospectivement, elle se faisait l'effet d'un pion promené d'un bout à l'autre de l'échiquier par un maître aussi habile qu'insensible.

— C'est vrai, confessa Scott. Je n'en suis pas très fier, mais c'est la seule façon que j'ai trouvé pour le faire tomber. Car jusque-là, nous n'avions aucune preuve directe contre lui. Si nous pouvions le prendre en train de commanditer directement votre assassinat, par contre, il était bon pour la prison. Nous avons pris toutes les précautions nécessaires, je vous assure. Il y avait douze tireurs d'élite positionnés dans les environs.

Et j'étais armé alors qu'Ambuckle ne l'était pas. Mais il nous fallait absolument une preuve solide. Vous êtes avocat, monsieur Sharpe, et vous savez donc combien de criminels nos tribunaux relâchent chaque année. Dans le cas d'Ambuckle, je voulais être sûr que cela n'arriverait pas. Il a reconnu plusieurs meurtres et en a commandité un devant des dizaines de témoins assermentés. Cette fois, ce n'est pas un avocat qu'il lui faudra mais un miracle s'il veut échapper à la prison fédérale !

— Je vous rappelle que le tribunal compétent n'a pas encore été désigné, remarqua Morales. Il se peut très bien qu'Ambuckle soit déféré devant une cour mexicaine.

— Ecoutez, Morales...

— Nous en rediscuterons plus tard. En attendant, je vous présente à la fois mes remerciements et mes excuses, ajouta Morales à l'intention de Jonas et de Liz. Je regrette sincèrement que nous n'ayons pu agir autrement.

— Pas autant que moi, soupira Liz. Est-ce qu'au moins cela en valait la peine ? demanda-t-elle à Scott.

— Ambuckle a fait passer des tonnes de cocaïne aux Etats-Unis. Il est responsable de la mort de quinze personnes au moins en Amérique du Nord comme au Mexique. Alors, oui, je crois que cela en valait la peine, mademoiselle Palmer.

— Tant mieux. J'espère cependant que vous comprendrez que je ne tiens pas à vous revoir à l'avenir. De toute façon, vous n'étiez pas un élève très doué.

— Je suis désolé, s'excusa Scott. Et plus encore de ne jamais avoir eu l'occasion de boire ce verre avec vous.

Il se tourna vers Jonas et le regarda gravement.

— Je suis aussi désolé de ce qui est arrivé à votre frère, lui dit-il.

— Merci. Et merci pour tout ce que vous m'avez dit à son sujet. C'est très important pour moi.

— J'ai recommandé qu'il soit décoré à titre posthume pour services rendus à la patrie. Je ne sais pas si cela change grand-chose, mais la décoration sera envoyée à vos parents.

— Je suis certain que cela les aidera un peu à admettre sa mort.

Il tendit la main à Scott.

— Je ne vous en veux pas. Vous faisiez votre travail et, à en croire votre récit, vous le faisiez bien.

— Cela ne rend pas les choses plus faciles pour autant, soupira Scott.

Jonas hocha la tête. Il se sentait soudain plus libre qu'il ne l'avait jamais été.

— Par contre, reprit-il, en ce qui concerne la façon dont vous avez traité Liz au cours de ces dernières semaines...

Très calmement, il décocha un coup de poing à Scott. L'agent de la DEA fut propulsé en arrière et atterrit violemment sur une chaise qui se brisa en deux.

— Jonas ! s'exclama Liz, sidérée.

Elle le contempla avec stupeur avant de se tourner vers Scott qui se redressait péniblement en se massant la joue. Brusquement, elle sentit monter en elle un fou rire inextinguible. Morales observait la scène avec un détachement de vieux sage chinois.

— Je suppose que nous faisons tous ce que nous avons à faire, commenta Scott à l'intention de Jonas.

Ce dernier hocha la tête avant de se tourner vers Morales.

— Au revoir, commissaire.

— Au revoir, monsieur Sharpe.

Morales se leva et porta la main de Liz à ses lèvres.

— *Vaya con dios,* lui dit-il galamment.

Il attendit que tous deux aient quitté la pièce avant de se tourner vers Scott.

— Je tiens à préciser que c'est votre gouvernement qui paiera le remplacement de cette chaise, déclara-t-il gravement.

Il était parti. Et c'était elle qui l'avait encouragé à le faire. Au bout de deux semaines, Liz se réveillait chaque matin avec la même pensée. Jonas était rentré à Philadelphie et c'était mieux ainsi. Si seulement elle était vraiment parvenue à s'en convaincre…

Son cœur lui répétait sans cesse qu'elle avait commis une énorme erreur, qu'elle passerait sa vie à le regretter. Il lui rappelait insidieusement qu'il lui avait soufflé la bonne réponse lorsque Jonas l'avait demandée en mariage.

Puis sa raison contre-attaquait, lui confirmant qu'elle avait bien agi. Aurait-elle vraiment pu accepter d'abandonner tout ce qu'elle avait bâti pour le suivre aux Etats-Unis ? Et quelle vie aurait-elle menée, là-bas ?

Le monde de Jonas n'était pas le sien. A une certaine époque, elle aurait peut-être pu espérer en faire partie. Mais il était trop tard. Elle n'était pas faite pour les mondanités, les réceptions élégantes, les robes de soirée ou les dîners huppés.

Il était probable qu'il l'ait déjà oubliée, d'ailleurs. Depuis qu'il avait quitté Cozumel, il ne l'avait pas appelée une seule fois. Il n'avait pas écrit non plus. Il était parti le lendemain de l'arrestation d'Ambuckle sans une promesse, sans un mot d'amour. En faisant face à Manchez, il avait triomphé de ses démons et était reparti plus fort.

A présent, Liz se retrouvait seule. Elle n'avait pas de regrets. Après tout, c'était l'existence qu'elle avait choisie, dix ans auparavant. Sa liaison avec Jonas n'avait été qu'un rêve éphémère, une parenthèse enchantée et irréelle. Au moins, elle conserverait toujours le souvenir de ce moment de bonheur.

Et puis, Faith rentrerait bientôt à la maison. Cette perspective suffisait à elle seule à adoucir le voile de mélancolie qui obscurcissait parfois ses pensées.

Liz gara sa moto sur l'une des places réservées aux deux-roues devant l'aéroport. Elle se dirigea à grands pas vers le terminal. Elle se sentait un peu nerveuse, ce qui était ridicule, bien sûr. Mais c'était plus fort qu'elle. Elle avait plus d'une heure d'avance sur l'horaire prévu pour l'atterrissage, mais elle n'avait pas eu le courage de patienter plus longtemps chez elle.

En avisant le petit stand d'un fleuriste, elle décida brusquement d'acheter un bouquet pour sa mère. Puis elle pénétra dans le bâtiment climatisé. Un joyeux brouhaha y régnait. Les touristes qui repartaient chez eux profitaient des toutes dernières minutes pour faire quelques emplettes.

N'ayant rien d'autre à faire, Liz entra dans l'une

d'elles. Pour chasser sa nervosité, elle décida d'acheter tout ce qui lui faisait envie. Lorsqu'elle finit enfin ses achats, elle ressortit avec deux grands sacs en plastique remplis de babioles diverses.

Elle jeta un coup d'œil au tableau d'affichage et se rendit compte avec soulagement que l'avion ne tarderait plus à arriver. Elle chercha vainement un siège libre dans la salle d'attente, puis finit par s'installer devant la grande baie vitrée qui dominait les pistes.

Elle regarda l'incessant ballet des avions qui atterrissaient et décollaient, mais celui qu'elle attendait n'arrivait toujours pas. Impatiente, elle se dirigea vers le bureau des informations. L'employée qui s'y trouvait se contenta de lui répondre par un vague haussement d'épaules.

Aucun retard n'était annoncé mais, au Mexique, cela ne signifiait pas grand-chose. Alors que l'horloge du terminal égrenait les minutes interminables qui la séparaient encore des retrouvailles tant espérées, Liz crut qu'elle allait devenir folle.

L'annonce la prit presque au dépourvu. Le cœur battant à tout rompre, elle regarda l'appareil qui venait de se poser et roulait lentement jusqu'en bout de piste. Les passagers descendirent sur le tarmac mais Liz ne put distinguer sa fille et ses parents.

Elle suivit des yeux le petit bus qui se dirigeait vers le terminal puis alla se poster près de la porte par laquelle passeraient les nouveaux arrivants. Dix minutes plus tard, les premiers passagers commencèrent à sortir.

Puis, brusquement, Liz la vit.

Faith portait un pantalon bleu et un chemisier blanc. Elle avait grandi et ses cheveux étaient plus longs que lorsqu'elle était partie pour Houston. Liz se répéta qu'elle ne devait pas pleurer mais il était déjà trop tard. De grosses larmes roulaient le long de ses joues.

Faith l'aperçut à son tour. Un large sourire illumina son visage et elle abandonna sa petite valise pour courir vers elle. Liz lâcha ses sacs et ouvrit les bras pour l'attraper au vol et la serrer contre elle. Elle plongea son visage au creux de son cou et laissa l'émotion la submerger tandis que Faith bavardait joyeusement.

— Tu sais, maman, j'étais assise près du hublot mais je n'ai pas pu voir notre maison… Je t'ai acheté un cadeau !

— Laisse-moi te regarder, lui dit Liz lorsqu'elle eut recouvré un semblant de maîtrise de soi.

Elle s'écarta légèrement et la but du regard. Ce n'est plus une enfant, se dit-elle, émue. En quelques mois, Faith était devenue magnifique. Elle comprit qu'elle n'aurait pas le courage de la laisser repartir.

— Tu as encore perdu une dent, remarqua-t-elle en écartant une mèche de cheveux qui tombait dans les yeux de sa fille.

— Deux, même ! s'exclama Faith en lui montrant fièrement les interstices. Mamie a dit que je pouvais les mettre sous mon oreiller, mais j'ai préféré les amener ici pour que la petite souris m'amène des pesos !

Liz éclata de rire et la serra de nouveau contre elle.

— Bienvenue à la maison, lui dit-elle.

Puis elle se redressa et, prenant Faith par la main, se dirigea vers ses parents. Quand elle se retrouva face à eux, elle essaya de les voir comme aurait pu le faire un étranger.

Son père était grand et mince mais avait commencé

à perdre ses cheveux. Il souriait de toutes ses dents, comme il le faisait chaque fois lorsque, étant enfant, elle avait fait quelque chose dont il était particulièrement fier.

Sa mère se tenait auprès de lui. Elle était charmante, à sa façon. Mais c'était l'archétype de la femme au foyer choyée par son mari et par la vie. Elle n'avait jamais eu à faire face aux véritables difficultés de l'existence, ce qui ne l'empêchait pourtant pas d'avoir développé un caractère très affirmé.

En cet instant, elle aussi avait les larmes aux yeux et Liz se demanda si elle était aussi triste qu'elle de voir partir Faith chaque année. Liz embrassa affectueusement ses parents et prit la valise de sa fille.

— Maman ! s'exclama celle-ci en tirant sur le jean qu'elle portait.

— Oui, ma chérie ?

— Il faut que tu dises bonjour à Jonas, aussi !

Liz se figea, le cœur battant à tout rompre.

— Qu'est-ce que tu racontes ? articula-t-elle, la bouche sèche.

— Il est venu avec nous. Et lui aussi, il avait hâte de te voir !

Alors seulement, elle le vit. Il se tenait en retrait de leur groupe, observant cette réunion de famille avec un petit sourire. Lorsque leurs regards se croisèrent, elle sentit monter en elle un brusque accès de vertige. Une multitude de sentiments contradictoires la submergeaient : de l'incompréhension, de la joie et une angoisse poignante qui dominait tout le reste.

Liz resta figée, cherchant vainement à comprendre ce qu'il faisait là et comment Faith pouvait savoir qui il était. Comme dans un rêve, elle le vit s'approcher d'elle au ralenti. Puis il l'embrassa avec passion et un désir brûlant balaya toute autre émotion.

— Content de te revoir, conclut-il en s'écartant enfin.

Il ramassa les sacs en plastique que Liz avait lâchés sans même s'en rendre compte.

— J'imagine qu'elles sont pour vous, dit-il à la mère de Liz en lui tendant le bouquet de fleurs.

— Oui, balbutia Liz. J'avais oublié…

— Elles sont superbes, déclara Rose en décochant à sa fille un sourire ravi. Bien… Jonas va nous conduire à notre hôtel. Je l'ai invité à venir dîner chez toi, ce soir. J'espère que cela ne t'ennuie pas.

— Non, bien sûr…, murmura Liz, de plus en plus dépassée par les événements.

— Dans ce cas, à tout à l'heure ! s'exclama Rose.

Jonas et ses parents se dirigèrent vers le comptoir des loueurs de voitures, la laissant seule avec sa fille.

— Est-ce qu'on pourra s'arrêter chez le *señor* Pessado ? demanda celle-ci.

— Bien sûr, répondit Liz en s'efforçant vainement de se remettre de ses émotions.

Faith sourit. Elle savait qu'elle pouvait compter sur M. Pessado pour la ravitailler en bonbons. Et, même si elle en mangeait beaucoup moins qu'autrefois, elle serait ravie de revoir le vieil homme qui avait toujours des histoires extraordinaires à lui raconter.

Liz attendit que Faith ait déballé ses affaires et repris possession de sa chambre pour lui poser la question qui lui brûlait les lèvres.

— Dis-moi, ma chérie, quand as-tu rencontré M. Sharpe, exactement ?

— Jonas ? Il est venu chez mamie, répondit Faith en inspectant sous toutes les coutures la poupée que venait de lui offrir sa mère.

— Quand ça ?

— Je ne sais pas.

Elle décida que la poupée s'appellerait Cassandra. Elle en avait tellement, à présent, qu'il devenait difficile d'imaginer de nouveaux noms. Mais celui-ci lui plaisait beaucoup.

— Est-ce que tu sais pourquoi il est venu chez mamie ? insista Liz.

— Je crois qu'il voulait lui parler. A elle et à papy. Ils l'ont invité à dîner. J'ai tout de suite compris que mamie l'aimait bien parce qu'elle a fait sa tarte aux cerises. Moi aussi, je l'aime beaucoup. Il joue très bien du piano, tu sais ! Et il m'a emmenée au zoo.

— Jonas t'a emmenée au zoo ? répéta Liz, stupéfaite.

— Oui, samedi dernier. Nous avons acheté plein de pop-corn et nous en avons donné aux singes. On a bien rigolé, ensemble. Jonas connaît plein d'histoires drôles. Je me suis aussi fait mal au genou.

Pour illustrer cette révélation, Faith releva la jambe de son pantalon et montra sa blessure qui avait déjà presque disparu.

— Comment est-ce que tu t'es fait ça ?

— Je voulais essayer les nouvelles baskets que Jonas m'a offertes, expliqua Faith. J'ai glissé et je suis tombée par terre. Je n'ai pas pleuré, précisa-t-elle gravement.

— J'en suis sûre. Tu es la fille la plus courageuse que je connaisse.

Faith sourit, ravie du compliment.

— Il y avait beaucoup de sang et mon pantalon était taché. Mais Jonas ne m'a pas grondée. Il a nettoyé la blessure avec son mouchoir. Ensuite, il m'a fait un bisou pour me consoler et il a dit que j'avais d'aussi jolis yeux que toi.

Liz sentit resurgir en elle l'angoisse qu'elle avait éprouvée à l'aéroport.

— Qu'a-t-il dit d'autre ?

— Il m'a demandé si je préférais Houston ou le Mexique.

— Et que lui as-tu répondu ? demanda Liz qui avait presque peur d'entendre la réponse.

— Je lui ai dit que je préférais juste être avec toi, répondit Faith en la regardant droit dans les yeux. Il a ri et a dit que lui aussi.

Elle s'interrompit un instant, hésitante.

— Dis, maman, est-ce que Jonas est ton petit ami ?

Liz la contempla avec stupeur.

— Euh, non…, dit-elle enfin.

— La maman de Charlene, elle a un petit ami. Mais il n'est pas du tout comme Jonas et je ne crois pas qu'il emmène Charlene au zoo, lui. Jonas m'a promis qu'il m'emmènerait aussi voir Liberty Bell. On pourra y aller, dis ?

— Nous verrons, répondit Liz.

— J'entends une voiture, remarqua soudain sa fille.

Elle se précipita vers la porte d'entrée.

— C'est Jonas ! s'exclama-t-elle, ravie.

Liz la rejoignit et la vit se jeter dans les bras de Jonas qui la cueillit au vol et déposa deux baisers sonores sur ses joues. Il la reposa alors et la prit par la main avec autant de naturel que s'il la connaissait depuis des années.

— Tu es en avance, constata Faith. On était justement en train de parler de toi.

— Vraiment ? fit Jonas en ébouriffant les cheveux de la fillette. C'est étrange, parce que j'étais en train de penser à vous deux.

— On va commencer à préparer la paella. C'est le plat préféré de papy. Tu veux nous aider ?

— J'aimerais beaucoup, lui assura Jonas. Mais il faut d'abord que je parle à ta maman en tête à tête.

— Pourquoi ? demanda Faith, curieuse.

— Parce qu'il faut que je la convainque d'accepter ma demande en mariage.

Liz étouffa un cri de surprise, mais Jonas ne lui prêta aucune attention. Il se concentrait exclusivement sur Faith et la vit froncer les sourcils.

— Cela ne va pas être facile, dit-elle. Il paraît que tu n'es pas son petit ami.

— Il va falloir que j'arrive à la convaincre du contraire, reprit-il avec sérieux.

— Mamie dit que maman a une tête de bois et qu'il est inutile d'espérer la convaincre de quoi que ce soit, le prévint Faith.

Jonas éclata de rire.

— C'est vrai qu'elle est très têtue. Mais moi aussi. Et mon métier, c'est justement de convaincre les gens. Mais tu pourrais peut-être lui glisser quelques mots en ma faveur, à l'occasion.

— Promis, répondit gravement Faith.

Elle se tourna alors vers sa mère.

— Maman, est-ce que je peux aller voir si Roberto est chez lui ?

— Bien sûr, acquiesça Liz en s'efforçant d'adopter un ton naturel et décontracté. Mais ne reste pas trop longtemps. Papy et mamie ne vont pas tarder à arriver.

Faith hocha la tête et s'éloigna en courant. Jonas la suivit des yeux avant de se tourner enfin vers Liz.

— Faith est une petite fille adorable, lui dit-il. Tu l'as bien élevée.

— Elle a fait la majorité du travail toute seule.

Jonas percevait distinctement la nervosité qui l'habitait. Il se rappela alors l'expression de son visage lorsqu'elle avait serré sa fille dans ses bras, à l'aéroport. Il était bien décidé à la revoir sourire de cette façon avant que la soirée ne s'achève.

— Veux-tu que nous discutions à l'intérieur ? lui demanda-t-il en s'approchant d'elle. Ou préfères-tu rester ici ?

— Jonas, je ne sais pas pourquoi tu es revenu mais…

— Bien sûr que tu le sais ! l'interrompit-il en souriant. Tu es têtue comme une mule, mais tu n'es pas idiote.

— Nous en avons déjà parlé, soupira-t-elle. Je n'ai plus rien à dire.

— Très bien.

Il couvrit la distance qui les séparait encore et la prit dans ses bras. Contrairement à ce qu'il avait pensé, elle ne chercha pas à lui résister. Leurs lèvres se rencontrèrent et ils s'embrassèrent avec passion.

— Puisque tu ne veux pas parler, je pense que je vais t'entraîner à l'intérieur et te faire l'amour jusqu'à ce que tu y voies un peu plus clair, déclara-t-il enfin.

— C'est toi qui ne vois pas les choses clairement, objecta-t-elle en s'écartant légèrement de lui.

— Au contraire. Je sais que je t'aime.

Dans ses yeux, il vit la joie que lui inspirait cet aveu. Mais elle se ressaisit aussitôt.

— Jonas, c'est impossible…

— Faux ! C'est tout à fait possible. C'est même déjà fait. Et il faudra bien que tu admettes tôt ou tard que toi aussi, tu as besoin de moi.

— Je n'ai besoin de personne, lui dit-elle avec conviction.

— Je sais. C'est pour cela que je t'aime. Mais je crois que, dans ce cas précis, tu te trompes.

— Jonas…

— Vas-tu me dire que je ne t'ai pas manqué ? demanda-t-il en la regardant droit dans les yeux.

Elle ouvrit la bouche pour lui répondre mais la referma presque aussitôt.

— Très bien, tu peux garder le silence, ironisa-t-il. Mais j'ai d'autres questions pour toi. N'as-tu pas repensé à ce qui s'était passé entre nous ? N'as-tu pas eu du mal à trouver le sommeil, le soir, lorsque tu te retrouvais seule dans ton grand lit ? Peux-tu vraiment me regarder en face et m'affirmer sans mentir que tu ne m'aimes pas ?

Liz n'avait jamais été très douée pour tricher.

— La question n'est pas là, répondit-elle. Je ne peux pas laisser mes sentiments me dicter la façon dont je dois mener ma vie.

— Il serait peut-être temps que tu comprennes que, tant que tu ne le feras pas, tu n'auras pas de vie.

Liz ne sut que répondre à cela.

— Moi aussi, j'ai un cadeau pour toi, déclara alors Jonas en sortant une petite boîte de sa poche.

Elle contenait une bague magnifique surmontée d'un diamant. Avant qu'elle ait eu le temps de réagir, il lui attrapa la main gauche et la glissa à son annulaire.

— Voilà, conclut-il d'un air satisfait. Maintenant, c'est officiel !

Elle ne put s'empêcher de sourire.

— Cela ne marche pas comme ça, tu sais.

— Peu importe, répondit-il. De toute façon, tu finiras par m'épouser. Ce n'est pas négociable. Par contre, ensuite, nous avons plusieurs options possibles. Je peux vendre mon cabinet et venir m'installer à Cozumel pour vivre à tes crochets.

— C'est ridicule, répliqua-t-elle en s'efforçant de ne pas rire.

— Bien. Apparemment, tu n'es pas pour. Remarque, moi non plus. Tu pourrais aussi venir t'installer à Philadelphie et vivre à mes crochets.

— Pas question ! s'exclama-t-elle.

— Je me disais bien que cela ne te conviendrait pas. A moi non plus, d'ailleurs. Il y a donc une troisième solution. Nous prenons une carte des Etats-Unis, je te bande les yeux et tu choisis l'endroit où nous nous installons.

— Nous ne pouvons pas laisser le hasard décider de nos vies, protesta-t-elle.

Jonas se demanda s'il prenait ses illusions pour des réalités ou s'il sentait vraiment faiblir sa conviction.

— Tu as ta carrière et moi, mon entreprise. Et je ne suis pas la femme qu'il te faut.

— Tu es la femme que j'aime, objecta-t-il. Je ne vois pas de meilleure recommandation que cela.

Il la prit par les épaules, sentant brusquement sa patience se tarir.

— Bon sang, Liz ! s'écria-t-il. C'est toi que je veux et personne d'autre ! Si ton entreprise est si importante pour toi, garde-la. Confie la gestion à Luis. Nous pourrons revenir ici six fois par an, s'il le faut. En attendant, tu pourras monter une autre boutique. En Californie, en Floride ou sur n'importe quelle autre côte qui te plaira. Si tu veux, tu pourrais aussi reprendre tes études et devenir biologiste marin.

Sans surprise, il vit se succéder dans son regard de l'étonnement, de l'espoir puis de la résignation.

— Il est trop tard pour cela, répondit-elle.

— Tu racontes n'importe quoi ! Tant que c'est ce que tu veux vraiment et que tu es prête à l'obtenir, il n'est jamais trop tard. Garde ton magasin, construis-en un autre, dix autres, si tu veux. Mais ne renonce pas à la chance de devenir ce que tu as toujours voulu être !

— Cela fait plus de dix ans… Je ne peux pas retourner à l'université après tout ce temps.

— Est-ce que, par hasard, tu aurais peur ?

Elle se raidit puis soupira.

— Oui, avoua-t-elle.

Il éclata de rire et déposa un petit baiser sur ses lèvres.

— C'est absurde, lui dit-il enfin. Au cours de ces dernières semaines, tu as traversé un véritable enfer et tu en es sortie indemne. Ne me dis pas que tu vas te laisser impressionner par quelques examens !

— Rien ne dit que je serais admise, remarqua-t-elle.

— Et alors ? Tu auras au moins tenté ta chance. Et

si tu te casses la figure, je serai là pour te rattraper. Il est temps de prendre des risques, Liz. Pour toi, comme pour moi.

— J'ai tellement envie de te croire ! soupira-t-elle en caressant doucement sa joue. Je t'aime, tu sais. Je t'aime comme je n'ai jamais aimé personne avant toi…

— Alors qu'est-ce qui te retient ? lui demanda Jonas, radieux.

— Il n'y a pas que ma vie qui soit en jeu.

— Tu veux parler de Faith ? J'ai passé une semaine en sa compagnie, tu sais. Je me suis dit que c'était le seul moyen de savoir si nous pouvions nous entendre parce que je savais combien ce serait important pour toi. Et j'ai découvert qu'à sa façon, elle est aussi extra-ordinaire que sa mère. Lorsque nous serons mariés, j'aimerais beaucoup pouvoir l'adopter.

Liz le contempla avec un mélange de stupeur et de fascination, réalisant qu'il était en train de lui proposer une vie à laquelle elle avait depuis longtemps renoncé à rêver.

— C'est la fille d'un autre homme, articula-t-elle enfin. Seras-tu vraiment capable de l'oublier ?

— C'est toi qui l'as élevée, répondit-il gravement. Elle a tes valeurs et ce sont elles que j'admire le plus chez toi. Et j'espère que nos enfants lui ressembleront si nous décidons un jour d'en avoir ensemble.

— Jonas, murmura Liz d'une voix tremblante, as-tu réfléchi au fait qu'en épousant une femme qui a déjà un enfant et des responsabilités, tu compliquerais beaucoup ta vie ?

— Ce n'est pas la façon dont je vois les choses : Faith et toi pouvez me la sauver, au contraire.

Liz ferma les yeux, refusant encore de croire qu'elle allait peut-être obtenir ce dont elle avait rêvé toute sa vie sans jamais imaginer que ce soit possible. Cela paraissait trop incroyable pour être réel.

— En es-tu absolument certain ? demanda-t-elle. Parce que si j'accepte, si je te dis oui et que tu changes d'avis, je crois que j'en mourrai.

Il l'agrippa par le col de son chemisier et la regarda droit dans les yeux.

— Si tu dis oui, nous fonçons dès demain à la mairie, à l'église ou chez le sorcier local pour nous marier. Nous aurons tout le temps d'organiser une cérémonie plus solennelle, que ce soit ici, à Houston ou chez mes parents à Lancaster. Mais je ne prendrai pas le risque que ce soit toi qui changes d'avis !

Malgré les larmes qui coulaient le long de ses joues, Liz ne put s'empêcher d'éclater de rire. Jamais elle ne s'était sentie aussi heureuse qu'en cet instant. Brusquement, il lui semblait que l'avenir s'ouvrait devant elle, que tout devenait possible.

Après des années de solitude volontaire, elle avait trouvé l'homme qu'elle aimait, celui qui avait été assez têtu pour la convaincre que la vie valait d'être vécue.

— Tu sais, lui dit-elle, la première fois que je t'ai vu, je me suis dit que tu étais le genre d'homme qui devait avoir l'habitude d'obtenir tout ce qu'il voulait.

— Et tu avais parfaitement raison, acquiesça-t-il. Alors ? Qu'allons-nous dire à Faith ?

— Que tu as réussi à me convaincre, je suppose…

Jonas sourit. Et dans ce sourire, elle crut deviner toutes les années de bonheur qu'il leur restait à vivre.

Dès le 1ᵉʳ février,
5 romans à découvrir dans la

L'orgueil du clan - *Saga des MacGregor*

Si elle rêve parfois de changer sa vie d'un simple coup de baguette
magique, Darcy Wallace ne croit pas pour autant aux contes de fées.
Jusqu'au jour où, jouant ses derniers dollars dans une machine à sous
d'un des plus grands casinos de Las Vegas, elle devient millionnaire…
Une fortune qui lui offre enfin la liberté dont elle rêve. Mais c'est quand
elle voit le directeur de l'établissement s'avancer vers elle que Darcy
prend *vraiment* conscience que la chance a tourné pour elle. Car devant
le regard sombre et pénétrant de Robert MacGregor, elle devine aussitôt
qu'elle vient de faire la rencontre la plus importante de son existence.
Mais elle devine aussi que pour avoir cet homme hors du commun dans
sa vie, elle va devoir faire un pari plus fou encore que celui qu'elle a fait
en entrant dans son casino...

Un printemps à San Francisco

Au cours d'une promenade sur les quais de San Francisco, Cassidy a la
surprise de se voir aborder par un homme très séduisant, au physique
époustouflant : Colin Sullivan, le célèbre peintre… et don Juan invétéré !
Celui-ci lui propose bientôt de poser pour lui quelques heures par jour
pendant deux mois. Une offre inespérée pour Cassidy, qui pourrait ainsi
gagner sa vie, tout en se consacrant à sa passion, l'écriture. Mais elle
ne tarde pas à se rendre compte qu'elle a peut-être commis une erreur
en acceptant. D'abord parce qu'il va lui falloir supporter la présence de
l'associée de Colin, une femme très belle mais jalouse et antipathique,
qui se montre tout de suite très hostile. Ensuite, parce qu'elle n'est pas
sûre d'avoir la force de résister au désir que Colin lui inspire… Tout
en sachant qu'elle ne sera pour lui qu'une conquête de plus. Et qu'il la
chassera sans l'ombre d'un regret lorsqu'il aura terminé sa toile.

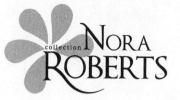

collection NORA ROBERTS

Clair-obscur

Ile de Cozumel, Mexique.
Au cours d'une sortie en bateau qu'elle a organisée pour des touristes, Liz découvre avec effroi, au fond de l'eau, le corps sans vie d'un de ses employés, tué d'une balle dans la tête. Qui a pu commettre ce meurtre atroce ? Cette question angoissante la hante toujours lorsque, quelques jours plus tard, arrive sur l'île le frère jumeau de la victime, Jonas Sharpe, avocat à Philadelphie. Un homme sombre, déterminé, et visiblement prêt à tout pour découvrir la vérité. Un homme auprès de qui Liz ressent aussitôt un trouble déstabilisant.
Alors que son instinct lui dicte de rester en dehors de cette affaire qui pourrait se révéler très dangereuse, elle accepte à contrecœur de louer une chambre à Jonas le temps que durera son enquête, tout en se promettant de rester prudemment à distance. Mais quand elle comprend que le tueur semble désormais prêt à s'en prendre à elle, Liz n'a plus le choix : il va lui falloir faire confiance à Jonas...

La rebelle amoureuse

Lorsqu'elle apprend qu'elle a été choisie pour accompagner en reportage une célèbre journaliste, Foxy est folle de joie : nul doute qu'elle pourra ainsi se faire un nom comme photographe ! Mais cette joie sans mélange fait place au trouble et à la confusion lorsque son travail l'amène à croiser le chemin de Lance Matthews... Lance, dont elle était follement amoureuse six ans plus tôt, alors qu'elle n'était qu'une jeune fille, avant de comprendre que ce séducteur représentait pour elle un trop grand danger. Aujourd'hui, alors qu'elle est devenue une femme, est-elle de taille à vivre la passion qu'il lui inspire, avec la même force que naguère ? Des doutes vite balayés lorsque Lance l'embrasse pour la première fois. Un baiser sensuel, enivrant, qui lui fait tout oublier. Oublier qu'il se lassera d'elle. Oublier que même s'il l'aimait vraiment, sa famille, une des plus anciennes et des plus fortunées de Boston, ne l'acceptera jamais en son sein...

collection **Nora Roberts**

La Saga des Stanislaski - Tome 2 Un bonheur à bâtir

Natasha, Mikhail, Rachel, Alexi, Frederica, Kate : tous sont membres de la famille Stanislaski. De parents ukrainiens, ils ont grandi aux Etats-Unis. Bien que très différents, ils ont en commun la générosité, le talent, et l'esprit de clan. Et pour chacun d'entre eux, va bientôt se jouer le moment le plus important de leur vie.

Sculpteur passionné au succès grandissant, Mikhail est l'artiste de la famille Stanislaski. Autant dire que rien ne le préparait à tomber sous le charme de Sydney Hayward, la femme d'affaires new-yorkaise sophistiquée et sûre d'elle avec laquelle il a rendez-vous… Et sa surprise ne fait que grandir lorsque la jeune femme accepte de lancer les travaux qu'il réclame depuis de longs mois pour l'immeuble de Soho où il vit. Cette décision est si inespérée qu'il renonce même à la détromper lorsqu'il comprend qu'elle le croit charpentier de métier, et qu'elle veut l'embaucher pour réaliser lesdits travaux ! Intrigué, subjugué, Mikhail décide de jouer de ce quiproquo pour apprivoiser la belle Sydney…

Prochain rendez-vous le 1er juin 2013

Best-Sellers n°543 • suspense

Le manoir du mystère - Heather Graham

Quand l'agent Angela Hawkins accepte de devenir la coéquipière du brillant et séduisant enquêteur Jackson Crow, elle est loin d'imaginer ce qui l'attend. Tout ce qu'elle sait, c'est que la femme d'un sénateur est morte en tombant du balcon de l'une des plus belles demeures historiques du quartier français de La Nouvelle-Orléans. Et que, pour presque tout le monde, elle s'est jetée dans le vide, désespérée par la mort récente de son fils. Mais à peine Angela commence-t-elle son enquête avec Jackson dans l'étrange demeure du sénateur que l'hypothèse du suicide lui semble exclue. Guidée par son intuition et par des visions inquiétantes où elle voit la jeune femme en danger, Angela est en effet rapidement persuadée que dans l'entourage du sénateur, chacun est moins innocent qu'il n'y paraît. Mais de là à tuer ? Et pour quel motif ? Décidés à dévoiler la sombre vérité, Angela et Jackson vont non seulement risquer leur vie… mais, aussi, leur âme.

Best-Sellers n°544 • suspense

Meurtre à Heron's Cove - Carla Neggers

Lorsqu' Emma Sharpe est appelée d'urgence au couvent de Heron's Cove, sur la côte du Maine, c'est en partie en qualité de détective spécialisée dans le trafic d'œuvres d'art au sein du FBI, et aussi en raison des années qu'elle a elle-même vécues ici. Mais elle n'a pas le temps d'en savoir plus, car quelques minutes à peine après son arrivée, la religieuse qui l'a contactée est retrouvée morte. Pour unique piste, Emma doit se contenter de la disparition mystérieuse d'un tableau représentant d'anciennes légendes. C'est alors qu'elle découvre, stupéfaite, que sa famille n'est pas étrangère à l'histoire de cette toile. Se pourrait-il qu'il y ait un lien entre ce vol, le meurtre et son propre passé ? Emma ne sait où donner de la tête. Heureusement, elle peut compter sur la précieuse collaboration de Colin Donovan, un agent secret du FBI solitaire et mystérieux. Même si elle conserve une certaine méfiance vis-à-vis de cet homme qui se moque des règles et semble n'en faire qu'à sa tête. Lancée dans une folle course contre la montre, elle s'immerge avec Colin dans un héritage fait de mensonges et de tromperies. Sans savoir qu'un tueur impitoyable les a déjà dans sa ligne de mire.

BestSellers

Best-Sellers n° 545 • thriller
Dans l'ombre du bayou - Lisa Jackson
Lorsque Eve Renner accepte en pleine nuit le mystérieux rendez-vous fixé par Roy, son ami d'enfance, dans un cabanon du bayou, non loin de La Nouvelle-Orléans, elle n'imagine pas qu'elle met le pied dans un véritable guet-apens. Car elle découvre son ami poignardé, le chiffre 212 tracé sur un mur en lettres de sang. Pis encore : Cole, son fiancé, se trouve sur les lieux du crime et tente de la tuer elle aussi…Trois mois plus tard, Eve se remet difficilement de la trahison de Cole, qu'elle aime depuis toujours. Devenue amnésique, elle ne comprend pas ce qui a pu se passer lors de cette nuit de cauchemar. Jusqu'à ce qu'un mystérieux courrier l'incite à chercher dans ses souvenirs d'enfance. Et c'est là que se dissimule non seulement le secret du meurtre de Roy, mais aussi la clé d'autres mystères, plus troubles, plus dangereux encore…

Best-Sellers n° 546 • thriller
Face au danger - Brenda Novak
Traumatisée par la violente agression dont elle a été victime trois ans auparavant, Skye Kellermann a mis du temps à surmonter ses angoisses. Ce n'est que depuis peu qu'elle reconstruit son existence autour de l'association d'aide aux victimes qu'elle a créé en Californie avec deux amies. Mais quand elle apprend que son agresseur est sur le point d'être libéré pour bonne conduite, bien avant la fin de sa peine, toutes ses peurs ressurgissent brutalement : comment oublier que c'est son propre témoignage qui a permis d'envoyer cet homme derrière les barreaux ? Lui n'a certainement pas oublié qu'il a tout perdu par sa faute. Le temps presse et Skye n'a qu'une solution : faire ce qu'il faut pour qu'il ne sorte pas de prison, en commençant par prouver son implication dans trois affaires de meurtres survenues à l'époque de son agression, et qui n'ont jamais été résolues… Heureusement, elle peut compter sur l'aide et le soutien inconditionnel de l'inspecteur David Willis, qui est venu la trouver. Car lui aussi en est convaincu : Burke n'en restera pas là.

Best-Sellers n° 547 • roman
Le secret d'une femme - Emilie Richards
Lorsqu'elle arrive à Toms Brook, le village natal de sa mère, en Virginie, Elisa Martinez sait que ce qu'elle est venue chercher ici pourrait bien bouleverser sa vie à tout jamais. Aussi courageuse que farouche, elle a appris à cacher derrière une apparente réserve les lourds secrets de son passé. Un passé qui l'a toujours contrainte à fuir de ville en ville, à changer de nom, à taire tout ce qui pourrait la trahir. Pourtant, quand Sam Kincaid lui propose de travailler avec lui, elle sent qu'il lui sera difficile de ne pas ouvrir son cœur à cet homme séduisant et attentionné. Bientôt prise au piège de son attirance pour Sam, Elisa se retrouve déchirée entre la nécessité de protéger ses secrets et le désir de vivre cet amour qu'elle n'attendait plus – un amour qui pourrait bien être la promesse d'une vie nouvelle…

Best-Sellers n°548 • roman
Un si beau jour- Susan Mallery

Vivre enfin ses rêves. C'est le souhait le plus cher de Jenna lorsqu'elle retourne s'installer à Georgetown, dans sa famille, après un divorce douloureux et une vie professionnelle décevante. Aussi, sur un coup de tête, décide-t-elle de lancer un concept innovant : une boutique dans laquelle elle proposera à la fois des accessoires et des cours de cuisine. Une entreprise qui s'avère rapidement être un véritable succès. Mais à peine Jenna retrouve-t-elle sa sérénité et sa joie de vivre, qu'un couple de hippies, Serenity et Tom, débarque dans son magasin et se présente comme ses parents naturels. Bouleversée, Jenna s'insurge contre cette arrivée intempestive. D'autant plus que celle qui prétend être sa mère ne tarde pas à se mêler de sa vie privée. C'est ainsi qu'elle lui présente Ellington, un ostéopathe, certes séduisant, mais qu'elle n'a nullement l'intention de fréquenter ! Et pour couronner le tout, son ex-mari tente désormais de la reconquérir… Submergée par ses émotions, Jenna doute : peut-elle croire à une seconde chance d'être heureuse ?

Best-Sellers n°549 • historique
La rebelle irlandaise - Susan Wiggs
Irlande, 1658.

Lorsque John Wesley s'éveille sous un soleil brûlant, sur le pont d'un bateau voguant au beau milieu de la mer, il peine à croire qu'il est vivant. Autour de son cou, il sent encore la brûlure de la corde… Il aurait dû être exécuté pour trahison, alors pourquoi a-t-on épargné ? C'est alors qu'une voix s'élève au-dessus du vacarme des flots : Cromwell, l'homme qui a ordonné son exécution avant de lui offrir un sursis inespéré…Aussitôt, John comprend que son salut ne lui a pas été accordé sans conditions : s'il veut rester en vie et récupérer sa fille de trois ans que Cromwell retient en otage, il doit se rendre en Irlande et infiltrer un clan de rebelles pour livrer leur chef aux Anglais. Une mission simple en apparence, à condition de ne pas tomber sous le charme de la maîtresse des rebelles, la ravissante Catlin MacBride…

Best-Sellers n°550 • historique
Les amants ennemis - Brenda Joyce
Cornouailles, 1793.

Fervente opposante à la monarchie, Julianne suit avec passion la tempête révolutionnaire qui s'est abattue sur la France. Et de son Angleterre natale, où les privilèges font loi, elle désespère de voir la société évoluer un jour. Aussi se réjouit-elle quand, au beau milieu de la nuit, un Français blessé débarque au manoir familial de Greystone et lui demande son aide. Julianne ne tient-elle pas là l'occasion rêvée d'apporter sa modeste contribution au mouvement qu'elle soutient ? Et puis, elle rêve d'en apprendre davantage sur le fascinant étranger qui l'a envoûtée dès le premier regard. Mais Julianne est loin de se douter que l'arrivée du mystérieux Français à Greystone ne doit rien au hasard…vivre sous son toit pendant trente jours…

www.harlequin.fr

Composé et édité par les

éditions Ⓗ **HARLEQUIN**

Achevé d'imprimer en France (Malesherbes)
par Maury-Imprimeur
en janvier 2013

Dépôt légal en février 2013
N° d'imprimeur : 178401